dtv

Scheinbar ganz unspektakulär erzählt Walter Kappacher vom gewöhnlichen Leben gewöhnlicher Menschen. Doch die Art, wie er das tut – genau in der Beobachtung, souverän beiläufig im Ton –, macht seine Schilderung von Menschen und Schicksalen zu einer sensiblen Erkundung der »condition humaine«.

Bei aller Unterschiedlichkeit der Themen und Charaktere ist den hier versammelten Erzählungen eines gemeinsam: der Blick für die Brüchigkeit des Alltäglichen, für den Irrsinn und Widersinn im vermeintlichen normalen Leben.

Eindringlich, mit feiner Ironie und manchmal fast kafkaeskem Humor erzählt Walter Kappacher von einem Dasein in der Enge oder, wenn man so will, von der Enge des Daseins überhaupt.

»Eigentlich wollte ich damals, als ich anfing zu schreiben, bloß ausprobieren, wohin, in welche Richtung mein Schreiben gehen könnte, und so entstanden verschiedenartige Texte, ›Short-Stories‹, bis ich dann, als ich den Kurzroman ›Morgen‹ schrieb, fürs erste meinen Stil gefunden zu haben glaubte ...« (Walter Kappacher)

Walter Kappacher wurde 1938 in Salzburg geboren. Seit 1978 freier Schriftsteller. Lebt in Obertrum bei Salzburg. Zahlreiche Auszeichnungen, u.a. Hermann-Lenz-Preis 2004, Großer Kunstpreis des Landes Salzburg 2006; Mitglied der Deutschen Akademie für Sprache und Dichtung und der Bayerischen Akademie der Schönen Künste. Für sein Gesamtwerk wurde er 2009 mit dem Georg-Büchner-Preis ausgezeichnet.

Walter Kappacher

Wer zuerst lacht

Erzählungen

Deutscher Taschenbuch Verlag

Von Walter Kappacher
sind im Deutschen Taschenbuch Verlag erschienen:
Selina oder Das andere Leben (13872)
Silberpfeile (13873)
Morgen (13874)
Der Fliegenpalast (13891)
Ein Amateur (13965)

Die Auswahl der Erzählungen wurde gegenüber der 1997
im Deuticke Verlag erschienenen Ausgabe verändert.
›Vor dem Rennen in den Wicklow-Mountains‹
wird hier zum ersten Mal in Buchform abgedruckt.

**Ausführliche Informationen über
unsere Autoren und Bücher
finden Sie auf unserer Website
www.dtv.de**

2011
Deutscher Taschenbuch Verlag GmbH & Co. KG,
München
© Deuticke im Paul Zsolnay Verlag Wien 1997
© Walter Kappacher 2011
Umschlagkonzept: Balk & Brumshagen
Umschlagfoto: Laif/Luigi Caputo
Gesetzt aus der Caslon 10/13,5
Satz: Greiner & Reichel, Köln
Druck und Bindung: Druckerei C.H. Beck, Nördlingen
Gedruckt auf säurefreiem, chlorfrei gebleichtem Papier
Printed in Germany · ISBN 978-3-423-14009-6

Inhalt

Im Zossener Bad

DER BADEMEISTER meint es gut mit mir. Manchmal allerdings, wenn ich bereits drei oder vier Stunden in der Wanne gesessen bin, höre ich seine durch Filzpantoffeln gedämpften Schritte vor meiner Kabine auf und ab tappen. Das stört mich in meiner Beschäftigung mehr, als er sich vielleicht vorstellen kann. Ich öffne dann mit den Zehen den Abflussstöpsel, lasse Wasser ab, Wasser, das schon zu sehr abgekühlt ist, wie ich merke, drehe den Heißwasserhahn auf und mache es mir für die nächsten Stunden gemütlich.

Es gibt hier nicht viel Kundschaft. Das mag daran liegen, dass der Bademeister unfreundlich ist und seine Gäste gern anschnauzt. Auch mich brummte er an, als ich zum ersten Mal Seife und Handtuch entgegennahm, hielt mir ein schwarzbeflecktes Handtuch vor die Nase und sagte: »Diese Ferkel, sehen Sie sich das Handtuch an, und das sage ich Ihnen, wenn Sie sich die Schuhe mit meinem Handtuch putzen, und ich erwische Sie dabei, dann bezahlen Sie mir das Handtuch!«

Obwohl ich dergleichen nicht im Sinn hatte, errötete ich. Das sprach mich anscheinend in seinen Augen frei, denn sein Blick wurde daraufhin freundlicher.

Früher, vor meinem Unfall, hatte ich immer das städtische Bad besucht. Man musste dort zwar oft lange warten, bis eine Kabine frei wurde, und die Wannen rochen stets nach alten Männern, die sich nur einmal im Monat waschen, aber ich war nie auf die Idee gekommen, anderswo mein wöchentliches Bad zu nehmen. Nach dem Arbeitsunfall, als ich eines Tages gezwungen war, mir eine andere Badeanstalt zu suchen, fand ich dann hierher.

Die Aufseherinnen waren auf mich aufmerksam geworden.

Sie dulden keinen länger als dreißig Minuten in der Badekabine. So lautet die Vorschrift im städtischen Bad. Das Gezeter, als sie mich dann einmal vergaßen! Vermutlich hatte eine von ihnen die Uhrzeit so schlampig an meine Tür gekritzelt, dass sie später ihre eigene Schrift nicht mehr entziffern konnte, und merkte deshalb nicht, dass ich überfällig war.

Sie entdeckten mich erst am Abend beim Reinemachen. Die Blicke, mit denen mir diese drei massigen, weißgeschürzten Frauen nachsahen, die Arme in die Hüften gestemmt, werde ich nicht vergessen.

Hier, im Zossener Bad, lässt man mich in Ruhe.

Der Bademeister stellt niemals Fragen. Ihm hat man die rechte Hand bei Stalingrad zerschossen, das verbindet uns, obgleich meine Verletzung bloß von der Drehbank herrührt.

Vor ein paar Wochen händigte er mir sogar einen Torschlüssel aus. Er habe keine Lust, sagte er, jeden Samstag wegen mir so lange im Betrieb zu bleiben.

Um zwanzig Uhr, wenn die Sankt-Blasius-Kirche zur Abendmesse läutet (meistens bin ich auch dann noch zu keinem Ergebnis gekommen), steige ich schwammig aus der Wanne, reibe mich ab, kleide mich an und gehe nach Hause.

Sollte mich der Bademeister doch einmal fragen, was ich

in der Kabine treibe all die Stunden, was kann ich ihm antworten? Was tue ich denn tatsächlich?

Nichts.

Ich versuche nachzudenken über gewisse Dinge, die mich beschäftigen, aber das Ergebnis ist jedes Mal null. Manchmal glaube ich zwar, nahe dran zu sein, nebelhaft kommen die Gedanken aus der Tiefe und weben das gesuchte Bild, aber ehe ich zu einer Einsicht komme, entgleiten sie mir, schweifen ab, verlieren sich in alle Windrichtungen; unerwünschte Gedankensplitter treiben ihr Spiel mit mir. Dann liege ich oft Stunden enttäuscht und ratlos in der Wanne, in der das Wasser bereits völlig erkaltet ist.

Zu Hause sorgen sie sich wohl und rätseln, wo ich mich herumtreibe. Was kümmert mich das, was soll ich zu Hause? Es gibt dort keinen Winkel, wo ich ungestört wäre. Bis in mein Kabinett höre ich den Fernseher, der im Wohnzimmer steht, und unter mir wohnt ein Opern- und Schallplattenfreund. Es kommt schon vor, dass Vater das Gerät einmal abstellt – etwa wenn Mutter davor eingeschlafen ist: So was ärgert ihn dermaßen, dass der schönste ländliche Schwank ihn nicht mehr zu fesseln vermag. Doch höre ich dann dieselben verhassten Geräusche, etwas schwächer zwar, von der Decke her auf mich eindringen. Dazu Mutters Schritte im Flur, soll ich oder soll ich nicht, bis sie endlich doch zaghaft die Tür öffnet und fragt, wann ich zum Essen komme.

Essen?! Ich starre sie geistesabwesend an.

Es fällt ihnen natürlich auf, wie sonderlich ich geworden bin. Der Arzt, darüber befragt, soll geäußert haben, solch ein Unfall sei schon imstande, die Persönlichkeit eines jungen Menschen zu verändern.

Ich muss dem Arzt für diese Auskunft dankbar sein. Die Eltern fanden sich unerwartet schnell damit ab, als ich eines Tages meine Kabine im Zossener Bad nicht mehr verließ.

Der Bademeister, als er am Montag aufschloss, erschrak zwar, als er mich fand; er las aber schnell von meinem Blick ab, dass so weit alles in Ordnung war. Er ließ das Wasser abrinnen und brachte Kissen und Decken, um die Wanne auszupolstern.

Nun liege ich schon über zwei Wochen hier. Die anfänglichen Kreuzschmerzen haben sich gelegt. Nachdem die erste Aufregung vorüber war, ich die Besuche der Eltern, des Werkmeisters, einiger Kollegen und Gertis ertragen hatte und sich alle mit der neuen Lage abgefunden hatten, nachdem das Fernsehen seine Apparate wieder abgebaut hatte, begann ich mich wieder auf meine Aufgabe zu konzentrieren.

Einige Tage brauchte ich, um die Unrast der letzten Zeit abzuschütteln. Dann, als ich endlich ruhiger wurde, drängten sich plötzlich eines Nachmittags mir völlig fremde Burschen und Mädchen in meine Kabine herein und hinderten mich am Nachdenken.

In der sonntäglichen Sendung »Hier spricht der Bürgermeister« hatte dieser in einem Nebensatz Worte des Tadels über mich ausgesprochen; er soll den Ausdruck »abschreckendes Beispiel« gebraucht haben, offensichtlich auf die kurze Fernsehreportage anspielend. Meine jungen Besucher (sie gehörten, wie sich zeigte, der Partei an, die den Vizebürgermeister stellt) veranstalteten daraufhin, wie sie mir erzählten, einen Protestmarsch zum Rathaus. »Jedem das

Recht zum Meditieren« oder so etwas Ähnliches soll auf den Transparenten gestanden haben.

Sie brachten mir Zeitschriften, Zeitungen, Bücher und diskutierten untereinander, um meine Wanne versammelt, über tausenderlei Dinge, animierten mich zum Eintritt in die Partei. Im Schoße der Partei sei ich geborgen. Ich konnte mich nicht dazu entschließen, ich wollte lieber allein sein und nachdenken.

Der Amtsarzt erschien eines Morgens und schrieb mich krank; vielleicht um meinem Dasein auf diese Weise die Spitze zu nehmen. Als Kranker war ich kein Objekt mehr, das herausfordert – so folgerte man offensichtlich im Rathaus. Nach ein paar Tagen blieben meine geräuschvollen Besucher aus, und ich schöpfte wieder Hoffnung.

Ich erhielt bald den ersten Besuch des Krankenkassenkontrollors. Der Bademeister führte ihn herein, er sah sich um, ich musste mich erheben und legitimieren, er machte Eintragungen in ein schwarzes kleines Buch und ging, ohne ein Wort zu verlieren.

Es mag übertrieben klingen, aber dieser Kontrollor ist schuld daran, dass ich an meinem Dasein verzweifle. Er erscheint unregelmäßig, ich kann nie voraussehen, wann mit seinem nächsten Besuch zu rechnen ist. Einmal kommt er gegen Mittag, dann wieder am Abend, ein andermal gleich am Morgen – ich bin inzwischen so empfindlich geworden, dass ich mich nicht mehr sammeln kann.

Ich warte unentwegt auf den Kontrollor. Ist er gegangen, atme ich auf und entspanne mich. Beginne ich dann meine Gedanken zu ordnen, gelingt es mir doch nicht, Klarheit in meinen Kopf zu bringen. Die Vermutungen, wie viel ungestörte Zeit ich denn nun zur Verfügung habe, hindern mich am Eigentlichen.

Nun ist der Kontrollor schon eine ganze Woche nicht mehr erschienen. Käme er doch bald! Ich halte das Warten nicht mehr aus. Jeden Tag denke ich: Heute muss er kommen – dann habe ich wenigstens den Rest des Tages zur Verfügung.

Öfter als einmal am Tag kommt er nicht, das steht fest, so hat er es zumindest bis jetzt gehalten. Selbst wenn er mich also quälen will und morgen früh schon wieder kommt: einige Stunden bleiben mir dann, der Rest des Tages, wo ich vor ihm sicher bin. Damit wäre mir jetzt schon geholfen.

Spaziergang an der Salzach

HEUTE ABEND, als ich im Theater saß (ein Gast-Ensemble spielte die ›Penthesilea‹), erkannte ich sofort nach seinem Auftritt den Schauspieler wieder, dem ich vor ein paar Jahren in der Lieferinger Au begegnet war.

Es war einer jener Feiertage, die einen plötzlich mitten in der Woche anfallen. Unvorbereitet steht man ihnen gegenüber und weiß nicht recht, was man beginnen soll.

Ich stand eine Stunde später als gewöhnlich auf und schaute aus dem Fenster. Da schönes Wetter war, lief ich nach dem Frühstück auf die Straße, setzte mich in die Bierstube vis-à-vis und bestellte ein Bier. Ich nahm mir vor, mich bis zum Mittagessen zu Hause nicht blicken zu lassen. Sicherlich würde Adelheid aufkreuzen und mich fragen, ob ich Lust hätte, am Nachmittag mit ihr ins Kino zu gehen. Mir wurde es langsam unerträglich, wie sie sich in mein Leben hereindrängte. Gut, sie gefiel mir, und manch einer aus unserem Block war scharf auf sie, und ich hatte es ganz gerne, zuweilen, wenn mir der Sinn danach stand, mit ihr auszugehen. Aber da waren auch Tage, an denen ich sie entbehren konnte, ja, Tage, wo sie mir ziemlich gleichgültig war.

Als ich mein Bier ausgetrunken hatte, füllte sich das Lokal langsam mit Burschen in Sonntagskleidung, die auch alle nicht wussten, was sie mit dem freien Tag anfangen sollten. Sie bestellten Bier mit Schnaps, tranken es im Stehen an der Theke, und ihre Stimmen wurden alsbald so dröhnend und ihre Bewegungen so ungebärdig, dass ich zahlte und ging.

Was mich dazu trieb, die Salzach entlangzuspazieren, weiß ich nicht mehr; vermutlich wusste ich es auch damals nicht.

Waren mir zuerst noch vereinzelt Spaziergänger begegnet, meistens Väter mit lärmender Kinderschar, so sah ich später, als ich mich der Au näherte, keinen Menschen mehr weit und breit.

Nach der Autobahnbrücke schlug ich mich in die Büsche der Au, die leider einige Leute als Müllablagerungsstätte zu benutzen schienen, denn überall lagen vom Wind verstreute Abfälle und Fetzen alter Zeitungen herum.

Ich dachte, dass Adelheid jetzt wahrscheinlich zu Hause bei meinem Vater sitzt und seinen Russlandfeldzugserinnerungen lauscht. Ich glaube, er hat nie eine bessere Zuhörerin gehabt als sie. Solche Opfer nimmt sie auf sich, ohne mit der Wimper zu zucken.

Unvermittelt fand ich mich plötzlich an einer Lichtung dem Wrack eines Fiat 1100 gegenüber, dessen abgeschabter Lack völlig die Farbe seiner Umgebung angenommen hatte.

Als ich neugierig hinzutrat und die Tür öffnete, erschrak ich, denn auf der vorderen Sitzbank lag ein bärtiger Bursche. Er schien geschlafen oder gelesen zu haben, und sein Gesicht kam mir bekannt vor. Wir starrten uns an, bis wir beide zu grinsen anfingen. Er schob das schmale Büchlein, das er in der Hand gehalten hatte, in die Brusttasche und holte aus einer anderen Tasche ein Fläschchen hervor.

»Sie haben mich ganz schön erschreckt!«, sagte er, während er einen Schluck nahm (Zwetschkenschnaps, dem Etikett nach zu schließen). »Ich habe hier gelesen und bin dabei eingeschlafen, wahrscheinlich wegen der starken Sonneneinstrahlung. Ich spürte, dass ich furchtbar träge wurde, dann muss ich eingeschlafen sein. Haben Sie eine Ahnung, wie spät es ist?« Ich antwortete, es sei fünf nach elf.

»Was treiben Sie hier in der Au?«, fragte er, und während wir uns gemeinsam zum Kai durchschlugen, erzählte er, er sei sehr oft hier draußen.

Er besuche die Schauspielschule am Mozarteum, und an den freien Vormittagen (das Studium beginne erst am Nachmittag, richtig los gehe es aber immer erst abends), bei trockenem Wetter, suche er häufig die Au auf. Hier könne er in Ruhe seine Rollentexte studieren und Stimmübungen verrichten, ohne gestört zu werden. Heute zum Beispiel habe er, ehe er sich in den Wagen gelegt habe, den Monolog des Mark Anton, die Leichenrede des Mark Anton aus sich »herausgebrüllt«, habe sich damit innerlich Luft gemacht. Jedes Mal wenn ihn etwas bedrücke, laufe er in die Au und brülle irgendeinen Monolog, meist einen »Shakespeare'schen«, ins Unterholz. Manchmal allerdings werde er sogar hier draußen gestört – zuweilen durch ein Pärchen (gerade jetzt im Frühjahr), zuweilen durch Holzklauberinnen (einmal habe ihn ein Weiblein beobachtet, er habe es schließlich auch erblickt, wie es in einiger Entfernung starr dastand, ihn anglotzte und, als er zu sprechen aufhörte, die Knüttel aus ihrer Schürze fahren ließ und davonrannte).

Einen Pfarrer habe er unlängst nicht weit von hier beobachtet, der auf einer Violine übte. Auch Exhibitionisten trieben sich in der Au herum.

Den Fiat habe er vor ein paar Wochen entdeckt, und er ruhe sich darin von dem langen Anmarsch aus. Leider sei der Modergeruch in dem Wagen unerträglich, bei längerem Aufenthalt darin, zum Beispiel heute, brumme ihm der Schädel.

Während wir dahingingen, redete er ununterbrochen, und ich genoss es, ihm zuzuhören.

Sobald ich einmal zu Wort kam, sagte ich dem jungen Schauspieler, er sei mir von Anfang an bekannt vorgekommen, und fragte ihn, ob er manchmal im Fernsehen mitwirke. Er erwiderte, bis jetzt habe er weder im Fernsehen noch im Theater gespielt, nur bei den jährlichen Studioaufführungen jeweils eine winzige Rolle. »Zurzeit«, sagte er, »gehe ich nicht einmal zur Schule. Seit zwei Monaten habe ich mich im Studio nicht mehr blicken lassen. Meine Kollegen sehe ich nur noch im Café Bazar.« (Nun wusste ich, woher mir sein Gesicht so bekannt war.) Seine Frau, die in München in einer chemischen Fabrik arbeite und ihm monatlich das Geld für sein Studium schicke, erzählte er, als wir uns der Lehener Brücke näherten, wisse wahrscheinlich bereits, dass er nicht mehr zur Schule gehe. Nachdem er bei der Semesterprüfung vor zwei Monaten durchgefallen sei, versuche er nun, ohne Abschlussprüfung ein Engagement zu bekommen. In Linz und Innsbruck habe er bereits vorgesprochen, ohne Erfolg, hier am Landestheater natürlich auch, in Klagenfurt habe er es gar nicht erst versucht. Klagenfurt sei für einen jungen Schauspieler kein Sprungbrett, sagte er.

Die meisten seiner Kollegen übten eine Nebenbeschäftigung aus. Er habe nie gearbeitet, habe sich dafür mit ganzer Kraft aufs Bühnenstudium gestürzt.

»Wenn ich bei der Prüfung durchgefallen bin«, sagte er, »so lag es nicht an mir. – Vielmehr lag es schon an mir«, verbesserte er sich gleich darauf, »nämlich, weil ich nicht wie viele andere dauernd um den Professor herumschwänzelte und ihn nicht alle zwei Tage fragte, ob meine Auffassung von der und jener Rollenstelle richtig sei und so weiter.« Manchmal sei ihm das Studium geradezu verhasst, das Theatermilieu, die Kollegen.

Neulich habe seine Frau in der Schule angerufen (eine Kollegin unterrichtete ihn davon), seine Frau wisse also nun, dass er nicht mehr zur Schule gehe. Sie sei stets davon überzeugt gewesen, dass er es schaffe. »Zu Ostern«, sagte er, »kommt sie.«

Als wir unter der Eisenbahnbrücke durchgingen, nahm er einen letzten Schluck aus der Flasche und warf sie die Böschung hinunter. »Jetzt habe ich Ihnen meine halbe Lebensgeschichte erzählt«, rief er, während er seine Hände wieder in die Taschen seines Rockes steckte. »Jetzt sind Sie dran.«

»Wissen Sie«, fuhr er angeregt fort, »ich habe es mir zur Aufgabe gemacht, die Menschen zu studieren, wo sich nur eine Gelegenheit dazu ergibt. Das ist meines Erachtens wichtiger als das Studium der verstaubten Klassiker und die ewigen Sprechübungen.«

Ich sagte ihm, und das war meine ehrliche Meinung, er sei meiner Ansicht nach ein ausgezeichneter Sprecher.

»Im ersten Semester«, erwiderte er, »wollte mich der Professor als einen Idioten hinstellen.«

Er habe ein Gespräch belauscht, als er sich seinen Schal aus dem Phonetikzimmer holen wollte, worin der Professor zu der Stimmlehrerin sagte, er, Karl Treibel, sei der geborene Naturbursche, so einen Typ gebe es heute kaum noch. Gebt mir dem Treibel kein Buch zu lesen, habe der Professor ausgerufen, verbildet ihn mir nicht.

Er habe tatsächlich bis dahin kaum etwas gelesen, außer den aufgegebenen Rollenausschnitten. Von diesem Tage an aber habe er zu lesen begonnen, zuerst den ›Raskolnikow‹, den ihm eine Kollegin empfahl, da sei er auf den Geschmack gekommen, dann alles, was er nur erwischen konnte. In dém Fiat-Wrack habe er mindestens sechs Bücher gelesen. Hinterher habe ihn jedes Mal das Rückgrat derartig geschmerzt, dass er kaum noch gehen konnte.

Mittlerweile hatten wir die Staatsbrücke erreicht, und ich wollte mich verabschieden. Er komme noch mit, sagte er, er müsse ins Bazar, ein paar Kollegen treffen.

Ob ich eine Halbtagsbeschäftigung für ihn wisse, fragte er mich plötzlich, als wir über die Brücke gingen und die frische Brise genossen. Ich verneinte nach einer angemessenen Pause, und er antwortete, es sei auch besser so, er wisse von manchen Kollegen, die auf diese Weise in einen bürgerlichen Beruf hineingestolpert seien.

Als ich ihm zum Abschied die Hand reichte, bekam seine Stimme einen neuen Klang, er pumpte mich um »ein paar Schilling« an, für einen Kaffee.

Ich genierte mich ein wenig, als ich die Münzen aus meiner Börse klaubte und ihm reichte. Urplötzlich kam mir der Verdacht, er habe sich nur deshalb so hartnäckig an mich angehängt, um mich zum Schluss anzupumpen, und ich bekam schlechte Laune. Alles, was er geredet hatte, erschien mir nun in einem anderen Licht, und meine Laune besserte sich auch nicht, als ich, zu Hause angekommen, sah, dass Adelheid (die heute neben mir das Geschehen auf der Bühne mit größerer Aufmerksamkeit verfolgt als ich) nicht da gewesen war.

Der Platzwart

GLEICH AM ersten Morgen machte ich mich mit dem Gelände gründlich vertraut. Während ich es in Längsrichtung abschritt, zählte ich linker Hand neunzehn Wagen in drei Reihen; hinten, wo das Drahtgitter an einer Böschung verläuft, neun Stück. Auf der anderen Seite, wieder zu meinem Wärterhäuschen herauf, waren es zwanzig, jedoch stehen sie rechts nur in zwei Reihen.

Ich nahm mein Amt sehr ernst, besonders in den ersten Tagen; andauernd kontrollierte ich das Gelände mit dem Feldstecher, und stündlich wanderte ich die betonierte Gasse auf und ab. Mein Vorgänger, der alte Balthasar, sagte, dass ich vielleicht auch noch einen Schäferhund bekomme, der letzte sei vor einem halben Jahr an Altersschwäche eingegangen.

Den Schlagbaum konnte ich nach ein paar Versuchen bedienen, als hätte ich nie etwas anderes gemacht. Das Telefon hingegen, das auf dem Tischchen steht, welches außer dem dazugehörigen Stuhl und einem Schrank die gesamte Einrichtung des Wärterhäuschens darstellt, beunruhigte mich, denn ich hatte in meinem Leben vielleicht zwei- oder dreimal einen Telefonhörer in der Hand gehabt, und ich hatte Angst, etwas falsch zu machen. Beim ersten Läuten werde ich wohl gehörig zusammenzucken, das ist mir klar, aber nichtsdestoweniger werde ich den Hörer abnehmen, wenn es klingelt, und werde mich melden, so wie es mir Balthasar einschärfte und wie ich es wohl schon ein dutzend Mal übte:

»Arguswerke, Lager Grödig, Kroisshuber.« Ich hoffe, dass ich mich nicht gerade auf dem Rundgang befinde, wenn es läutet.

Auch nach fünf Tagen hatte sich noch kein Fahrzeug vor dem Schlagbaum gezeigt, keiner von diesen zweiteiligen Transportern, die imstande sind, es mit acht oder mehr Wagen aufzunehmen; kein einziges Mal hatte das Telefon geklingelt. Ich machte mir damals deswegen noch keine Gedanken, obwohl ich in meinem neuen Dienst Zeit genug hatte, mir über alles Gedanken zu machen.

Dies war anfänglich mein größtes Problem: Mit der Zeit, diesen langen Stunden, bis mich der Nachtwächter ablöste, fertig zu werden. Ich bin es von meiner früheren Tätigkeit her nicht gewohnt, frei über meine Zeit, besser, über die Zeit der Firma, zu verfügen. Ich bin es gewohnt, dass mir einer auf die Finger sieht, dass ich über die Stunden des Arbeitstages Rechenschaft geben muss.

So war es bei Ringler & Co., Autoverwertung, der Firma, wo ich zuletzt tätig war. Außenstehende glauben häufig, auf einem Autofriedhof werde nur mit Schweißbrenner, Vorschlaghammer und Kran gearbeitet. Das mag im Allgemeinen zutreffen, auf meine Kollegen beispielsweise traf es zu; aber ich war mit Schraubenschlüssel, Abzieher und Holzhammer immer noch schneller als sie, die wie wild geworden auf die Motoren losschlugen, als hätten die ihnen etwas zuleide getan.

Ringler schätzte mich deshalb natürlich nicht höher ein als die anderen, es war ihm egal, wie einer die Alu-Kolben aus dem gusseisernen Motorblock herausholte, solange er nicht langsamer war als die anderen.

Nichts hätte mich von Ringler wegbringen können. Doch dann war da die Sache mit Helga, der Zahlkellnerin aus dem Sternbräu. Eines Freitagabends wurden meine Kameraden gar zu ausfallend. Als Höpflinger sie fassen wollte, flüchtete sie zu mir, und ich, ebenfalls bis obenhin mit Bier angefüllt, legte mutig meinen Arm um sie und sagte großartig, Helga stehe unter meinem Schutz. Und ehe ich mich versah, war ich verlobt und verheiratet.

Ich durfte mich dann nur noch als Mechaniker ausgeben, wenn Helgas Bekannte zu Besuch kamen, und eigentlich war ich das ja auch. Wenn jemand der Meinung ist, ich hätte die Motoren bloß auseinandergenommen und ausgeschlachtet – ich trete jederzeit gerne den Beweis an, dass ich sie auch wieder zusammenbauen kann.

Helga sorgte dafür, dass ich jeden Montag eine frisch gewaschene blaue Montur anzog, was mir bei den Kollegen den Spitznamen »der feine Herr« eintrug. Nach einem Ehejahr waren meiner Frau auch die frisch gewaschenen Monturen nicht mehr fein genug. Da mir die ewigen Sticheleien zu dumm wurden, begann ich mich (freilich ohne besonderen Nachdruck) nach anderen Verdienstmöglichkeiten umzusehen.

Den Posten hier bei Argus verschaffte mir Helgas Onkel. Einer seiner Schulfreunde soll Aufsichtsrat bei Argus sein.

Nun trug ich einen weißen Arbeitsmantel, fühlte mich aber darin nicht besonders wohl. Ich wusste mit der vielen freien Zeit nichts anzufangen. Auch das muss zu erlernen sein, sagte ich mir, meine Hände müssen sich halt daran gewöhnen, dass es für sie nichts zu tun gibt, und mein Gewissen daran, dass es rein ist, obwohl ich abends nichts vorweisen kann, was ich geleistet hätte. Hier werden eben andere Fähigkeiten verlangt, sagte ich mir immer wieder; der Sinn meiner Tätigkeit tritt vielleicht nicht so offen zutage wie bei einem Handwerk, aber er ist vorhanden, muss es sein.

Dazu nutzte ich jetzt die Zeit, die mich zuerst beinahe zur Verzweiflung brachte: herauszufinden, wo denn der eigentliche Sinn meines Amtes lag. Zaghaft lernte ich meinen Kopf gebrauchen, und ich wünschte, er würde je halb so geschickt werden, wie es früher meine Hände waren.

Nach fünf Wochen erhielt ich zum ersten Mal Besuch: Ein Firmenwagen von Argus hielt vor dem Schlagbaum. Ich ließ ihn emporschnellen und lüftete aufgeregt meine Kappe.

Die vier Burschen, die aus dem Lieferwagen stiegen und alle den Argus-Vogel an ihren Schlosseranzügen trugen, waren offensichtlich Monteure. Man sah gleich, dass sie getrunken hatten, sie gebärdeten sich recht ausgelassen, griffen sich gegenseitig an die Hosen und wieherten in einem fort. Mich ignorierten sie. Ich argwöhnte nichts Schlimmes, zog mich ins Wärterhäuschen zurück und beobachtete sie vom Fenster aus. Als sie jedoch dann begannen, Fangen zu spielen, und dabei auf die neuen Wagen stiegen, wurde ich hellwach. Einer, den sie Hell riefen, sprang mit seinen genagelten Schuhen auf die Motorhaube eines Argus 1800 S, von dort aufs Dach und weiter auf den nächsten Wagen. Ich zerbiss mir die Lippen und ging auf die Bande zu. Doch konnte ich nicht viel ausrichten. »Hau ab, Meister!«, schrie der Längste von ihnen. »Sonst machen wir Faschiertes aus dir!« Und ich ging schlapp zu meiner Hütte zurück.

Die nächsten Tage erging ich mich in Selbstvorwürfen. Du machst deine Sache schlecht, musste ich mir sagen, bist mir ein schöner Platzwart! Die Schrammen an den Wagen ließen sich nicht wegwischen, und wenn einer von den Oberen kommt und den Platz abschreitet, was soll ich dann zu meiner Rechtfertigung vorbringen?

Da hatte ich mir nun wochenlang den Kopf zerbrochen, ob meine Tätigkeit überhaupt einen Sinn habe. Angesichts der Tatsache, dass seit meiner Indienststellung vor über einem Monat Totenstille auf dem Abstellgelände herrscht, so dass man manchmal glauben mochte, die Argus-Werke hätten den Platz Grödig vergessen, konnte man sich ja wirklich ein wenig überflüssig vorkommen. Nun, nach dem Herumtollen der Argus-Monteure verflogen diese Hirngespinste. Der Sinn meiner Tätigkeit – wie lächerlich waren meine Grübeleien in Anbetracht dessen, dass ich nicht einmal den einfachsten Anforderungen meines Dienstes gewachsen war. Trotzdem kamen die bohrenden Gedanken immer wieder.

Der alte Nachtwächter ist ein schweigsamer Mensch, aber so viel habe ich aus ihm herausgebracht, dass sich auch während der Nächte auf dem Platz niemals etwas ereignet. Bei einem meiner Rundgänge (ich ging jetzt nur noch alle paar Tage einmal herum) sah ich, dass entlang der Umzäunung das Gras bereits die Reifen der Wagen hoch umwucherte, als stünden diese schon ein Jahr oder länger hier.

Den Karteikasten, der in einem Winkel des Wärterhäuschens stand, hatte ich von Anfang an für verschlossen gehalten. Vorige Woche versuchte ich aus Langeweile noch einmal, ihn zu öffnen, und siehe, die Lade hatte bloß etwas geklemmt. In Hängemappen waren darin Einlieferungsscheine aufbewahrt. Ein sonderbares Gefühl kam in mir auf, als ich einige dieser Scheine durchsah und entdeckte, dass die Einlieferungsdaten durchwegs zwei Jahre zurücklagen.

Das alles war sehr rätselhaft, stundenlang saß ich oft auf meinem Stuhl und blickte auf das Heer von Automobilen hinaus, die man, wie ich mir im Scherz manchmal sagte, offenbar vergessen hatte. So war ich froh, als Balthasar eines Tages vorbeikam und ich mit jemandem über alles sprechen konnte.

Ich erzählte ihm meine Wahrnehmungen und bat ihn um Aufklärung. Er habe mich gleich anfangs ins Bild setzen wollen, begann er zögernd, aber ich sei so hoffnungsvoll dahergekommen, dass er es nicht über sich gebracht habe, mir seine Vermutungen über den Betrieb hier mitzuteilen. Denn auch er wisse nichts Genaues, das Werk schweige, er habe nur so seine Vermutungen.

Soweit ihm bekannt sei, hätte das Lager Grödig schon seinerzeit aufgelöst werden sollen, da es für den ständig wachsenden Ausstoß der Argus-Werke viel zu klein sei und man die Großanlage in Lengfelden schon seit einiger Zeit in Betrieb genommen habe. Vielleicht sei der Akt, der sich mit der Auflösung befasste, in einem der Büros verlorengegangen, und er deutete in die Richtung zur Stadt, wo sich das Argus-Hochhaus befand.

Es sei aber auch möglich, dass man mich gar nicht entlassen könne, selbst wenn dies, wirtschaftlich gesehen, notwendig wäre.

Wenn man mich nämlich entließe und den Lagerplatz auflöste, so müsste man auch jenes Büro dort unter den zig Büros im Hochhaus auflösen, jenes Büro, das für den Platz Grödig verantwortlich sei und die Ein- und Abgänge zu verbuchen habe. Jenes Büro arbeite zweifellos noch, selbst wenn der Platz stillliege, der Beweis dafür sei, dass man den Platz noch nicht endgültig geräumt habe und dass es einen Platzwart gebe, der in den Lohnlisten jenes Büros geführt werde. (»Sie erhalten doch jeden Monat Ihren Scheck mit der Post?«) Aber auch jenes Büro könne man vielleicht nicht auflösen, ohne dass dadurch wiederum in anderen Büros Verwaltungskräfte überflüssig würden – kurz, eine Lawine könnte ins Rollen kommen, und die Folgen wären unabsehbar.

So weit Balthasar. Recht klug wurde ich aus seinem Gerede nicht, und ich habe ihn stark im Verdacht, dass er mir mit seiner Geschichte einen Bären aufgebunden hat.

Irgendetwas muss ich aber bald unternehmen, so viel steht fest. Am besten wäre es, ich spräche dort im Büro vor, doch wann sollte ich das wohl machen? Ich will aber auch nichts übereilen, sage ich mir, abwarten, und vorerst verrichte ich einfach wie bisher weiter meinen Dienst.

Vormittag eines Todesfahrers

DER VOLKSGARTEN wirkt wie ausgestorben. Nur manchmal zieht ein Pärchen, in seine Mäntel eingemummt, vorbei, ohne nach links oder nach rechts zu blicken. Um diese Jahreszeit, denke ich, während ich frierend auf der Rampe vor dem Zelteingang auf und ab gehe und mir die Arme um den Leib schlage, um mich zu erwärmen, verdienst du dir dein Brot nicht. Mich friert; trotzdem ziehe ich es vor, hier draußen herumzulaufen, statt im Wohnwagen mit Schufflhauer und Abraham Karten zu spielen, umnebelt vom Rauch ihrer stinkenden Zigarren.

Es ist jeden Morgen dasselbe: Sie nehmen sich nicht einmal Zeit, das Frühstücksgeschirr vom Tisch zu räumen, hastig kippen sie den letzten Schluck Tee hinunter, Schufflhauer schiebt mit seinem Ellbogen die Tassen beiseite, zu mir herüber, und schon hat Abraham die schmierigen Spielkarten aus seiner Gesäßtasche hervorgeholt und auf den Tisch geknallt. Da ich nicht mit ihnen Karten spielen will, nehmen die beiden so lange keine Notiz von mir; ich bin für sie Luft.

Ich halte es in dem engen Raum nicht aus, laufe viele Stunden am Tag draußen herum, auch in der größten Kälte, während Abraham und Schufflhauer den Wohnwagen nur verlassen, um ihre Notdurft zu verrichten. Hie und da allerdings spiele ich mit ihnen; wenn ich Ablenkung brauche, wenn meine Gedanken keinen Ausweg finden, setze ich mich, beinahe unterwürfig, zu ihnen an den Tisch, und sie scheinen sich jedes Mal darüber zu freuen, teilen mir sofort Karten zu.

In meinen Augen sind sie beide ziemlich primitive Kerle, ohne Hirn (Schufflhauer hat nicht einmal von Motoren eine Ahnung), trotzdem unterliege ich ihnen beim Kartenspielen jedes Mal, und es ist klar, sie halten mich für einen Schwachkopf. Sie denken vielleicht: Winkler ist ein zuverlässiger, verwegener Fahrer, hat aber keine Ahnung vom Kartenspielen, das lernt er nie. Jetzt, im Winter, wird nicht gefahren, dafür spielen die Karten eine umso größere Rolle.

Das unförmige Ding auf dem hölzernen Bock ist meine Maschine, eingehüllt in Decken und Plachen. Wie andere Menschen vielleicht Freude empfinden, wenn sie einen bestimmten Mitmenschen erblicken, so verspüre ich ein Gefühl der Zärtlichkeit, sobald ich mich meiner JAP nähere.

In der Mitte des Zeltes glänzt in der Dunkelheit das riesige, kugelförmige Stahlnetz, meine eigentliche Welt. Ich überlege es mir wieder anders, lasse die Maschine heute nicht warmlaufen, sondern trete hinaus ins Freie und spaziere die Gasse zwischen den geschlossenen, meist mit Brettern vernagelten Buden hinauf. Vom Dach der Geisterbahn hängen dicke Eiszapfen. Vom Eislaufplatz dringt Musik herüber: ein Walzer. Abends liebe ich es, mich dort als Zuschauer hinzustellen. Die gleitende Leichtigkeit, die von den eislaufenden Mädchen und Jungen ausgeht, überträgt sich dann auf meine Stimmung, und die Musik tut ein Übriges.

Vor ein paar Tagen ergab es sich, dass ich mit Nelli, deren Mutter die größte Schießbude hier führt, ins Gespräch kam.

Jeder hier kennt Nelli, aber gesprochen hatte ich nie mit

ihr. Sie ist keine gute Eisläuferin, aber als sie sich in der Kantine zu mir an den Tisch setzte, ich nehme an, weil anderswo kein Platz mehr frei war, sagte ich ihr, ich hätte immer nur ihr beim Eislaufen zugeschaut. (Die Wahrheit ist, dass ich meinen Blick nicht von ihren langen, wohlgeformten Beinen abwenden konnte.) Sie blieb dann bei mir sitzen und begann mich über Abraham auszufragen, nannte ihn einen zudringlichen Kerl. Ich, durch die ungewohnte Gesellschaft eines Mädchens etwas durcheinander im Kopf, erzählte ihr alles, was mir gerade einfiel, unter anderem auch die Sache mit den Fußtritten, und ich brachte sie damit zum Lachen.

In der Saison, wenn sich das Publikum an den Buden vorüberdrängt, kommt es darauf an, möglichst viele Leute in unsere Vorstellung zu bringen. Zwei knallrot angestrichene, ausgediente Maschinen, deren Motoren jedoch noch laufen, stehen auf der Rampe, und vor jeder Darbietung lassen wir die kaum schallgedämpften Motoren aufheulen. Gleichzeitig brüllt Schufflhauer ins Megafon, um die Leute zur Kasse zu dirigieren. Aber der dicke Rudi von der Geisterbahn schräg gegenüber versteht sein Handwerk ebenfalls, außerdem ist das Gekreische der Geisterbahnbesucher, das über Lautsprecher ins Freie übertragen wird, die beste Reklame für ihn. Jedes Mal schwanken die Besucher zwischen dem Dröhnen der Motoren und dem Gekreische der Damen.

Eines Tages gerieten wir auf der Rampe vor der vorbeiflanierenden Menge in Streit. Abraham verdächtigte mich, ich hätte ihm die Luft aus dem Vorderrad gelassen. Einige Burschen spöttelten über das zusammengesackte Vorderrad. Ich wies diese absurde Verdächtigung zurück, wir begannen uns gegenseitig anzubrüllen, und staunend bemerkten wir aus den Augenwinkeln, wie die Leute, jung und alt, zur Rampe strömten. Abraham wusste sich nicht anders zu wehren, als dass er mir einen Tritt in den Hintern versetzte. Das Publikum johlte vor Begeisterung; so laut hatten sie noch bei keiner Vorstellung geschrien.

Einmal erprobt, wurde dieses Mittel von Abraham nun öfter angewandt, wenn es galt, die Leute von den Schaubuden, insbesondere von der Geisterbahn, wegzulocken und an unsere Kasse zu bringen. Ich wurde mehr oder weniger in die Rolle eines duldenden Clowns gedrängt, und es fiel mir nicht immer leicht, Abrahams Tritte einzustecken, wusste ich doch, welche Genugtuung es ihm bereitete, mich vor allen Leuten ungestraft in den Hintern treten zu dürfen. Hier bekam ich unter anderem die Quittung dafür, dass ich mit meiner Schlussnummer jedes Mal den größten Beifall einheimste.

Zur Sache: Eines Tages rebellierte etwas in mir, und ich gab Abraham seinen Fußtritt zurück, gerade als er sich wieder auf seine Maschine setzen wollte. Er war darüber so erstaunt, dass er beinahe dadurch zu Fall gekommen wäre. Zwar bereute ich meine spontane Handlung gleich hinterher, dennoch musste ich sehen, dass sich Abrahams Verhalten mir gegenüber von dieser Minute an änderte; es war, als nähme er mich jetzt erst für voll. Nun gut, von da an traten wir uns also gegenseitig in den ledernen Hintern, wenn dieses Schauspiel auch längst die anfängliche Wirkung auf die Volksgartenbesucher eingebüßt hatte.

Beim Eislaufplatz angelangt, stelle ich fest, dass die Kälte etwas nachgelassen hat. Obwohl ich Nelli am Vormittag noch nie am Eislaufplatz gesehen habe, schweift mein Blick suchend umher. Ich möchte mit ein paar (inzwischen ein-studierten) Worten gutmachen, was ich gestern versäumte, als Nelli mich fragte, ob sie sie auch für eine Schlampe hal-te. »Meine Mutter nennt mich andauernd eine Schlampe«, sagte sie. Ich erwiderte, nein, und obwohl mir bewusst war, dass dies zu wenig war, dass ich jetzt etwas sagen müsse, dass sie auf ein paar Worte von mir wartete, schwieg ich und rief mir ins Gedächtnis zurück, was ich Schufflhauer und Abra-ham über Nelli habe sagen hören.

Dass sie es im Sommer mit Charlie getrieben habe, vor-her mit Jupp und so weiter … Dass sie ihn abblitzen ließ, verschwieg Abraham allerdings. Ich halte Nelli für keine Schlampe. Es gehört zum Geschäft, dass sie ein wenig mit den Burschen flirtet; manche kommen nur ihretwegen zur Schießbude, und ihrer Mutter kann das nur recht sein. Ich möchte das Nelli sagen, ich hätte es ihr gleich gestern sa-gen sollen. Stattdessen plagte ich sie mit meiner fixen Idee, sie müsse im Frühjahr endlich einmal in eine meiner Vor-führungen kommen. Immerzu drängte ich sie, sich unsere Kunststücke anzuschauen, aber sie sagte, sie habe zu viel Angst, sie könne sich so etwas nicht ansehen. Ich erwiderte, es sei in der Kugel nicht gefährlicher als auf der Landstraße, im Gegenteil, und die gemalten Totenköpfe über dem Zelt-eingang dienten nur dazu, die Leute anzulocken.

Tatsächlich sind jedoch unsere Darbietungen nicht ganz ungefährlich, besonders Teil vier, wo wir zu zweit die Kugel durchrasen, in genau berechneten Bahnen, wobei die Kugel rhythmisch zu schwingen beginnt. Solange uns die Motoren nicht im Stich lassen, und das taten sie noch nie, denke ich, kann nichts passieren – es sei denn, Abraham verliert eines

Tages die Nerven. Eine winzige Ungenauigkeit genügt, und wir landen beide zerschmettert in der Kuhle. So seltsam das klingt: Zwischen Abraham und mir besteht keineswegs ein kameradschaftliches Verhältnis, in der Kugel jedoch vertraue ich ihm; sobald Schufflhauer das Gitter am Einstieg hinter uns befestigt und Abraham mit seinem roten Halstuch als Erster auf seinen vorgeschriebenen Kurs geht, verlasse ich mich völlig auf ihn.

Wenn ich lange genug draußen herumgelaufen bin wie heute, kann ich mich sogar mit dem Gedanken befreunden, mich zu den beiden in den Wohnwagen zu setzen und entweder in meinem zerfransten Band »Die berühmten Rennmotorräder« zu blättern oder mich in meine Koje zu legen und gegen gewisse Träume zu wehren, vielleicht sogar mich an den Tisch zu setzen und mir von Schufflhauer Karten zuteilen zu lassen, obwohl das jedes Mal für mich mit einer Niederlage endet. Schufflhauer und Abraham spielen annähernd gleich gut, einmal gewinnt der eine, einmal der andere; der Verlierer bin immer ich.

Während ich mich unserem Wohnwagen nähere, höre ich, dass Abraham seine Maschine im Zelt angelassen hat, vorsichtig lässt er den Motor warmlaufen. Ich habe keine Lust, mich zu ihm zu gesellen, ziehe mir die Wollmütze vom Kopf und schlüpfe in den Wagen. Schufflhauer, der bereits die Küchenschürze um seinen Bauch hat, fragt wie immer, wenn ich von draußen komme: »War's schön?« (Ich habe nie herausbekommen, was er damit meint.) Mühsam streife ich die Stiefel ab und lege mich in meine Koje.

Damit habe ich mich abgefunden, abfinden müssen, dass mich die beiden nicht in die Vertrautheit ihrer Kumpanei mit hineinnehmen. Anfangs sagte ich mir: Gedulde dich nur ein wenig. Später musste ich einsehen, dass sie mich einfach nicht an sich heranließen.

Natürlich denke ich manchmal auch daran fortzugehen. Schufflhauer wäre es vielleicht sogar egal, die Nummern würden mit Abraham allein an Attraktion verlieren, aber sein Publikum würde er trotzdem haben, und er hätte im Winter einen Mann weniger zum Durchfüttern.

Die Frage ist immer dieselbe: Wohin könnte ich gehen? Oft genug habe ich in B. versucht, in irgendeiner Reparaturwerkstatt unterzukommen, mir eine bescheidene Existenz zu schaffen. Nirgendwo konnte ich länger als ein paar Wochen bleiben. Sobald die Arbeitskollegen meine Geschichte erfuhren, die Geschichte von dem Unfall, war es aus, und meistens erzählte ich sie sogar selbst; saß ich mit ihnen in einer Gastwirtschaft und trank mit ihnen, so konnte ich es plötzlich nicht mehr für mich behalten, ich erzählte es ihnen. Immer noch besser, als wenn sie es von woanders erfahren; wenigstens weiß ich gleich, woran ich bin. Werden auch sie mich unauffällig zu meiden beginnen, werden sie es mich spüren lassen, dass ich den Verlust eines Menschenlebens verschuldet habe?

Immer wieder erfuhr ich dasselbe, bis ich es leid war und meine Versuche, irgendwo in meinem erlernten Beruf unterzukommen, aufgab. (Im Zelt erstirbt jetzt der Motorenlärm.)

Als ich bei Schufflhauer landete, dachte ich, es sei nur für vorübergehend, bis ich so viel Geld beisammen habe, um nach Tirol, Kärnten oder Bayern zu gehen, wo mich keiner kennt. Auf Schufflhauer machte meine Geschichte nicht den geringsten Eindruck. »Kann jedem passieren«, war sein einziger Kommentar. Mittlerweile glaube ich zu wissen, dass eine Ortsveränderung mir nichts nützt, weil ich, und das haben die letzten zwei Jahre gezeigt, einfach nicht für mich behalten kann, dass ich das Leben meines Freundes auf dem Gewissen habe.

Abraham kommt herein und wirft sich in die Koje unter mir. Seine feindlichen Gefühle bestanden vom ersten Moment an, als er noch gar nichts von dem tödlichen Unfall wusste, fällt mir ein: Dies bedeutet mir mehr, als ich sagen kann. Er ist wahrscheinlich der einzige Mensch, dem ich meine Freundschaft antragen würde ... Er holt seinen Zündkerzenschlüssel, den er, seit ich ihn kenne, immer im Stiefelschaft stecken hat, hervor und kratzt sich damit am Rücken.

Nur in der Kugel, beim Dröhnen der Motoren, wenn ich, mit meiner JAP verwachsen, dem Gesetz der Fliehkraft gehorche, setzt das bohrende Gewissen aus. Dann gibt es für mich nur den Motor, den Drehzahlmesser und die rote Markierungslinie.

Seit Wochen hatten wir nicht einmal am Sonntag eine Vorstellung, denke ich und gehe zum Spiegel, um meine Haare in Ordnung zu bringen. Was mich augenblicklich am meisten beschäftigt, ist, wie sich Nelli nun verhalten wird, da ich ihr gestern Abend die Geschichte von meinem Unfall vor zwei Jahren erzählt habe. Wir werden sehen, sage ich mir, während ich mich an den Tisch setze, wir werden es erleben, und ich grinse beifällig, als Abraham den Schufflhauer, der unsere Teller mit Eintopf füllt »unsere Mutti« nennt.

Beckers Verwandlung

Für Teresa

WÄHREND ER mit Blackie, dem Hund der Frau Professor, zum Bahnhof schlenderte, um einen soeben an die Eltern geschriebenen Brief in den Postkasten zu werfen, ging Becker den Brief in Gedanken noch einmal durch, und es kam ihm zu Bewusstsein, dass er den gesamten Wortlaut, Satz für Satz, noch im Kopf hatte. Voller Stolz über diese Gedächtnisleistung begann er sich während des Gehens mit der Kante der freien Hand (die andere führte die Leine) gegen sein angespanntes Bauchfell zu schlagen, wie er es öfters tat, wenn er guter Dinge war.

»Die Semesterferien gehen nun zu Ende«, hatte er geschrieben, »das Haus war jetzt die ganze Woche ruhig und leer. Vormittags hatte ich Telefondienst, fast täglich kamen Anrufe von Intendanten, Regisseuren und Agenten. Abends leiste ich der Frau Professor Gesellschaft.« Beim Schreiben dieser Zeilen, daran erinnerte er sich jetzt ebenfalls, hatte er sich vorgestellt, wie seine Mutter sich über diese Ruhetage freuen würde; in ihrem letzten Brief hatte sie befürchtet, dass ihn das Leben in der Schule – außer dem Bühnenstudium hatte er als »Haussohn« auch noch die Pflichten des Hausmeisters und der Hausreinigung übernommen (dafür durfte er gratis wohnen und studieren) – überanstrengen würde.

»Der tägliche Hausputz«, hatte er weiter geschrieben, »ist nun ein Kinderspiel, weil niemand da ist, der Schmutz ins Haus bringt.« Mit diesem Satz verband sich die lebhafte Vorstellung, wie jeden Morgen um acht, wenn er gerade als

Letztes den Parkettboden in der Halle gebohnert hatte, die ersten Kollegen tatendurstig das Haus stürmten, mit Schuhen, an denen Erde des Gartens klebte, denn alle spazierten, bevor sie die Schule betraten, eine Weile im Garten herum, deklamierten vor sich hin und machten Atemübungen.

Ich hab eigentlich gar keine Ferien gehabt, dachte Becker. Ich stehe wie immer um sechs Uhr auf und kann mich nicht vor Mitternacht ins Bett legen, da ich nach dem Abendessen immer darauf gefasst sein muss, dass die Chefin in mein Zimmer kommt und mich auffordert, sie und den Hund zu einem Spaziergang zu begleiten. Sie steht nie vor zwölf Uhr auf, murrte er manchmal innerlich, ich muss um sechs Uhr raus, um mit allen Räumen und mit der Gartenarbeit (die in den Ferien dazukam) fertig zu werden.

Als Becker den Brief durch den Schlitz des Briefkastens gleiten ließ, fragte er sich, ob es nicht ein wenig voreilig war, den Eltern von seinem Fernseh-Engagement zu berichten. Ich hab aber doch die Rolle so gut wie in der Tasche, beruhigte er sich dann, die kleine Rolle des Araberjungen, und Mutter würde sich darüber unsäglich freuen. Er sah seine Mutter vor sich, wie sie sich am Abend, wenn Vater schon im Bett war, mit seinem Brief und mit ihrer Brille in einen Winkel der Küche zurückzog und ganz still wurde.

Auf dem Rückweg zur Schule bewirkte die Vorstellung, er werde eines Tages als Stern am Theaterhimmel aufgehen, ein blitzartiges, heftiges Glücksgefühl in ihm, und er begann auf der Straße übermütig zu hüpfen. Blackie stürmte ebenfalls erregt vorwärts. Es kam dazu, dass Becker allen Verboten zum Trotz die Leine am Halsband Blackies löste und ihn frei laufen ließ. Die Straße ist ohnehin leer, um diese frühe Abendstunde ist wenig Verkehr im Ort, sagte er sich. Wie um ihm zu widersprechen, fuhr in diesem Augenblick ein Wagen vorbei. Sofort rief Becker nach Blackie, der nun in der hereinbrechenden Dunkelheit auf der schlecht beleuchteten Straße kaum zu sehen war. Als Becker mehrere Scheinwerfer sich herantasten sah und Blackie auf sein Rufen nicht gehorchte, begann er zu laufen, um den Pudel einzufangen und an die Leine zu nehmen.

Später erinnerte er sich, dass er, als vorne die Bremsen des Wagens kreischten und Blackie ersterbend heulte, einen Schrei ausgestoßen hatte, der dem Todesgeheul Blackies ähnelte, und tatsächlich hätte Becker in diesem und in den folgenden Augenblicken sein Leben für das des Hundes gegeben; denn was war seines jetzt noch wert? Er konnte sich später nicht mehr erinnern, was der Fahrer, ein hünenhafter, elegant gekleideter Herr, ihm zugerufen hatte, nachdem jener die sterbliche Hülle Blackies mit einem einzigen, gut angesetzten Fußtritt auf den Rasen jenseits des Gehsteigs befördert hatte.

Becker, der zuerst minutenlang wie gelähmt auf der Böschung neben der Straße hockte, wartete dann auf ein vorbeifahrendes Automobil, um sich davorzuwerfen. Dies schien ihm die einzige Möglichkeit weiterzuleben. Eine Stunde lang spazierte er den Bahndamm auf und ab, ohne dass ein Zug vorbeigekommen wäre. Blackie hatte er in einem Gesträuch mit faulem Laub versteckt, da er das grinsende Maul des toten Tieres nicht ertragen konnte. Später, als er bereits längere Zeit im Garten der Schule herumgeschlichen war und gewartet hatte, bis das Licht im Zimmer der Chefin erlöschen würde, lief er auf einmal wieder zurück, um Blackie zu holen. Ich leg ihn einfach auf die Straße vor der Schule, dachte er, irgendjemand wird morgen früh anklingeln, ich werde die Chefin aus dem Schlaf trommeln, und eine Ausrede – dass er mir durch die Tür entwischt sei, oder so ähnlich – wird mir schon einfallen. Becker fand jedoch die Stelle nicht mehr, wo er den schwarz gelockten Balg verscharrt hatte. Völlig erschöpft und verstört langte er endlich weit nach Mitternacht in der Schule an, schlich sich in sein Zimmer hinauf und verriegelte die Tür. Auf seinem Tischchen fand er einen von der Chefin geschriebenen Zettel: »Wo in aller Welt treiben Sie sich herum?« Daneben lagen drei Hundekuchen. Becker schob sie angeekelt beiseite, warf seine Jacke über die Stuhllehne und ließ sich angekleidet auf das Bett fallen.

Das Erste, was Becker am nächsten Morgen, als er erwachte, bemerkte, war ein abscheulicher Geschmack im Mund. Er hatte die Leine zwischen den Zähnen. Was hab ich nur für dummes Zeug geträumt?, dachte er, konnte sich aber nur noch schemenhaft an eine Verfolgungsjagd über Dächer erinnern. Noch ehe er sich ganz auf das Schreckliche seiner Lage besinnen konnte, ertönte draußen vor der Tür die Stimme der Chefin. »Wenn ich schon gestern die Rollläden selbst herunterlassen musste«, rief sie, »so öffnen Sie sie wenigstens jetzt. Oder sind Sie krank? Haben Sie Blackie bei sich?«

Becker wusste sich nicht anders zu helfen, als dass er zu winseln und zu bellen anfing. Zugute kam ihm hierbei, dass er des Öfteren im Kreise der Kollegen Blackie imitiert hatte, und zwar so verblüffend ähnlich, dass sie nicht wussten, ob sie staunen oder lachen sollten. Ein Blick auf die Uhr belehrte Becker, dass er völlig verschlafen hatte. Elf Uhr! Wenn die Chefin jetzt zur Tür hereinkäme, dachte er.

Als er sie dann die Treppe hinuntersteigen hörte, fühlte er sich unendlich erleichtert, insbesondere, da ihm nun zum Bewusstsein kam, dass Freitag war. Jeden Freitag ging die Chefin zu ihrer alten Mutter essen, dabei blieb Blackie immer zu Hause. Eine Stunde Galgenfrist, dachte er und sprang vom Bett auf. Er ging in seinem Zimmer hin und her und zerrieb die Hundekuchen zwischen seinen Fingern. Kein Blick streifte heute die überall herumliegenden Rollenbücher. Becker war immer auf der Suche nach einer geeigneten Rolle, anscheinend gab es keine.

Endlich wagte er sich aus seinem Zimmer hinaus, er starrte hinunter in die leere Halle, wobei sein Blick auf dem alten Lederfauteuil haften blieb, Blackies angestammtem Platz während der Rollenstunden der Chefin, wenn auf der Klinke der Tür zum Bühnenzimmer das Schild »Nicht stören!« hing.

Nach einer Weile vollkommener geistiger Leere war sich Becker im Klaren darüber, dass er der Chefin niemals die Wahrheit sagen konnte. Jeder weiß, wie sehr sie an diesem Hundsvieh hängt; sie wird Blackie nie verschmerzen!

Während er die Toilette aufsuchte, erinnerte sich Becker eines Briefes an seine Schwester, worin er ihr erzählte, wie die Chefin jedes Mal, wenn sie merkte, dass er die Toilette im Oberstock benützte, hinter ihm zweimal die Wasserspülung betätigte.

Abhauen, dachte Becker, die Sachen zusammenpacken und zum Bahnhof laufen. Um drei Uhr kann ich schon zu Hause sein. Sofort sah er ein, wie lächerlich diese Idee war.

Er sah sich mit seinem Koffer in Dorfen auf dem kleinen Bahnhof aussteigen, durch die Straßen gehen und zu Hause läuten. Überall würden sie sich nach ihm umdrehen, die Köpfe zusammenstecken und sagen, das hätten sie gleich gewusst. Vater war zwar von Anfang an gegen das Theaterstudium gewesen, als er jedoch eingesehen hatte, dass er nichts daran ändern konnte, begann er überall im Haus und in den Gastwirtschaften herumzuerzählen, sein Sohn ergreife die Bühnenlaufbahn.

Mutter hätte nicht viel gefragt, wenn er so unerwartet zu Hause aufgetaucht wäre, sie hätte sich vielmehr sofort seiner schmutzigen Wäsche angenommen. Niemals hätte er ihr das antun können! Ich muss hier ausharren, sagte er sich; und wenn ich aus der Schule fliege, und das ist noch das Mindeste, was mich erwartet, werde ich mir in der Schuhfabrik hinter dem Bahnhof Arbeit suchen. Ach, überlegte er sich noch einmal, hätte diese Limousine doch mich angefahren statt Blackie.

Im Nachbargarten bellte der Schäferhund des Kaufmanns, und Becker, wie er es sich zum Spaß angewöhnt hatte, öffnete das Fenster und bellte zurück, er knurrte und bellte, bis sich die Stimme des Schäfers vor Wut zu überschlagen begann. Becker spürte instinktiv, dass das Frauchen nun im Anmarsch war, er schlüpfte in seinen Hausanzug aus schwarzem Trikot und legte sich in der schwierigen Stellung hin, die er einst Blackie abgeschaut hatte, wenn dieser, was öfter der Fall war, in Beckers Zimmer nächtigte, solange die Chefin verreist war. Schon geraume Zeit hatte er nicht mehr geübt, weiß Gott, aber vor zwei Monaten, als er mit Conrad die Pantomime »Herr und Hund« vor der Klasse aufführte, hatte alles begeistert applaudiert, und die Chefin hatte ihn gelobt. Die Muskeln, die Muskeln machen alles mit, gib ihnen Zeit, warte ab, bis sie sich willig in jede gewünschte Dehnung fügen, und das Unmögliche wird geschehen.

Tatsächlich wurde die Eingangstür jetzt geöffnet. Die Chefin war zurück. Becker wusste, noch ehe die Chefin nach Blackie gerufen hatte: Jetzt kommt der Nachmittagsspaziergang. Als der Ruf der Chefin unten an der Treppe erschallte, war es Becker, als hörte er Blackie antworten. Da ist er ja wieder, dachte er für den Bruchteil einer Sekunde erleichtert, merkte dann aber sofort, dass er genarrt wurde: In ihm selbst bellte es. Und er erhob sich vom Bettvorleger, öffnete die Tür, wie er es gelernt hatte, sodann purzelte er halb, halb sprang er die Treppe hinab, bellte, sprang an der Chefin hoch, ließ sich die Leine am Kragen festklemmen, was ihr Mühe bereitete, da sie beim Ausgehen die Brille immer zurückließ, und folgte der Chefin hinaus auf die Straße.

Jetzt erst merkte er, dass er seit dem vorigen Abend nichts mehr gegessen hatte. Die Chefin ging zwar nicht sehr schnell, trotzdem war es recht anstrengend, ihr immer vorauszulaufen, und das musste er, damit die Leine gespannt blieb, wie die Dame es gewohnt war. Lang halte ich das nicht durch, dachte Becker. Er war sich im Übrigen bewusst, dass er bei weitem nicht den tanzelnden Gang Blackies hatte, dazu gehörte jahrelange Übung, sagte er sich; ihn schmerzten bereits nach hundert Metern die Handballen.

Unschlüssig blieb die Chefin an der Ecke zur Gärtnerei stehen. Er blickte an ihr hinauf. Sie trug schwarze Galoschen, braune Wollstrümpfe, und ihr schwarzer Mantel schien ihm wie die endlose Fassade eines Hochhauses.

Irgendwo, sehr weit oben, befand sich der Kopf mit den kalten Augen, dem anscheinend nie stillstehenden Gehirn. Ein beachtlicher Größenunterschied – allerdings kein so gewaltiger wie jetzt – bestand schon, als Hans Becker der Frau Professor bei der Eignungsprüfung vor acht Monaten gegenüberstand. Sie hatte ihn hinterher auf die Seite geholt und gesagt, er sei zwar sehr talentiert, jedoch komme er seiner kleinen Statur wegen für die Bühne kaum in Frage. Becker, der sich damals der Frau Professor mit schmerzverzerrtem Gesicht zu Füßen geworfen hatte, wurde dann doch noch aufgenommen, und zwar sogar als Haussohn. »Vielleicht wird ein guter Komiker aus Ihnen«, hatte die Chefin gesagt, »versuchen wir es einmal.«

Zögernd setzten sich die Galoschen der Chefin wieder in Bewegung. Sie begann zu sprechen, wobei schwer zu unterscheiden war, ob es sich hierbei um Selbstgespräche oder um Gespräche mit ihrem Begleiter handelte. Jedenfalls sprach die Chefin nun von Hans Becker, seinem sonderbaren Benehmen seit gestern, dass er seine Pflichten als Haussohn vernachlässige (überall im Haus liege Staub), dass sie ihm die Arbeit beim Fernsehen doch besser verbieten werde. Es sei noch zu früh. »Das Fernsehen verdirbt ihn«, murmelte sie.

Langsam näherten sie sich wieder der Schule. Die Chefin war mittlerweile so mit dem Stundenplan der kommenden Woche beschäftigt, dass sie gar nicht bemerkte, dass sie ihren Begleiter an der Leine hinterherziehen musste. Er war dermaßen erschöpft, dass er an allen Gliedern zitterte und völlig kraftlos ein Bein vor das andere setzte, zuweilen sich sogar mitschleifen ließ.

»So!«, verkündete die Chefin, als sie die Haustüre geöffnet hatte. »Jetzt besuchen wir einmal den heute so sonderbaren Hans.«

Becker wollte etwas erwidern, brachte jedoch, bedingt vielleicht durch die augenblickliche Lage (er war sofort wie ein knochenloses Geschöpf in sich zusammengefallen), nur ein müdes, aber nicht unfreundliches Knurren zustande.

Während die Chefin die Treppe hinaufstieg und »Hans!« rief, erblickte er neben dem Telefontisch das Schüsselchen; es war Milch darin, stellte er fest, und mit letzter Anstrengung schleppte er sich hin.

Als er erwachte, brannte bereits das Licht in der Halle. Die Chefin stand oben an der Treppe, sie trug ihre Brille und hatte wohl schon einige Male nach ihm gerufen.

Er fühlte sich immer noch sehr schwach, etwas Spannkraft war jedoch in seine Glieder zurückgekehrt. Wie er die Chefin plötzlich hasste! Sie stand oben, an das Treppengeländer gelehnt, in ihrem langen lila Kleid und rief: »Na komm, mein Liebling!«

Ich bin nicht Blackie, rebellierte sein Inneres, ich bin nicht Blackie! Er erhob sich jedoch jetzt, um sich an einer juckenden Stelle an der Hüfte zu kratzen. Beide weichen wir der Wahrheit aus, dachte er. Die Stimme der Chefin wurde nun schneidend. »Was ist, kommst du?« Warum war aller Widerstand plötzlich wie weggefegt? Besaß die hohe Gestalt mit der kristallklaren Stimme dort oben uneingeschränkte Macht über einen? Er kletterte die Treppe hinauf; hauptsächlich eine Arbeit der Hinterbeine. Das »grüne Zimmer«, ihr Wohn- und Schlafzimmer, hatte angeblich noch nie ein Schüler betreten. Jedenfalls räumte sie darin selbst auf. Um das breite Bett herum lagen unordentlich Taschenbücher auf dem Teppich. Die Chefin hatte sich auf dem Bett die Stütze für ihre Bandscheiben zurechtgerückt und sich hingelegt. Vielleicht denkt sie, ich springe jetzt aufs Bett zu ihren Füßen, dachte er, und er kuschelte sich ganz dicht an den weichen Teppich. Die Chefin las. Manchmal las sie einen Abschnitt aus dem Buch laut vor und wiederholte dann bestimmte Sätze mehrmals, probierte alle möglichen Betonungen aus.

Nach einer Weile fühlte Becker die Hand der Chefin auf seinem Kopf, sie streichelte und massierte seine Locken. Er spürte ein Würgen in seinem Hals, ein Zittern ging durch seinen ganzen Körper, ein leises Stöhnen presste sich durch seine Luftröhre.

Traumhaft erinnerte er sich an eine ferne Stunde in der Halle, er saß im Lederfauteuil und deklamierte leise aus dem »King Lear«, als plötzlich von hinten jemand an ihn herantrat und seinen Nacken zu streicheln begann. Es war Liz, eine Kollegin der Unterstufe, die als sehr begabt galt.

Becker begann jetzt zu winseln, gleich darauf zu heulen, bis ihm die Chefin einen tüchtigen Klaps auf den Schädel gab und rief: »Ist denn heute alles verrückt geworden!«

Becker klagte nur noch fürchterlicher, tappte zur Balkontür, stieß sie auf, heulte in die Nacht hinaus, und schon antworteten einzelne Hunde aus der Nachbarschaft. Auch sie kläfften nicht, als gelte es zu zeigen, dass sie auf dem Wachtposten seien; sie heulten mit hoch erhobenen Schnauzen, wie in den alten Zeiten, und bald war der ganze Ort nur noch ein auf einen einzigen Ton gestimmtes, markdurchdringendes Hundegeheul.

Im Maschinenraum

›DOWN ON the river‹ hatte die Kapelle zum Abschluss gespielt, und während ich mit Greta in den Lift stieg (Reste von gelben und roten Papierschlangen hingen noch an unseren Kleidern), während wir uns schwankend den Gang entlang zu unserer Kabine hintasteten, summte ich immer noch die Melodie.

Es war, wie man sagt, eine rauschende Ballnacht gewesen. Durch das Bullauge sah ich, dass am Horizont bereits der Morgen graute, als wir uns, whiskyumnebelt, in unsere Kojen sinken ließen. Am Fußende meines Bettes lagen die zwei Smokinghemden, die ich während des Abends durchgeschwitzt und ausgewechselt hatte.

»Es ist Zeit! Kommt ihr nicht?«, weckte mich Kandolf. Die Sonne schien mir ins Gesicht. Stimmt, jene Besichtigung war wohl jetzt. Musste wirklich schon wieder besichtigt werden? Vor ein paar Tagen hatte Kandolf (unser Nachbar am Tisch im Speisesaal) an einer Anschlagtafel gelesen, jeden Freitag um 11 Uhr sei für interessierte Passagiere der 1. Klasse Gelegenheit zur Besichtigung des Maschinenraumes. Treffpunkt vor dem Büro des Zahlmeisters. Leichte Kleidung, festes Schuhwerk.

Ich hatte überhaupt keine Lust, mich aus meinem Deckstuhl zu erheben. Wir hatten nur wenige Stunden geschlafen, und uns nach dem Frühstück sogleich an Deck begeben, uns in weiche Decken gewickelt und den Wind über unsere unausgeschlafenen Gesichter streichen lassen.

Greta dachte wohl genau wie ich. Oder täuschte ich mich da?

»Aber wir haben es doch fest vereinbart, und das ist heute die letzte Gelegenheit!«, rief Rosemarie, Kandolfs Gattin, die so frisch wirkte, als hätte sie zehn Stunden geschlafen, dabei waren sie nach dem Ball noch an der Bar hocken geblieben.

»Also gehen wir halt«, sagte Greta und schälte sich aus der Decke. Wir waren die Einzigen, die vor dem Büro warteten. Punkt 11 Uhr trat ein junger Maschinist in hellblauem Overall aus dem Büro, nickte uns zu und ging voraus.

Die Tür, die er am Ende des Ganges aufschloss, sah aus wie eine gewöhnliche Kabinentür. Dahinter befand sich die Plattform eines Aufzuges, der uns ein kurzes Stück in die Tiefe führte. Als wir anhielten, öffnete der Maschinist eine doppelte Eisentüre. Eine unbeschreibliche Hitze fuhr uns augenblicklich ins Gesicht. »Das ist doch unmöglich!«, rief Greta und wollte kehrtmachen. Wir beruhigten sie.

Das ist aber tatsächlich selbstmörderisch, dachte ich, als ich meinen Fuß auf das schmale, fast senkrechte Treppchen aus durchlöchertem Eisenblech setzte. Nach zwei vorsichtigen Schritten (der Maschinist kletterte wie ein Wiesel voraus) drehte ich mich nach den anderen um. Kandolfs Ideen! Er gehört zu den Leuten, die jedes Mal, wenn sie ein Flugzeug benützen, die Stewardess mit der Frage belästigen, ob der Käpt'n wohl einen Besuch im Cockpit gestatte. Zurück konnten wir nicht mehr, das wäre blamabel gewesen. Also mussten wir diese Besichtigung über uns ergehen lassen. So schnell wie möglich hinter uns bringen, schwor ich mir.

Die Lungen gewöhnten sich an die heiße, ölgeschwängerte Luft, der Schweiß strömte aus allen Poren.

Die Treppen schienen kein Ende zu nehmen. Um uns herum ein Gewirr von Leitungen und Röhren, alles in einem hässlichen Grün gestrichen. Manchmal änderten wir die Richtung und marschierten über einen schmalen Steg ohne Geländer. Je tiefer wir hinunterstiegen, desto unerträglicher wurde der Lärm der Motoren. Auf schmalen Traversen standen vereinzelt Monteure und hantierten an Apparaten.

Als wir endlich unten angekommen waren und festen Boden unter unseren Füßen spürten, waren wir uns wohl alle vier einig, ohne es ausgesprochen zu haben: Unverzüglich wieder hinauf, wir verzichten auf eine Führung. Rosemarie umfasste Greta, die sich kaum noch auf den Beinen halten konnte. Sie sah fürchterlich aus. Die Schminke in ihrem Gesicht war zerronnen, das Haar hatte sich aufgelöst. Auch Kandolf war völlig außer Atem. Nur Rosemarie schien noch Kraftreserven zu haben, sie versuchte immer wieder ein Lächeln, als wollte sie sagen, so schlimm sei es doch gar nicht.

Um ehrlich zu sein: Die Hitze hatte hier unten etwas nachgelassen; dafür hatte der Lärm, das Stampfen der Motoren, derartig zugenommen, dass man sein eigenes Wort nicht mehr verstand.

So war es nicht verwunderlich, dass uns unser Führer nicht hörte, als wir ihm zuriefen, wir wollten ohne Verzug wieder hinauf zum B-Deck. Wir mussten vielmehr achtgeben, ihn nicht aus den Augen zu verlieren, denn er lief einfach voraus, ohne sich zu vergewissern, ob wir so rasch überhaupt folgen konnten. Ohne ihn wären wir wohl verloren gewesen, denn zur Treppe hätten wir allein nicht mehr zurückgefunden, wir hatten inzwischen die Orientierung verloren. Fragen konnten wir bei diesem Getöse niemanden, auch sahen die Arbeiter mit den ölverschmierten Gesichtern, die da an Werkbänken und Schalttafeln hantierten, meist nicht danach aus, als hätte man sich mit ihnen verständigen können. Greta hängte sich bei mir ein; das hatte sie seit Jahren nicht mehr getan. Hatte ich oben auf der Treppe noch zeitweise gedacht: Das überlebst du nicht, das hältst du nicht aus, so fühlte ich mich nun etwas besser, und ich malte mir aus, wie wir dieses Abenteuer hinterher an der Bar begießen würden.

Zunächst wurden wir in einen dunklen Raum geführt, und jeder bekam einen blauen Overall zugeworfen. Wir protestierten, versuchten dem Maschinisten endlich verständlich zu machen, dass wir ohnehin schon genug hätten von der Besichtigung. Kandolf versuchte, ihm auf Englisch und Französisch zu erklären, dass die Damen am Ende ihrer Kräfte seien, aber seine Worte wurden vom Lärm völlig geschluckt. Schließlich fügten wir uns, entledigten uns ungeniert unserer Kleider, was schwierig war, da alles schweißnass am Körper klebte, und schlüpften in die Overalls.

Der Maschinist ging wieder voraus (er hatte bis jetzt überhaupt noch nichts erklärt, was bei dem Lärm hier unten auch nicht gut möglich gewesen wäre), wir stolperten über einen Kabelstrang, Greta hielt sich wieder an mir fest. Bei einer der Werkbänke hielt der Maschinist inne, gab einem Vorarbeiter einen Wink, dieser kam herbei und erklärte uns, sich vorneigend und brüllend, in gutem Deutsch, was wir zu tun hätten. Auf der Werkbank lagen riesige Gehäuseteile eines Ersatzmotors: Die seien mit Petroleum zu reinigen. Wir glaubten längst nicht mehr an einen Spaß oder an einen Irrtum. Die frischen Putzlappen, die wir erhielten, benutzten wir vorerst einmal, um uns den Schweiß rundherum abzuwischen. Die beiden Damen hockten auf einer Kiste und heulten stumpfsinnig vor sich hin. Kandolf packte den Vorarbeiter an den Aufschlägen seines Overalls und brüllte ihn an, er solle uns augenblicklich hinaufbringen auf das B-Deck. Dem Kapitän würden wir ohnehin Bericht erstatten. Der Vorarbeiter rief zurück, für ungelernte Kräfte habe er nun einmal keine bessere Arbeit, und ließ uns stehen. Kandolf verständigte sich durch einen Blick mit mir, wir halfen den Damen auf und versuchten, am Vorarbeiter vorbeizukommen. Als dieser Kandolf den Weg versperrte, versuchte sich Kandolf durchzuboxen, wurde jedoch von einem Monteur zusammengeschlagen; mir wurden die Arme auf den Rücken gedreht, dass ich vor Schmerz aufschrie.

Als ich zu mir kam, war das Geräusch der Motoren nur gedämpft aus der Ferne vernehmbar. Ich musste eben hier abgeladen worden sein, auf dieser nach Motorenöl riechenden Pritsche.

»Ah, Herr Doktor«, vernahm ich eine helle Kopfstimme. Ich drehte mich herum. Dies schien eine große Kabine zu sein oder auch ein ehemaliger Lagerraum. An einem niederen Tisch saß ein bärtiger Mann und las in einer Zeitung. überhaupt war der ganze Tisch mit Zeitungen und Papieren angehäuft.

Ich erinnerte mich wieder an alles.

»Wir haben auf Sie gewartet, Doktor«, rief der Bärtige.

»Ihrem Freund sind die Nerven durchgegangen. Das ist verständlich.«

»Wo bin ich hier?«, fragte ich. Das Gefühl, im Recht zu sein, gab mir ungeahnte Kräfte. »Diese Handlungsweise …, wo befindet sich meine Frau?«

»Das geht in Ordnung«, erwiderte der Mann. »Haben Sie nie an eine Ablösung gedacht?«

Das Bullauge stand zur Hälfte unter Wasser. Ich überlegte hin und her, was wir falsch gemacht hatten.

»Wir sind Passagiere der 1. Klasse«, stieß ich hervor.

Er blätterte, wenn ich nicht irre, in meiner Brieftasche. »Ich möchte von Ihnen nur eines wissen«, fuhr er fort, »dann können Sie wieder an Ihre Arbeit.«

Vorhin hatte das Schiff einen heftigen Ruck getan, jetzt schien es stillzustehen. War es denkbar, dass wir schon in Tanger eingelaufen waren?

»Warum haben Sie sich eigentlich zur Besichtigung angemeldet, Doktor?«

»Ihre Handlungsweise ist kriminell«, schrie ich, »Sie halten uns hier unten fest!«

»Sie sind ein kluger Kopf, Doktor. Doktor, was halten Sie von der Revolution?« Die Motoren stampften jetzt langsamer.

»Sie verziehen abschätzig Ihr Gesicht? Lassen Sie, lassen Sie! Im Vertrauen gesagt, Doktor, unsere Experimente waren vielleicht tatsächlich ein Irrweg.«

Ich sagte, ich müsse von Tanger aus meine Firma in Zürich anrufen, und zwar genau um fünfzehn Uhr, ich würde die Berichte sämtlicher Abteilungsleiter erwarten; aber er überhörte das.

»Wann werden wir abgelöst?«, fragte ich, einen anderen Ton versuchend. »Seit vielen Wochen sind Sie die ersten Besucher in unserem Revier«, sagte er.

»Doktor, diese Berichte hier«, und er ließ einige Schriftstücke in der Luft herumflattern, »sind niederschmetternd. Das ist die Arbeit von zwanzig Jahren.«

Er drehte mir jetzt den Rücken zu und betrachtete die Landkarte an der Wand.

»Diese Berichte und Statistiken hier, Doktor, sagen, dass die ersten vierzehn Kumpels, die wir ausgetauscht und nach oben geschickt haben, nachdem sie nun teilweise bereits acht oder neun Jahre in Villen wohnen und, in unserem Ausbildungszentrum zu Führungskräften herangebildet, gehobene Stellungen einnehmen, sich jetzt, da sie sich selbst überlassen sind, genauso verhalten wie jene, die wir bekämpfen: Ja, zuweilen treiben sie es sogar noch schlimmer. Sie streben wie jene nach Besitz und Macht, besonders nach Macht, sie vergessen, woher sie kamen, sie vergessen ihre Brüder hier unten in der Hölle, sie vergessen sie einfach.«

Er kam hinter dem Tisch hervor. »Es ist Zeit, Doktor, ich darf Sie nicht länger dem Arbeitsprozess entziehen. Komfort werden Sie entbehren müssen. Die Frauen erhalten leichte Arbeit. Im Übrigen finden Sie hier beste Gesellschaft, wir haben das angenehmste Betriebsklima, Doktor. Wir werden Sie und Ihren Freund zu Motorenschlossern ausbilden. Ab und zu werde ich Sie zu mir holen. Gehen wir!«

Mein rechter Arm schmerzte noch immer. Wie betäubt folgte ich dem Mann eine Treppe hinunter. Als ich ihn aus der Nähe sah, bemerkte ich, dass er älter war, als ich angenommen hatte. Die jungenhafte Stimme hatte mich getäuscht.

Im Maschinensaal hatten sich die Kumpels im Kreis versammelt. Die Motoren standen still. Einer hob den Arm, als wir nähertraten. Nun sah ich auch die Treppe, die uns heruntergeführt hatte. Greta konnte ich nirgends erblicken.

Sobald der Bärtige mit mir die Gruppe erreicht hatte – ich schätzte sie auf zwanzig Mann oder mehr –, begannen alle im Chor zu singen. Ich wurde sehr stark ergriffen, sie sangen aus dem »Messias« von Händel, und während drei dunkelhäutige Männer, einer trug meine Hose, wie ich feststellte, die schmale Treppe hinaufkletterten, einer nach dem anderen, sangen wir das Halleluja, auch ich summte mit, konnte mich nicht entziehen, wir sangen das Halleluja, und ich spürte, wie wir alle eine verschworene Gemeinschaft wurden. Die drei Männer winkten noch einmal und stiegen immer weiter hinauf, bis wir sie nicht mehr erkennen konnten.

Mikado mit Frau Taif

FRAU TAIF beginnt das Spiel mit dem ersten Wurf. Ich sitze mit angezogenen Beinen auf dem Sofa und beobachte ihre Hände. Vorhin öffnete sie beide Fenster; etwas später erhob sie sich noch einmal und stieß auch die Tür zur Veranda auf. Es ist ein milder Aprilabend, aber warm ist es nicht. Die Vorhänge drehen und winden sich, wie von unsichtbarer Hand dirigiert.

Während Frau Taif das Ergebnis ihres Wurfs von allen Seiten betrachtet, fällt mir der Brief meiner Eltern ein. Sie hatte ihn mir neben die Teetasse gelegt heute Morgen, sichtlich hoffend, ich würde ihn gleich öffnen und ihr das eine oder andere daraus vorlesen. Sie ahnt natürlich, dass meine Eltern mit meiner Übersiedlung hierher nicht einverstanden sind. Sie verlangten Auskunft, weshalb ich bei Schöni (Papas Kriegskameraden) ausgezogen bin und nun bei Frau Taif wohne, die ihnen unbekannt ist.

Morgen werde ich schreiben, nehme ich mir vor und sehe zu, wie Frau Taif das erste Stäbchen behutsam hochtippt, ich werde ihnen Frau Taif schildern: dass sie eine Wienerin ist, die mit einem Algerier verheiratet war und nun, verwitwet, allein in diesem Haus in der St.-Gallener-Straße wohnt. Ich werde auch schreiben, warum ich bei Schöni ausgezogen bin; jetzt hindert mich nichts mehr daran.

In meinem ersten Brief hatte ich mich nur über das hiesige Wetter beklagt. Dr. Pohl hatte das Berner Oberland für mich empfohlen, wegen seiner intensiven Sonneneinstrahlung. Falls irgendeine Gelegenheit bestehe, mich in die Schweiz zu schicken, so solle man es tun; die vergiftete Linzer Industrieluft sei meiner Lunge augenblicklich die abträglichste.

Als ich am 27. März in Meiringen ankam, schneite es, und ich fror in meinem Sommermantel. Schon im Zug hatte ich wieder zu husten begonnen. Das hätte ich auch daheim haben können, schrieb ich an einem der ersten Tage nach Hause, aber ich hütete mich, über Schöni zu klagen. Ich kenne Vater und seine unüberlegten Schritte, seine spontanen Briefe, die er bei solchen Anlässen loszuschicken pflegt. Wie oft hat er mir in der Schule und später bei Ramsauer damit geschadet, mich bei Lehrern, Lehrherrn und Kollegen unmöglich gemacht. Ich habe es mir schließlich abgewöhnt, mich über irgendetwas zu beklagen.

»Werner wird gern im Geschäft mithelfen«, hatte Vater an Schöni geschrieben. Schöni, der zusammen mit seiner Frau einen Gemischtwarenladen und eine kleine Molkerei betreibt, schrieb zurück, er brauche ohnehin dringend jemanden zum Milchausfahren.

Obwohl ich mich am Tag nach meiner Ankunft nicht wohl fühlte und dies auch beim Frühstück beiläufig erwähnte, zeigte mir Schöni gleich anschließend die Molkerei, und unversehens war ich schon dabei, die Teile der Milchmaschine zu säubern. Wenn ich huste, schärfte mir Schöni ein, müsse ich mir unbedingt ein Taschentuch vorhalten.

Am Nachmittag nahm er mich in seinem Lieferwagen mit, wir fuhren die Strecke ab, die Milchtour, die ich in Hinkunft zu absolvieren hatte. Vor jedem Haus, in dem ein

Kunde seines Geschäfts wohnte, hielt er an und zeigte mir die Stelle, wo am Morgen der Milchkrug steht.

Jeden Tag musste ich nun um fünf Uhr aus dem Bett. Schöni stellte mir die beiden großen Milchkannen in den Anhänger, gab etliche Butterwürfel dazu, Wechselgeld, und los ging's mit Fahrrad und Anhänger. Um acht, wenn ich zurückkam, wurde gefrühstückt. Manchmal stärkte ich mich unterwegs mit ein paar Schlucken der eiskalten Milch, was dann heftigen Husten zur Folge hatte.

Dieses Milchausfahren befriedigte mich sogar einigermaßen. Ich wollte mir ja Kost und Logis ehrlich verdienen, wie es vereinbart war. Bereits am dritten Tag verlangte Schöni dann, dass ich nach dem Frühstück auch in der Molkerei mithelfe. Danach hatte ich einen Berg leerer Holzkisten aus dem Geschäft klein zu hacken, das Auto zu waschen und so weiter. Jeden Tag suchte er nach Arbeit für mich, er konnte es nicht mitansehen, wenn ich einmal eine Viertelstunde untätig war.

Am Abend war der Schweinestall zu reinigen, und nach ein paar Tagen durfte ich die Schweine sogar selbstständig füttern. Schöni war sehr stolz auf seine gut genährten Ferkel.

Den Eltern schrieb ich nur vom Milchausfahren. Ich verschwieg auch, dass ich in meinem Zimmer fror. Es blieb mir abends nichts anderes übrig, als dass ich mich zur Familie ins warme Wohnzimmer setzte und mit ihnen auf den Bildschirm starrte, wobei mich die drei kleinen Knaben mit den schokoladeverschmierten Gesichtern jedes Mal peinigten. Sie versuchten, mich in die Hand oder in die Waden zu beißen oder mich vom Stuhl zu kippen. Gab ich dann einmal einem von ihnen einen leichten Klaps, dann begannen alle drei übertrieben laut zu heulen, und die Schönis sandten strafende Blicke herüber.

Als ich schon entschlossen war, meinen Erholungsaufenthalt in Meiringen um eine Woche zu verkürzen, lernte ich Frau Taif kennen.

Sie hatte mir, wie sie später erzählte, schon tagelang zugeschaut, wie ich am Morgen das Rad an den Zaun lehnte, die zwei Liter Milch in ihren Krug goss und die abgezählten Münzen einsteckte. Sofort habe sie erkannt, dass ich kein Schweizer sei, sagte sie. Sie sei neugierig auf mich geworden. Eines Tages kam sie vor die Tür und fragte mich aus, lud mich ein, sie einmal zu besuchen.

Am nächsten Sonntag trank ich Tee bei Frau Taif. Ich erzählte ihr von zu Hause, von meinem Beruf als Flugzeugmechaniker, von meiner angegriffenen Lunge nach der schweren Lungenentzündung im letzten Winter, berichtete, was ich bei Schöni alles arbeiten musste.

Das war für Frau Taif das Stichwort, um über die Meiringer herzufallen. Mehr als sieben Jahre lebe sie jetzt hier, sagte sie, aber keinen Tag habe sie sich wohl gefühlt. Seit dem Tode ihres Mannes bekomme sie manchmal sogar Angstzustände. Nach Achmed, ihrem Mann, hätten sich die Einheimischen auf der Straße noch nach fünf Jahren umgedreht. Als sei er ein Krüppel. Achmed habe sich immer belustigt am Verhalten der Meiringer, und solange er gelebt habe, habe sie auch immer nur gelacht über diese Leute.

Seit ihr Mann tot sei, sagte sie, fürchte sie sich öfters in der Nacht.

»Warum ziehen Sie nicht einfach zu mir«, rief sie dann plötzlich aus. Zu arbeiten brauchte ich bei ihr nur, wenn ich gerade Lust dazu hätte. Ihr ginge es nur darum, dass sie nicht allein im Haus sei.

Das Gesicht, das Schöni zog, als ich ihm sagte, Frau Taif habe mich eingeladen, bei ihr zu wohnen! Ob meine Eltern das wüssten und ob sie es billigten, fragte er. Jeder in Meiringen wisse doch, was das für eine Person sei, die Taif. Mit einem Araber, einem Schwarzen sei sie verheiratet gewesen, einem Teppichhändler. Er werde jedenfalls an meinen Vater schreiben, dass er für mich keine Verantwortung mehr übernehme.

Abends erzählte er mir noch von dem Skandal, in den Frau Taif vor ihrer Heirat in Wien verwickelt gewesen sei. Demnach soll sich die Taif von einem Industriellen aushalten haben lassen, der viel auf Reisen war. Eines Abends soll der Industrielle unerwartet in die Wohnung gekommen sein, die er der Taif zur Verfügung gestellt hatte, und sie darin mit dem Araber erwischt haben. Der aufgebrachte, schreiende Industrielle soll das splitternackte Weib auf die Straße getrieben haben, zusammen mit ihrem Galan. In einem Hauseingang soll sie sich notdürftig vor den Blicken der Neugierigen verborgen haben, bis ihr nur mit einer Hose bekleideter Achmed ein Taxi aufgetrieben hatte.

Oben in meiner Kammer, beim Zusammenpacken meiner Sachen, musste ich mehrmals laut lachen, als ich mir diese Situation vorstellte.

Es gefiel mir von Anfang an bei Frau Taif. Sie sorgte wie eine Mutter für mich, so sehr, dass es mir beinahe schon wieder zu viel wurde. Am Vormittag, wenn wir nach dem Frühstück auf der Veranda noch eine Weile in der Morgensonne saßen, erzählte sie mir oft von ihren Reisen nach

Spanien, Marokko und Tunesien, klärte mich auf, was wir Abendländer den Mauren alles verdanken und wie wenig wir das würdigen. So ein Volk wie die Schweizer, sagte sie, bilde sich ein, Kultur zu haben, ein Volk von Uhrmachern und Bankiers.

Manchmal redet Frau Taif so merkwürdige Sachen, die ich nicht hören mag. Vielleicht stimmt es, was Schöni erwähnte, dass sie trinkt. Aber ich habe sie noch nie betrunken gesehen. Sie sei froh, dass ich im Hause sei, sagte sie vor ein paar Tagen. Oft hätte sie nachts schreckliche Angst. Sie hätte manchmal Angst, sie könnte plötzlich nackt auf die Straße laufen.

Als sie meine betretene Miene bemerkte, sprach sie von etwas anderem. Dann fing sie wieder damit an. Ihr sei klar, dass mir Schöni alles berichtet hätte, was sich die Leute über sie erzählten. Sicher habe er auch die Wiener Geschichte ausgepackt, sagte sie. Zum Glück hätten sich alle hier diese Geschichte schon so oft erzählt, dass sie nicht mehr wüssten, ob es eine wahre Begebenheit oder eine Legende sei.

Sie würde mir das alles einmal erklären, wie es wirklich gewesen sei, ich sei alt genug, um das zu verstehen.

Nachts erwache ich zuweilen; ich lausche mit starkem Herzklopfen auf die Geräusche, die das schlafende Haus von sich gibt. Manchmal bilde ich mir dann ein, es knackten irgendwo Bodenbretter. In der Früh versuche ich immer, mich an meine Träume zu erinnern, denn Frau Taif fragt jeden Morgen danach. Ich erinnere mich so gut wie nie an das, was ich geträumt habe. Frage ich Frau Taif, ob sie denn gut geträumt habe, antwortet sie: »Ach! Schrecklich, schrecklich!«

Sie geht kaum aus. Für die Meiringer sei sie ein Fremd-körper, sagt sie. In den Krämerläden verständigten sich die Hausfrauen wortlos über sie hinter ihrem Rücken. Kein Wunder, dass sie manchmal sonderbar ist, denke ich, immer in den eigenen vier Wänden eingesperrt, da muss man ja langsam verrückt werden.

Was war das? Pech für sie! Sie ist zu unruhig heute. Fassungslos starrt sie auf das Geflecht der Stäbchen. Drei oder vier haben sich eben bewegt. Ihre Hände zittern jetzt so sehr, dass man es deutlich sehen kann. Ich tue, als hätte ich nichts gemerkt.

Sie bezwingt sich, sammelt alle Stäbchen auf, ordnet sie (den Mikado in die Mitte), strafft sie in der geschlossenen Hand zu einem Bündel, lockert es, und eben als sie es wie gewohnt strahlenförmig auseinanderfallen lassen will, zu ihrem zweiten Wurf, schmeißt sie es klirrend auf den Tisch, dass der größte Teil der Stäbchen auf den Boden rollt. Sie bedeckt ihr Gesicht mit beiden Händen und stürzt zur Veranda. Ich krieche unter den Tisch und sammle die Stäbchen auf. Ihr Atem ist bis hierher zu hören.

»Nein! Ich halte es nicht mehr aus!«, ruft sie, erst verhalten, dann hemmungslos, »ich halte es hier nicht mehr aus ...«

Mir saust das Blut ins Gesicht.

»Ich kann nicht mehr ...«, ruft sie, »ich ersticke ... niemand hält mich, ich laufe nackt auf die Straße ...«

Ich suche nach einer Möglichkeit, mich unbemerkt aus dem Wohnzimmer zu entfernen. Da es keine gibt, sage ich ein paar beruhigende Worte, die jedoch nicht gehört werden. Meine Stimme klingt dabei so fremd, dass ich mich frage, ob ich es bin, der da spricht. Es ist, als hätte ich zum ersten Mal meine eigene Stimme erkannt.

»Keine Angst haben …«, höhnt sie (und jetzt merke ich erst, dass sie getrunken hat), »… aber ich will ja! Ich will nackt auf die Straße laufen. Das ist es doch, was alle sehen möchten, seit Jahren warten sie darauf, lauern sie darauf, und ich, ich …«

Die Standuhr schlug neun Mal. Frau Taif schien zu sich zu kommen, sie hielt inne und lauschte den Schlägen. Dann verließ sie den Raum, ohne sich umzudrehen.

Ich rechnete mir aus, wie viele Tage ich noch bis zu meiner Heimreise hatte.

Die Pyramidenkletterer

1. ANKUNFT / Als das nicht enden wollende Gebirge überflogen war, breitete sich unter den Blicken des Reisenden die Wüste aus. Bald darauf waren in der Ferne bereits die beiden Pyramiden zu erkennen.

Keinerlei Lebenszeichen waren zu bemerken, als sich der Helikopter senkte, um in dem vorgezeichneten Kreis zwischen den Pyramiden zu landen. Hatte es von Weitem so ausgesehen, als grenzten die beiden Pyramiden aneinander, so zeigte es sich nun, dass der Abstand von Basis zu Basis doch einige hundert Meter betrug. Eine leblose Welt, dachte der Reisende, stapfte mit seinem Koffer durch den verwehten Sand zu einer der Pyramiden und suchte nach einer Pforte. Als er den Fuß der Pyramide erreicht hatte und emporblickte, schwindelte ihn, und er hütete sich, noch einmal seinen Blick zu diesem Abgrund aus Beton und Glas hinaufzurichten. Das flatternde Geräusch des Helikopters wurde jetzt von der Entfernung völlig geschluckt, er war nur noch ein Punkt am Himmel, und auch dieser Punkt war schließlich nicht mehr wahrnehmbar. Ingenieur Ceck, der Reisende, fühlte sich ausgesetzt, ihn fröstelte.

Er begann das abweisende gläserne Gebirge abzuschreiten. Am Fuße des folgenden Gevierts entdeckte er eine Treppe aus stählernen Planken, und vom Wind umtost, der jetzt stärker wehte und ihm Sand in die Augen und zwischen die Zähne blies, begann er die versandeten Treppen hinaufzusteigen. Ceck zählte 95 Stufen bis zur 1. Etage, von wo ihn eine Rolltreppe horizontal ins Innere des Monuments führte. Die Glastüren, drei an der Zahl, öffneten sich von selbst, sobald er sich ihnen näherte.

Von dem jungen Mann in der gelben Uniform, der ihn empfing, erfuhr der Reisende, dass dies B-City sei; die Kanzlei für Besucher befinde sich in A-City. »Nein«, wehrte der Bursche ab, als sich Ceck wieder dem Ausgang zuwandte, »mit der Untergrundbahn sind Sie in null Komma nichts drüben.« Und so war es.

Im Empfangsbüro zeigte Ceck seine Besucherkarte vor, die ihm Dr. Rey in seinem letzten Brief zugesandt hatte. Das braune Mädchen führte ein Telefongespräch und sagte dann, Dr. Rey sei bereit, ihn zu begrüßen. 91. Stockwerk, Areal C/4, Zimmer 78865, schrieb das Mädchen auf ein vorgedrucktes Kärtchen und wies ihm den Weg zum Aufzug.

Die Begrüßung war äußerst herzlich. Die beiden hatten seit Jahren miteinander korrespondiert und sahen sich nun zum ersten Male.

»Kommen Sie«, sagte Dr. Rey, »begleiten Sie mich, ich besuche Gaston, einen Patienten. Vielleicht ist das für Sie von Interesse.« Eigentlich sei Gaston ein Sträfling, doch für ihn sei er ein Patient, ein Mensch, um den er sich im Sinne der Gesundheitsordnung zu kümmern habe. Gaston, so erfuhr Ceck, hatte unter Einfluss von Alkohol auf einer der unterirdischen Promenaden randaliert und dabei an drei Werktätigen Körperverletzungen begangen. Einem Abteilungsleiter aus dem statistischen Amt habe er das Nasenbein zertrümmert. »Welche Strafe würde in Ihrem Lande ein Mann für ein solches Vergehen erhalten«, fragte Dr. Rey. Der Gast erwiderte, je nach Vorstrafenregister könne ein solches Vergehen mit Gefängnisstrafe bis zu drei Monaten geahndet werden.

»Sehen Sie«, rief der Gastgeber, »wir strafen da vielleicht etwas empfindlicher. Immerhin wurden drei berufstätige Personen durch dieses Vergehen, wie wir es nennen wollen, für kürzere oder längere Zeit vom Arbeitsplatz ferngehalten. Was denken Sie wohl, welche Strafe Gaston erhalten hat?« Ceck antwortete, dass er davon keine Vorstellung habe. Die Gefängnisse sind hier wohl unter Tag, dachte er.

»Der Angeklagte«, erwiderte Dr. Rey triumphierend, »erhielt vier Wochen Arbeitsverbot.«

Ceck ließ sich sein Erstaunen nicht anmerken, bat jedoch den Doktor, dieser möge ihm das Strafausmaß etwas näher erläutern, er könne sich unter Arbeitsverbot nichts Rechtes vorstellen.

»Gaston erhielt vier Wochen Arbeitsverbot«, wiederholte Dr. Rey, »er darf so lange seinen Beruf als Fernmeldetechniker nicht ausüben.«

Mittlerweile hatten sie B-City erreicht und fuhren ins 32. Stockwerk hinauf. Dr. Rey stellte seinen Begleiter als Besucher aus dem Osten vor. »Nun, wie fühlen Sie sich heute«, fragte er Gaston.

Dieser führte die Herren in seinen Wohnraum, der einer Bastelwerkstatt glich. Gaston wollte den Herren das neuartige Funkgerät, an dem er arbeitete, erklären, aber der Doktor sagte, er sei in Eile, und verabschiedete sich.

Um den Mann müsse er sich nicht mehr kümmern, sagte er, der werde auch die restlichen 18 Tage schadlos überstehen.

Eine Lücke im Gesetz, das Heimarbeit nicht ausdrücklich verbiete, mache sich dieser Gaston zunutze. So erfindungsreich seien nicht alle. Er könne von Selbstmordversuchen, Nervenzusammenbrüchen, Anfällen von Hysterie usw. berichten. Doch zeige es sich immer wieder, dass sich Werktätige der unteren Schichten oft besser zu helfen wüssten als die hochentwickelten, feinnervigen Spezialisten der gehobenen Berufsstände.

Er (der Reisende) könne sich wohl immer noch nicht vorstellen, dass es keine härtere Strafe gebe als die des Arbeitsverbots.

Da sei erst einmal die Schande, aus dem Arbeitsprozess für eine gewisse Zeit herausgerissen zu werden. Dem Verurteilten sei es verboten, A-City zu betreten. Mochten die Arbeitskollegen ihn auch bemitleiden, sie ließen es diesen, wenn er wieder an seinem Platz stand, gewollt oder ungewollt, doch spüren, dass er fortan mit einem Makel behaftet war.

Zum anderen sei es die sich für das gesamte Nervensystem so verhängnisvoll auswirkende Untätigkeit, die der Strafe ihre abschreckende Wirkung verleihe. Wer niemals länger als eine Woche dem Betrieb ferngeblieben sei, könne die Wirkung wahrscheinlich gar nicht ermessen.

Ceck wandte ein, dass vier oder fünf Wochen Fernbleiben vom Arbeitsplatz in seinem Land gang und gäbe sei; dort nenne man diese Ruhezeit, in der sich der Berufstätige auf sich selbst besinnen, sich an Leib und Seele erholen könne, Ferien, und jedermann freue sich Monate im Voraus auf diese Zeit.

Auch hier gebe es eine sogenannte Ruhezeit, erwiderte Dr. Rey, sie sei gesetzlich festgelegt und betrage zwei Wochen pro Arbeitsjahr. In der Praxis sehe es jedoch so aus, dass keiner länger als eine Woche dem Arbeitsplatz fernbleibe, um sich ihm nicht zu sehr zu entfremden. Die meisten Leute ließen sich auch in der einen Woche mehrmals täglich bei ihrer Dienststelle blicken.

Nach einer Woche, meinte der Doktor, mache sich bei allen Personen ein Gefühl des Unnützseins, des Abseitsstehens bemerkbar, das Dasein erscheine ihnen als sinnlos.

Auch könne er sich vorstellen, dass es für einen im mittleren oder gar gehobenen Dienst befindlichen Werktätigen gefährlich sei, dem Arbeitsplatz allzu lange fernzubleiben. »Sie kommen nach drei Wochen zurück und finden ihren Sessel von einem anderen besetzt – wie gefällt ihnen das?«, sagte Dr. Rey lachend.

Inzwischen hatten sie das Appartement des Vizedirektors Pello im 146. Stockwerk erreicht.

Die Sekretärin Pellos öffnete. Sie ließ die beiden Herren einen Blick ins Schlafzimmer werfen. Er sei vor kurzem eingeschlafen, endlich. Die letzten Nächte habe er überhaupt nicht geschlafen. Er leide, wie der Doktor wisse, seit Jahren an Schlaflosigkeit, aber der Genuss einer Flasche Sekt habe ihm doch immer wieder zu seinem Schlaf verholfen. Obwohl es nicht erlaubt sei, habe er die letzten Tage immer wieder längere Telefonate mit seiner Dienststelle geführt, um den Kontakt mit ihr nicht zu verlieren. Er habe ihr vorhin, ehe er eingeschlafen sei, noch diktiert.

Sie kümmere sich ein wenig um Pello.

Dr. Rey sagte im Gehen, er komme am nächsten Tag wieder. Er sei eben ein richtiges Arbeitstier, sagte die Sekretärin voll Stolz.

Angesprochen auf die Diagnose, erwiderte Dr. Rey, es handle sich um eine Störung des Nervensystems. Solche Fälle seien leider überaus häufig, sodass sie zeitweise sogar eine Gefahr für den ordnungsgemäßen Betrieb in A-City darstellten.

»Nun aber Schluss«, rief der Gastgeber. In fünf Minuten ende sein Dienst. »Lassen Sie mich Ihnen noch rasch mein Laboratorium zeigen«, sagte er, »anschließend machen wir es uns in meinem Appartement bequem und Sie erzählen mir von Ihrem Land.«

II. BERICHT / »Verehrtester! Hier, wie versprochen, ein erster Bericht über AB-City. Zwar lebe ich erst wenige Tage in dieser seltsamen Welt, aber nichtsdestoweniger glaube ich, sie in ihren Grundrissen schildern zu können.

Auffällig ist schon beim ersten Blick die radikale Trennung von Arbeitswelt und Freizeit, sie entspricht den beiden Pyramiden A (Arbeitswelt) und B (Pausenwelt).

In A wird nur gearbeitet. Übrigens befindet sich ein Teil der Produktionsstätten unter Tag. In B befinden sich die Wohnungen, die Selbstbedienungsläden, Sportanlagen, Unterhaltungszentren und Krankenanstalten. Acht Untergrundbahnen verkehren unausgesetzt zwischen A und B. Es wird Tag und Nacht in Schichten gearbeitet.

Der Präsident regiert in dem auf der Spitze von A gelegenen Büro, entsprechend bewohnt er das Appartement auf der Spitze von B: Darunter liegen die Büros bzw. Wohnungen der Generaldirektoren, Direktoren, Vizedirektoren, Geschäftsführer, Prokuristen, leitenden Ingenieure, Verkaufsleiter usw. Diese hohen Tiere bevölkern den oberen Teil der Pyramide. In den untersten Stockwerken arbeiten und wohnen die ungelernten Hilfskräfte, die es auch hier gibt.

Beide Pyramiden entsprechen sich also gemäß der Rangordnung der Bewohner. Wer in A-City etwa im Areal 50./D/4350 werktätig ist, der bewohnt in B-City ein Appartement im gleichen Areal. Mit dem Aufstieg einer Arbeitskraft in eine höhere Position erfolgt gleichzeitig die Umsiedlung in ein höheres Stockwerk in B-City. Die geringsten Veränderungen sollen in den untersten Stockwerken erfolgen.

Ab dem 50. Stockwerk etwa herrscht ein ständiger Trieb nach oben. Täglich tauschen Abteilungsleiter, Assistenten, Rechnungsführer, Ingenieure ihren Arbeitsplatz gegen einen anderen, der ein oder gar mehrere Stockwerke näher dem Gipfel liegt. Wie ich gesehen habe, blickt hier alles stets nach oben. Auch werden aufgrund der besorgniserregenden Ausfallquote, die in den oberen Regionen laufend registriert wird, täglich Positionen im oberen Teil von A-City und damit auch B-City frei. Wird ein Stuhl im 120. Stockwerk frei, so zieht das ein ins Endlose gehendes Nachrücken aus den unteren Stockwerken nach sich. Es soll Personen geben, die seit Wochen nur mit der täglichen Übersiedlung beschäftigt sind.

Gearbeitet wird zehn Stunden am Tag. Wie ich beobachtet habe, arbeiten die Kräfte, die einen gehobenen Platz in der Hierarchie von A-City einnehmen, bis zu 14 Stunden täglich. Das scheint uns viel, und wir sind versucht zu fragen: Wo bleibt die Freizeit, das Privatleben, die Erholung, die geistige Auffrischung? Jedoch, ich glaube, es wäre ganz und gar verfehlt, hier unsere Maßstäbe anzulegen. Die Menschen haben hier ein anderes, geheiligteres Verhältnis zur Arbeit. Arbeit ist hier alles, wie ich bemerkt habe. Müßiggang wäre eine Schande und ist eigentlich undenkbar.

Die arbeitslose Zeit ist zur Zerstreuung gedacht. Entsprechende Einrichtungen sind in B-City vorhanden. Es gibt z. B. einen eigenen Fernsehsender. Die sieben Programme werden 24 Stunden am Tag ausgestrahlt. Die intelligentere Schicht verfolgt zumeist, wie ich beobachtet habe, zwei Programme gleichzeitig.

Die meisten benützen jedoch die freien Stunden, um sich für den Kampf, für den Weg nach oben zu rüsten, um den Schlachtplan für den kommenden Arbeitstag festzulegen. »Im 120. Stockwerk tätig zu sein, ist gut, im 130. Stockwerk tätig zu sein, ist besser«, sagt ein Sprichwort.

Sich durch eigene Anstrengung eine hohe bzw. die höchste Position in A-City erworben zu haben, ist das erstrebenswerteste Ziel. Nur ununterbrochene Anstrengung, geschickte Taktik, eine rücksichtslose und starre Ausrichtung des Blicks nach oben können dies ermöglichen.

Nun ist es aber so, dass es nicht allein damit getan ist, etwa ein Büro im 140. Stockwerk zu haben. Je weiter man nach oben gelangt, desto schwieriger wird es, sich dort oben zu behaupten.

Einerseits soll nun alle Kraft dazu verwendet werden, noch höher hinauf zu gelangen, andererseits aber kostet es viel Kraft, die erworbene Position zu verteidigen.

Den jüngeren, rangniedrigeren Kräften muss unausgesetzt die eigene Leistungsfähigkeit demonstriert werden. Niemals darf man sich eine Blöße geben.

Mit Recht sind daher gerade in den oberen Stockwerken

Arbeitsunterbrechungen, hervorgerufen durch Krankheit, gefürchtet.

Ich komme nun zum Kernpunkt meines heutigen Berichtes: Die rätselhaften, organisch nicht zu diagnostizierenden Leiden, von denen vornehmlich Berufstätige von Stockwerk 100 aufwärts befallen werden.

Merkmale sind Gereiztheit, Kreislauf- und Verdauungsbeschwerden, Schlaflosigkeit, Verkrampftheit. Meist wird diese erste Periode durch einen Herzkollaps abgeschlossen; erst dann wird ein solcher Fall aktenkundig, erst dann können die Ärzte versuchen, helfend einzugreifen. Denn jeder der Betroffenen bemüht sich, seinen Zustand, sein Leiden geheim zu halten, obwohl dessen Folgen gefürchtet sind. Ist es doch so, dass diese Kranken (selbst wenn sich ihr Zustand in den Krankenanstalten bessert) in den meisten Fällen nie wieder ihre ursprünglichen Positionen erreichen, die längst durch andere Kräfte besetzt worden sind. In vielen Fällen müssen sie noch vor Erreichung der Altersgrenze gegen ihren Willen aus dem Produktionsprozess ausgeschieden werden.

Ich habe hier keine »alten Menschen« in unserem Sinne gesehen, auch nicht in den unter Tag liegenden Krankenanstalten. Das Leben eines Menschen endet hier praktisch mit dem Ende seiner Arbeitsfähigkeit. Ein Arbeitsunfähiger ist nur noch der Schatten eines Menschen, er wartet auf den Tod, der ihn von diesem unwürdigen Zustand befreien soll. Unausgesprochen gilt es als ehrenvoll, vor Erreichung der Altersgrenze an einer Berufskrankheit zu sterben.

Wer gesundheitlich dazu in der Lage ist, verpflichtet sich nach Erreichung der Altersgrenze zu weiterem Dienst, um nicht auf den gewohnten Wohlstand verzichten zu müssen. Dies wird auch von den Ärzten empfohlen.

Nun werden Sie fragen, welche Wohlstandsgüter hier zur Verfügung stehen. Auch in dieser Beziehung ist AB-City mit nichts zu vergleichen, das uns bekannt wäre. Wegen des Mangels an Lebensraum können verständlicherweise viele Dinge nicht geboten werden, die uns selbstverständlich scheinen. Die Menschen von AB-City müssen jedoch auf diese Dinge deshalb nicht verzichten.

Da die elementaren Bedürfnisse, wie Essen, Wohnen, Kleidung usw., für alle Einwohner kostenlos sind, wird das Einkommen hauptsächlich dazu verwendet, um X311 zu beschaffen.

Die Werktätigen der unteren Einkommensklassen können sich nur ein sehr geringes Quantum dieses Stoffes leisten, alle paar Monate eine winzige Portion. Sie müssen sich mit Alkohol begnügen, der allerdings in keiner Weise ein Ersatz für X311 sein soll. Die oberen Schichten, mit hohem und höchstem Einkommen, sind in der Lage, wöchentlich X311 zu konsumieren.

X311 soll zu wunderbaren Visionen verhelfen. Man könne, so sagt man, den Zustand, in den man sogleich nach Genuss dieses Stoffes gerät, einen Rauschzustand nennen oder auch einen Traum. Alle Wünsche und Begierden, die ein Mensch nur hegen mag, erfüllen sich in diesen Träumen, die jedoch mit gewöhnlichen Träumen, wo einem andauernd das Unbewusste Streiche spielt, nicht zu vergleichen sind.

Während die Werktätigen der unteren Bereiche von Reisen in ferne, fruchtbare Länder träumen, von Luxuslimousinen, einem eigenen Haus, schönen leibeigenen Frauen

(Männern), schwelgen die Kräfte der höheren Stockwerke in der Einbildung, sie herrschten auf der Spitze der Pyramide und übten die höchste Macht aus.

Zwar gibt es Stimmen, die behaupten, im obersten Stockwerk, auf der Spitze, lebe überhaupt niemand, die Räume dort oben stünden leer, oder: darin fahre ein Greis im Rollstuhl hin und her – aber das sind Gerüchte, die sich nicht beweisen lassen. Keinem ist ein Mensch bekannt, der je die obersten Räume betreten hätte.

Das Erwachen aus diesen Traumgebilden, die die Menschen so intensiv heimsuchen, dass sie ihnen manchmal wahrer scheinen als die Wirklichkeit (weshalb sie oft nicht mehr zwischen Leben und Traum unterscheiden können), soll eine Qual sein.

Jedoch, rasch besinnt man sich wieder auf seine Arbeit, den Aufstieg, und die Sehnsucht nach X311 erwacht aufs Neue.

III. BRIEF (AUSZUG)/… mir manchmal etwas Stille. Die monotone Lärmberieselung hindert mich am Nachdenken. Das rhythmische Stampfen, das in meinem (wie in jedem) Appartement, aus irgendeinem verborgenen Lautsprecher ertönt, 24 Stunden am Tag … X311 habe ich versucht: darüber das nächste Mal …

IV. BRIEF (AUSZUG)/… versuche ich mir vorzustellen, welches Stockwerk mir für den Anfang zugewiesen würde, wenn ich bliebe …

Die neue Brille

SEIT EINIGEN Tagen benützte Herr Jatz beim Lösen der Kreuzworträtsel, seiner Hauptbeschäftigung, eine Brille. Seine Augen ermüdeten in letzter Zeit sehr rasch, und so ging er zum Arzt, der ihm dann auch sogleich eine Brille empfahl.

Es ist nicht ganz klar, was die Brille mit jenen Zuständen zu tun haben soll, von denen hier die Rede ist. Es ist nur so, dass die Anschaffung der Brille mit dem Zeitpunkt zusammenfällt, von dem an er, sagen wir es rundheraus, manchmal an seinem Verstand zweifeln musste.

Es fing damit an, dass er eines Tages das Wort Malz in vier senkrechte Kästchen eintrug und sodann dieses doch keineswegs ungewöhnliche Wort eine Ewigkeit, wie ihm schien, anstarrte. Es schien, dass das Lesen mit der Brille ihm schwerer fiel als ohne sie.

Er setzte sie auf, betrachtete ein Wort oder einen Satz durch sie hindurch, schob sie dann den Nasenrücken hinab, um dieselbe Stelle ohne die Gläser zu betrachten. Er konnte meist keinen Unterschied feststellen. Du musst dich erst an die Brille gewöhnen, sagte er sich dann. Später erinnerte sich Herr Jatz nur noch daran, dass er, völlig leer im Gehirn, eine ganze Weile auf das Wort Malz gestarrt hatte und dass ihm das Wort, je länger er es anschaute, fremder und fremder wurde. Je öfter er das Wort Malz Buchstabe für Buchstabe von oben nach unten las, desto mehr verlor dieses Wort für ihn seinen Sinn. Schließlich sprach er das Wort mehrmals laut vor sich hin. Das hat nichts zu bedeuten, dachte er, eine augenblickliche Verwirrung, und er lenkte seine Aufmerksamkeit auf ein anderes Wort, auf das Wort Zimmer. Mit dem Wort Zimmer erging es ihm genauso wie mit dem Wort Malz. Nachdem er das Wort Zimmer mindestens zehnmal gelesen hatte, wurde es für ihn zu einem Fremdwort ohne jede Bedeutung, Zimmer! Zimmer! Zimmer! begann er zu brüllen, aber es half nichts, sieht man davon ab, dass das Wort Zimmer in seinem Gehirn plötzlich von dem Wort Zinnober verdrängt wurde. Bei Zinnober dachte er an etwas Rotes, und ängstlich brach er sofort ab, das Wort Zinnober näher zu untersuchen. Dabei kann man ja verrückt werden, dachte er, nahm Hut und Mantel und brach zu einem Spaziergang auf.

Er spazierte die Möckernstraße hinab, seinen gewohnten Weg, passierte die Brücke über den Kanal, wandte sich rechts in die verlassene Allee und blieb wie immer stehen, um die in einem Garten stehende Villa des Apothekers Meyer zu betrachten. Meyer war sein Schulfreund, mit dem er jedoch seit vielen Jahren nicht mehr verkehrte. Jatz stand verträumt da und starrte das Haus an, so als wunderte er sich, es noch an diesem Platz zu finden. Die Fassade war nicht etwa frisch gestrichen worden, nichts wirkte auffällig an dem Haus. Das Weinlaub rankte sich wie eh und je um den Seitentrakt. Wie eh und je? Er spürte, wie es wieder über ihn kam; mit hypnotischer Kraft zog das Haus des Apothekers seine Aufmerksamkeit auf sich. Bald schien ihm, dass dies nicht das Haus seines Schulfreundes sei, das ihm von unzähligen Spaziergängen vertraut war. Vor allem das sich wild aufrankende Weinlaub hatte es ihm angetan.

Noch nie hatte er gesehen, wie Weinlaub eine Hausmauer völlig bedecken konnte, sodass man an dieser Seite des Hauses die Farbe der Mauer nicht hätte bestimmen können. Mit großer Gründlichkeit betrachtete er das Haus, verglich jedes Fenster, jeden Mauervorsprung, die Form des grauen Blechdaches mit den Angaben aus seiner Erinnerung, und er gelangte zu dem Schluss (seine Hände begannen zu vibrieren), dass es sich hier um ein ihm völlig unbekanntes Haus handelte.

Hatte er sich verlaufen? Er ging ein Stück zurück und suchte nach etwas Vertrautem, an das er sich halten konnte. Das schien auch zu gelingen: Die geschwungene Allee, das Transformatorenhäuschen vorn rechts, das Buschwerk längs des Kanals, das alles war ihm nicht ganz unbekannt. Aber wahrscheinlich täuschte er sich, denn bei genauerer, gründlicherer Betrachtung waren ihm diese Objekte fremd. Vergeblich versuchte er sich zu erinnern, ob ihm bei seinen Spaziergängen je ein Transformatorenhäuschen untergekommen war, er vermochte es nicht mit Bestimmtheit zu sagen.

Er setzte bedächtig einen Schritt nach dem anderen, die Augen auf den Fußweg geheftet. Die Angst, sagte er sich, nicht mehr nach Hause zu finden, ist unbegründet, man kann fragen, glücklicherweise steht die Adresse in meinem Ausweis. Er erinnerte sich, von Leuten gehört zu haben, die stets Namen und Anschrift in ihren Mantel geheftet hatten. So weit ist es mit mir noch lange nicht, sagte er sich.

Er nahm sich insgeheim vor, die Beschäftigung mit den Rätselheften – er kaufte alle paar Tage einen Stoß – einzuschränken und dafür menschlichen Kontakt zu suchen.

Aber mit wem aus seinem Block sollte er wohl Kontakt haben? Kowalski, der Einzige, mit dem man ein verständiges Wort reden konnte, war schon vor ein paar Jahren gestorben. Ein Wagen hatte ihn überfahren. Manchmal fragte sich Jatz, ob es überhaupt noch Kontakte zwischen Menschen gab. Die einen Autos fahren in diese Richtung, sagte er sich, die anderen in die andere; das ist alles.

Es glückte ihm an jenem Abend, ohne fremde Hilfe nach Hause zu gelangen. Auch mit dem Preisrätsel, das ihm so viel Kopfzerbrechen bereitet hatte, kam er zurande. Später überraschte er sich dabei, wie er seine Kaffeeschale ununterbrochen fixierte. Er zwang sich zu einem Lachen und fuhr sich mit der Hand über die wenigen Haare auf dem Kopf. Ja, kein Zweifel, das war nicht seine Kaffeeschale, die er schon zwanzig oder mehr Jahre hindurch benützte. Das war ein fremder Gegenstand, wie kam der hierher, eine braune Schale, abgestoßen, mit Rissen in der Glasur. Er packte die Schale und warf sie in den Müllschuber, dass sie zerklirrte. Du wirst alt, mein Lieber, sagte er sich, nach der Pensionierung bekommen die Jahre Siebenmeilenstiefel.

Er ging in seiner Stube auf und ab, bis die Erregung etwas abgeklungen war. Als es dämmerte, richtete er sich sein Abendessen. Zögernd prüfte er das Brotmesser. Ich täusche mich doch nicht, dachte er, dies ist die Schneide und das ist der Griff. Hier fasst man das Messer an, sagte er sich, und schon blutete seine Hand.

Einige Tage später packte es ihn schon am Morgen. Es mag lächerlich scheinen, doch es gelang ihm nicht, sich zu erinnern, mit welchem Kleidungsstück er für gewöhnlich begann, sich anzukleiden. Unschlüssig nahm er die

Strümpfe, das Überhemd, die Unterhose, das Leibchen, die Strickweste zur Hand und überlegte, mit welchem Stück er beginnen sollte. Nach welchen Gesichtspunkten, nach welchen Regeln hatte man sich zu richten? Früher hatte er sich darüber keine Gedanken gemacht. Nach dem Ankleiden, das längere Zeit beanspruchte, betrachtete er sich im Spiegel, und ihm schien, er habe sich tatsächlich verändert. Nun noch Mantel und Hut.

Den Lift hatte er nie benützt. Kontakte, dachte er, Kontakte mit Menschen, und frischen Mutes stieg er die Treppe hinunter. Draußen war ein rötlicher Mittag.

Wollen wir doch gleich einmal einen Versuch machen, sagte er sich und fragte einen Passanten nach der Uhrzeit. Dieser zuckte mit den Achseln, rückte an seiner Kappe und bog um die Ecke. Der Mann hat dich nicht verstanden, dachte Jatz, du musst lauter sprechen. Durch den fehlenden Umgang mit Menschen hast du völlig verlernt, mit welcher Lautstärke man sprechen muss, um verstanden zu werden. Wahrscheinlich, sagte er sich, habe ich meine Frage in derselben Lautstärke ausgesprochen, in der ich meine Selbstgespräche führe.

Den nächsten Passanten ließ Jatz unbehelligt vorbeiziehen. Er hatte plötzlich Angst, er könnte zu laut rufen. Außerdem fiel ihm ein, dass der erste Passant ein Ausländer gewesen sein könnte und ihn deshalb nicht verstanden hatte. Jawohl, ein Ausländer. Berichtete die Presse nicht täglich über die vielen Ausländer in unserer Stadt? Wie erkennt man aber einen Ausländer? Jatz wagte noch einen Versuch. Der Mann schien erst zu verstehen, als Jatz seine Frage wiederholte. Daraufhin hob der Fremde den Arm und deutete nach oben. Jatz blickte nach oben, drehte sich um und blickte dem Passanten verständnislos nach.

Ein Flugzeug dröhnte über die Häuserschlucht hinweg, gleichzeitig senkte sich ein schwarzer Ölfilm herab.

Dann kam Jatz eine Frau entgegen, und er musste ihr auf dem schmalen Gehsteig ausweichen. Die Frau wich nach links aus, Jatz, wie hypnotisiert, wich ebenfalls nach links aus. Nun wurden beide unsicher. Die Frau wich nach rechts aus, Jatz reagierte auf dieselbe Weise und prallte mit der fülligen Dame zusammen. »Das ist mir doch noch nie passiert!«, rief sie. Jatz sah ihr lange nach. Die Straßenlampen gingen an. War es schon so spät? Jatz hütete sich vor allen Gedanken, die in seinem Schädel lauerten, ihn zu überfallen. Er summte ständig vor sich hin.

Plötzlich schreckte er auf: Ein Mann war vor ihm stehengeblieben und fragte ihn etwas. Jetzt begriff Jatz: Der Mann wollte Feuer für seine Zigarette. Ein Schauer durchrieselte ihn. Ein Mann hatte ihn angesprochen, ein Mensch, er hatte Kontakt mit einem Menschen! Er spürte, wie sein Kopf unkontrolliert zu nicken begann. Er zuckte bedauernd mit den Schultern, unschlüssig, wie er dem Mann begreiflich machen sollte, dass er kein Feuerzeug hatte. O, er war dankbar, dass sich der Herr ausgerechnet an ihn gewandt hatte. Jatz wollte ihm die Hand drücken, unschlüssig, welchen Arm er dabei ausstrecken sollte, aber der Fremde schüttelte bloß den Kopf und suchte das Weite.

Vater und Mutter aller Dinge

3. JÄNNER. Die friedlichen Tage sind also vorbei. Familie Sowinetz kam heute Mittag vom Skiurlaub zurück. George stand am Ausguck im Obergeschoss. Etwas später klingelte es an der Haustür. Helen lief zum Guckloch. Es ist Robert, rief sie und drückte den Öffner. Da kam Papa die Treppe heruntergestürzt: Seid ihr verrückt, die wollen doch bloß das Haus auskundschaften ... Aber Robert stand schon in der Halle. Ich will euch ein gutes neues Jahr wünschen, rief er vorsichtig. Papa deutete stumm, wir sollten uns in die Küche hinein verziehen. Helen und George lugten um den Türstock. Charles gab Robert die Hand und sagte knapp, euch auch ein gutes neues Jahr. Dann öffnete er die Tür, und Robert ging. Wir traten aus der Küche und sahen gerade noch, wie Robert, der Bengel, etwas nach Papa warf. Charles brüllte irgendetwas, er war so erregt, dass er die Worte nicht richtig artikulieren konnte. Er griff in den Gewehrständer und rannte mit der erstbesten Flinte, die er erwischte, vors Haus. Das Gewehr war nicht geladen. Schlamperei!, rief Papa, wer war das? Wenn das ein Ernstfall wäre! Auf seiner Strickweste klebten die Dotter von zwei oder drei stinkenden Eiern. Helen gestand, dass sie vor zwei Tagen im Garten auf die Pappschablone geschossen und vergessen hatte, das Gewehr geladen abzustellen.

4. JÄNNER. Irgendetwas an unserem Zeitplan stimmte heute früh nicht. Helen lief auf der Straße, 20 Meter von unserem

Haus entfernt, Herrn Sowinetz beinahe zwischen die Beine. Sie verhielt sich absolut richtig, verlor nicht die Nerven; legte sich hin und stellte sich tot. Sowinetz wischte sich nur beim Hinübersteigen seine Schuhe an Helens Schülertracht ab.

5. JÄNNER. Mit Charles im Keller Inventur gemacht, die Vorräte kontrolliert.

7. JÄNNER. Rosa Sowinetz mit dem Fernglas beobachtet. 11 Uhr 30. Sie grub in ihrem Garten, in einem Beet knapp an unserem Zaun. Ich schlich mich an, den Kampfspray in der Hand, und es gelang mir, sie zu besprühen; sie kriegte etwas davon ins Gesicht. Ihr Geschrei war trotzdem übertrieben. Den Kohlrabi ließ sie fallen und rannte ins Haus. Charles ist gerächt. Die Flecken auf der Weste waren aber leider nicht restlos zu entfernen.

9. JÄNNER. Helen begann in der Nacht zu schreien. Ich ging hinüber, anscheinend hatte sie bloß schlecht geträumt. Natürlich hatte es mit Drüben zu tun. George und Charles wankten schlaftrunken über den Gang; ich beruhigte sie. Charles sicherte seinen Revolver. Vormittag wieder Kot im Briefkasten. Ich wusch meine Hände. Wie schön waren die wenigen ruhigen, entspannten Tage zu Weihnachten!

11. JÄNNER. Am Nachmittag kam der Lieferwagen vom Großmarkt. Alle Stellagen im Keller sind nun gefüllt. Abends ein seltsames Geräusch vom Sowinetz-Haus herüber. Wir konnten es nicht identifizieren, es klang, wie wenn einer ununterbrochen an einem rostigen Eisenrohr schabt.

12. JÄNNER. Abends Waffenübung. Charles war nicht zufrieden. George erzählte, er habe Julia in der Mensa der Uni gesehen. Sie sei so herzig; er habe sie beinahe nicht erkannt. Papa knurrte. George: Julia sei anders, friedliebend, sie sei ja auch die letzten vier Jahre in dem Internat in E. gewesen. Papa knurrte.

13. JÄNNER. Papa verlas Stellengesuche von Wachmännern. Wenn er in seiner Firma befördert werde (an der Reihe wäre er schon längst), könnten wir uns einen Wachtposten leisten. Dann schlafe er besser.

15. JÄNNER. Abends um halb zehn gingen plötzlich der Fernseher und das Licht aus. Charles pfiff Alarm. Aber George, der vorsichtig aus dem Fenster seines Zimmers blickte, meldete, dass alle Häuser der Nachbarschaft ohne Licht seien. Es lag also am E-Werk, oder am Umspannwerk. Charles machte trotzdem einen Rundgang im Garten. Sicher ist sicher, Frau, sagte er.

26. JÄNNER. Wir sind unruhig. Irgendetwas wird, irgendetwas muss bald geschehen. Von Sowinetz in den letzten Tagen kein Lebenszeichen, kaum dass sich die Vorhänge Drüben bewegten. Wir warten ab.

7. FEBRUAR. Charles erzählte uns am Abend, er habe wieder einen seiner Briefe abgeschickt. Diesmal gelangte er in den Besitz eines Briefpapiers der Firma IBM. Er adressierte den Brief an die Direktion von Sowinetz' Firma. Sowinetz habe sich bei ihnen als Chefbuchhalter beworben, sie wollten

sich erkundigen, ob Sowinetz bei ihnen im Guten ausscheide oder ob es gewisse Vorkommnisse gegeben habe. Seine Bewerbung mute etwas seltsam an. Vielleicht schmeißen sie ihn diesmal hinaus, schloss Papa.

21. FEBRUAR. Charles meint, deren Taktik sei es, uns in Sicherheit zu wiegen, uns langsam einzuschläfern. Die würden sich wundern. Wir haben unsere Wachen jetzt 24 Stunden am Tag eingeteilt. Papa geht gleich nach dem Abendessen zu Bett und wacht dann ab 3 Uhr.

27. FEBRUAR. George erzählte zu Mittag, er habe sich mit Julia unterhalten. Die ganze Familie sei während der Semesterferien in C. gewesen. Wie sie es geschafft haben, das Haus zu verlassen und wiederzukommen, ohne dass einer von uns etwas bemerkt hat? Vielleicht haben sie sich mit Stricken an der Rückseite ihres Hauses abgeseilt. Und die Fensterläden haben sie offen gelassen. Von denen können wir noch was lernen, das flüstere ich euch, sagte Papa. Es wäre ihm lieb, wenn er mit dieser Schlampe nicht mehr verkehre, sagte er zu George. Ich komme, so scheint es, in eine Art Nervenkrise. Im Bett, vor dem Einschlafen, begann ich ganz unmotiviert an beiden Armen und Beinen zu zittern.

12. MÄRZ. Noch immer ruhig. Sie bereiten etwas vor. Helen hat ihre Grippe überstanden. Heute erster Schultag für sie. Robert habe sie vor der Schule mit einem Schneeball beworfen, in dem ein Stein steckte. Sie streifte sich die Jeans runter, zeigte den blauen Fleck an der Hüfte. Charles ist dafür, die da Drüben einfach einmal zu provozieren. Ein Fens-

terglas zerschießen, oder die Fernsehantenne. Irgendwas muss geschehen. Wir verlieren die Handlungsfähigkeit. Die Drüben sind uns voraus, weil sie wissen, was sie vorhaben. Vielleicht denken die Drüben genauso, bemerkte George. Meine Bitte wegen des Daches wurde abgewiesen. Derzeit gebe es Wichtigeres, sagt Charles. George sagte kein Wort über die sich immer mehr vergrößernden Flecken an der Decke seines Mansardenzimmers.

18. MÄRZ. Wie viele junge Mädchen gibt es in unserer Stadt? rief ich. Dreißigtausend? Und ausgerechnet die eine, die nicht in Frage kommen kann, suchst du dir aus. George hatte beinahe Tränen in den Augen. Ich verstehe ihn ja. Wir wollen es vor Papa geheim halten, so lange es geht. Vielleicht ist es nur eine vorübergehende Sache. Der neue Waffenkatalog von Fink & Mars kam. Charles studierte ihn am Abend.

26. MÄRZ. Den ganzen Tag Anrufe. George brachte zu Mittag die Zeitung mit der Todesanzeige auf der letzten Seite. Doch erstaunlich, wie viele Leute darauf reagierten. Diesmal haben sie ihr Geld für nichts hinausgeschmissen. Charles regte sich überhaupt nicht auf, er lachte bloß. Irgendwie sind wir erleichtert, dass endlich etwas passierte. Warum gibst du nicht auch eine Anzeige auf? fragte Helen, auf Papas Schoß. Papa ist schlauer, sagte George, er macht so was viel subtiler und zugleich wirkungsvoller, und ohne Unkosten.

3. APRIL. Vormittags um halb zehn hielt Drüben ein Kombilaster, zwei Männer in blauen Overalls trugen vier große

Kartons ins Haus. Konnte mit dem Glas keinen Aufdruck auf den Kartons erkennen. »Electronic-Center«, stand auf dem Wagen. Frau Sowinetz schloss kurz darauf die Läden im ersten Stock. Charles abends davon berichtet. Wir rätselten, was das für Geräte sein könnten. Verlass dich drauf, sagte Charles, bestimmt keine Stereo-Anlage. Ob George über Julia etwas herausbekommen könnte? Natürlich müsste er geschickt fragen. Ob sie seine Gefühle erwidert? Sie habe ihm zugelächelt, sagte er neulich.

7. APRIL. Schönes Wetter. Im Garten gearbeitet. Der lang erwartete Krach zwischen Papa und George. Wir sollten ihn nicht für blöd halten, rief er, er habe seine Quellen, er wisse alles über Georges Kontakte mit Julia. Wenn du ohnehin alles weißt, dann sag uns doch, rief ich, warum die da Drüben seit Wochen untätig sind. Morgen wieder zum Arzt; werde ihn um ein stärkeres Beruhigungsmittel bitten. – Mit unseren Obstbäumen stimmt etwas nicht. Während die Bäume in den Gärten der Nachbarn überall schon blühen, sind unsere leblos, nicht eine Knospe zeigt sich. Den Gärtner angerufen.

12. APRIL. Charles hatte Probleme mit seiner Firma. Der Direktor tobte. Charles' Beteuerungen, er habe ein solches Fernschreiben nicht aufgegeben. Das Fernschreiben trug den Code von Papas Firma und Papas Namen. Aber all das kann man natürlich simulieren und von jedem Fernschreiber des Landes per Lochstreifen absenden. Die Spedition hatte schon mehr als hundert Kühlschränke abgeladen, ehe die Einkaufsabteilung das stoppen konnte. Der Großhan-

del weigert sich nun, die bestellte Ware zurückzunehmen. Charles nahm heute widerspruchslos von meinen Tabletten.

14. APRIL. Helens Geburtstag. Papa kaufte ihr einen Pfadfinder-Dolch und das Buch über die »berühmten Seeschlachten«.

15. APRIL. Papa ist per 30. April gekündigt. Der Gärtner ging in unserem Garten herum, schüttelte den Kopf und schaufelte Proben unserer Erde in eine Tüte. Ob wir einen Öltank in der Erde hätten, und ähnliche Fragen. Er müsse die Behörde verständigen, das Grundwasser müsse geprüft werden.

23. APRIL. Charles sitzt halbe Nächte an seinem Schreibtisch und entwirft Pläne. Er will ihnen einen Denkzettel verpassen, den sie so leicht nicht vergessen, sagt er.

26. APRIL. Halte diesen Zustand bald nicht mehr aus. Ertappte mich bei dem Gedanken: Wo führt das alles noch hin? Könnte man Sowinetz nicht den Vorschlag … aber die beiden Männer reden ja nicht mehr miteinander, und wenn, dann höchstens im Elternbeirat der Schule. In der Öffentlichkeit spielen sie freundliche Nachbarn. Vielleicht eröffnet sich über George und Julia eine neue Möglichkeit, die wir uns heute noch gar nicht vorstellen können? Aber dann dachte ich an unseren Garten, und die weiche Welle schlug um in Wut. Nehme jetzt immer eine Tablette mehr vor dem Zubettgehen.

28. APRIL. Sowinetz hat zwei Wachmänner in Zivil enga-
giert. Einer patrouilliert vor der Haustür auf und ab, der
andere geht im Garten herum, das Gewehr umgehängt. Denen geht jetzt der Arsch, frohlockte Charles. Aber ich kann
nicht so recht froh werden. In der Zeitung heute ein Essay
von Sowinetz über das Vermessungswesen. Charles las Passagen daraus vor und zerpflückte Sowinetz' Thesen, wies
seine rückständige Denkweise an mehreren Beispielen nach.

2. MAI. Charles sitzt zu Hause herum, liest Stellenanzeigen
(er hat noch drei Tage Resturlaub). Wir haben genug Geld
auf der Bank. Am Nachmittag strich er den Schießstand im
Garten neu.

4. MAI. Abends Sitzung. Charles will einen Wachtposten
engagieren. Wir können es uns leisten, Mary, sagte er. Wir
sind dann etwas entlastet; vielleicht sollten wir zwei Männer nehmen, dann könnten wir auch ruhig schlafen. Ich seh
doch, wie du mit deinen Nerven herunterkommst. Er selber
sei derzeit auch nicht in der besten Verfassung. Es gab drei
Stimmen dafür, bei einer Enthaltung. Charles berichtete
über seine Studie; diese Analyse soll es uns ermöglichen,
Sowinetz richtig einzuschätzen.

5. MAI. Bin mit den Nerven völlig am Ende. Gegen 11 Uhr
mehrmals die Nummer von Dr. Hess gewählt. Jedes Mal tu-
tete mir das Besetztzeichen entgegen, jedes Mal zuckte ich
dabei zusammen, als stünde Sowinetz vor der Tür. Wagte
schließlich gar nicht mehr zu wählen, mein Gesicht zuckte
unkontrolliert, musste mich hinlegen; das Haus blieb unbe-

wacht, bis zum Nachmittag. (Charles war beim Arzt, wegen einer neuen Brille.) Als Erster kam George, er knallte die Tür zu; als ich ihn später suchte, lag er in seinem Zimmer quer überm Bett. Julia habe ihn gefragt, wann wir diesen Sommer in die Ferien fahren. Das ist nicht alles, unterbrach er mich. Sie habe sich nach unserer Alarmanlage erkundigt. Und er, ohne Argwohn, habe beinahe alles ausgeplaudert. Erst als er sich vor dem Hallenbad von ihr getrennt hatte und zur Bushaltestelle ging, sei ihm alles klar geworden, hätten auch frühere ihrer Fragen plötzlich eine Bedeutung erlangt.

8. MAI. Aufgestanden. Fühle mich besser. Charles zeigte den Prospekt über die Selbstschussanlage und seine Skizze, wo er die Schusskammern anbringen will. Das Problem dabei: Die Grundstücksabgrenzung zwischen uns und Sowinetz würde dabei festgelegt, zumindest für lange Zeit, denn die Schussanlagen wieder abzubauen wäre nicht so einfach. Sowinetz könne auf die Idee kommen, wir hätten kapituliert, ließen ihm den strittigen Grundstücksstreifen. Wir müssten, so Charles, in einem Handstreich den Zaun versetzen, so wie es seine Richtigkeit hat, ehe wir die Selbstschussapparate montieren. Das wird schwierig sein.

9. MAI. Helen beschwerte sich, dass wir nur noch von Konserven leben. Ja, es fiel mir auf, dass sie kaum etwas isst. Übertreib es nicht, rief Papa; Mama wird es bald wieder besser gehen, sie wird auch wieder kochen. Glaubst du, uns macht dieser Zustand Spaß? Wir müssen uns alle einschränken. Die Zeiten sind schlecht, wir alle leiden darunter. Wir müssen das durchstehen!

11. MAI. Besuchte George in seiner Dachkammer. Er versäumt immer mehr Vorlesungen, verbringt ganze Nachmittage und Abende da oben. Er hat ein genaues Modell vom Sowinetz-Haus angefertigt, mit dem Garten, der Straße, den Nachbarhäusern. Aus Ton modelliert er Figuren: die Mitglieder der Sowinetz-Familie. Zwischendurch diktiert er alle Gespräche mit Julia, an die er sich erinnert, auf Tonband, tippt das dann ab. Immer wieder fielen ihm Sätze ein, wahrscheinlich unbedeutend, aber man könne nie wissen. Charles strich eine Zeitungsnotiz rot an: Die Sowinetz' gaben gestern eine Party. Einige Kommunalpolitiker waren da, ein Maler-Ehepaar, die übliche Schickeria. Frau Sowinetz habe »ihre begabte Tochter am Klavier begleitet«.

15. MAI. Henry, unser Wachtposten, nahm seinen Dienst auf. Ein rothaariger, schlaksiger Ire, trinkt ziemlich viel Bier, sitzt dauernd in der Küche, das Gewehr auf dem Oberschenkel abgestützt, als wollte er in die Decke feuern. Als Charles vom Arzt zurückkam, schickte er ihn sofort in den Garten. Sie sind doch nicht aus Zucker?, fragte er (es regnete).

16. MAI. Nachmittags wurde die Selbstschussanlage geliefert. Die Sachen werden von Jahr zu Jahr teurer, hatte Charles gesagt und hatte die Anlage bestellt. Außerdem kamen die vier Maschinengewehre und die Magnum, die sich George gewünscht hatte. Wir gingen alle hinunter und schauten uns an, wie sie die Betonpfosten, die Kabel und Apparaturen abluden. Kurze Debatte zwischen Charles und mir. Ich sah dann ein, dass man diese empfindlichen Geräte vor dem

Zusammenbau nicht im feuchten Schuppen lagern dürfe. Sie schleppten alles ins Musikzimmer. Henry stand herum und rührte keinen Finger.

18. MAI. Helen wurde erschossen, zwischen Gartentür und Haustür. Verlieren wir jetzt nicht den Kopf, rief Charles, als ich wieder am ganzen Leib zu zittern begann. Das Fernsehen kam und filmte, Charles verweigerte jeden Kommentar. Der Sprecher, am Abend in der Sendung, gab der Hoffnung Ausdruck, dass sich in den Konflikt bald ein neutraler Vermittler einschalte. Wenn ich die Augen zumache, kriege ich das rote Loch im Rücken meiner Helen noch weniger aus dem Sinn. Charles schloss sich in seinem Arbeitszimmer ein, George ging auf den Dachboden.

19. MAI. Das seien die Wechseljahre, beruhigte mich Charles, als ich in der Früh nicht auf konnte und ihm meine Beschwerden klagte. Ich soll so bald wie möglich zu einem anderen Arzt gehen, zu dem besten. Er entschloss sich heute, keine neue Stellung mehr anzunehmen. Er sei zu Hause unentbehrlich.

21. MAI. Begräbnis von Helen. Als ich die Kameras auf mich gerichtet sah, bekam ich nasse Augen. Wir trugen die kugelsicheren Westen. Andy, der neue Wachtposten, trat seinen Dienst an. Er scheint sich nicht mehr zu engagieren als sein Vorgänger. Am Nachmittag übten Charles und George hinter dem Haus am Schießstand. Ich habe derzeit keine ruhige Hand. Räumte in Helens Zimmer auf. Ihre Spielzeug-Handgranaten. Auf dem Tisch noch ausgebreitet

»Taktik«, das neue Denkspiel. Ich faltete den Karton zusammen, räumte die Spielmarken in die Schachtel.

22. MAI. George entdeckte auf dem Dach von Sowinetz eine neue Antenne, neben der Fernsehantenne. Wann sie die wohl montiert haben? Rätsel. Charles und er vergrößerten die Fotos und gingen mit der Lupe ran, blätterten in Katalogen über elektronische Waffen und Warnsysteme. Charles will einen Spezialisten kommen lassen. Robert wird neuerdings mit dem Automobil zur Schule gebracht, abgeholt und vom Wachtposten ins Haus begleitet. Wir sind uns immer noch nicht im Klaren über die nächsten Schritte. Charles sagt, nur nichts übereilen. Mit unserer Abwartetaktik zermürben wir die Drüben langsam. Sie wissen, dass wir zuschlagen werden, wir sind ja am Zug, und wir werden zuschlagen, aber sie wissen nicht, wann wir zuschlagen.

24. MAI. Auch George und Charles haben diesen merkwürdigen Hautausschlag am ganzen Körper. Ich entschloss mich, Dr. Hess, unseren Hausarzt herzubitten. Ein Reporter klingelte und bat um ein Interview. Charles vertröstete ihn auf einen späteren Zeitpunkt. Abends: George rief und winkte uns in sein Zimmer hinauf. Er habe eben beobachtet, wie Andy einen runden Gegenstand über den Zaun warf. Der Wachtposten Drüben habe den röhrenförmigen Gegenstand aufgehoben und ins Haus getragen. Wir sahen uns stumm an. Wir bezahlen einen Mann von Drüben! Charles war dafür, Andy sofort zu liquidieren, standrechtlich; er überlegte es sich dann anders. Wir sollen uns nicht das Geringste merken lassen.

25. MAI. Dr. Hess untersuchte uns, fragte, ob wir in letzter Zeit etwas gegessen hätten, abweichend von unserer sonstigen Verpflegung. Es könnten die Konserven sein. Vermutlich gehe der Ausschlag von selbst zurück. Im Garten stürzte ein Apfelbaum um. Der Stamm war völlig verfault. Im Vorjahr trug er noch. Auch die anderen Bäume und Sträucher sind tot. Aber wir haben jetzt andere Sorgen.

28. MAI. Seit gestern sind Charles und George in ihren Zimmern und spielen krank. So nebenbei sagte Charles gestern Vormittag zu Andy, er müsse in den nächsten Tagen besonders gewissenhaft seine Rundgänge machen, sie seien beide krank, alle Verantwortung ruhe auf ihm. Ich war zu Mittag, bei Tisch, betont freundlich zu Andy. Er trinkt nur Mineralwasser. Fühle mich schwach, und bei jedem Geräusch zucke ich zusammen.

30. MAI. Diesen Tag werden die Sowinetz' so bald nicht vergessen. George ließ vom Fenster seines Zimmers aus die Panzerfaust in den Mercedes, in dem Robert zur Schule gefahren wurde, knallen, und der Wagen explodierte in einer zehn Meter hohen Stichflamme. Charles schoss Andy in den Kopf, der taumelte noch ein paar Schritte in Richtung Nachbargrundstück, krallte sich mit den Fingern in die Maschen des Drahtgitters und sackte zusammen. Charles wuchtete ihn auf die andere Seite des Zaunes hinüber, die Maschinenpistole nahm er mit ins Haus. Erst in den Abendnachrichten erfuhren wir, dass auch Julia in dem Wagen gesessen war. George ließ keine Regung erkennen; der Junge hat sich gefangen.

31. MAI. Wir halten uns im rückwärtigen Teil des Hauses auf. Charles und George wechseln sich am Fenster ab, auf der Seite des Sowinetz-Hauses. Wir werden das Grundstück in L. verkaufen, vielleicht auch das Haus am See. Die unbezahlten Rechnungen häufen sich. Heute erschrak sogar Charles über deren Höhe. Der Vize-Bürgermeister rief an. Wir teilten ihm unseren Standpunkt mit. Zwei Vertreter von Agenturen, die Wachtposten vermieten, klingelten an der Tür, boten ihre Dienste an. Aber wir sind misstrauisch geworden. Charles verhandelt demnächst mit einer Firma in U.

1. JUNI. Nichts rührt sich Drüben.

2. JUNI. Ein Reporter des ›Tagblatt‹ kam, mit einem Aufruf zum Frieden. Wir unterzeichneten alle. George machte sich lustig über Frau Sowinetz' Erstklässler-Unterschrift.

3. JUNI. Ein Vertreter der staatlichen Rüstungsfirma kam vorbei und öffnete seine Koffer, blätterte die Kataloge auf. Charles wollte eigentlich diesmal nichts bestellen. Doch dann zählte Herr Schmitz auf, was Sowinetz alles bestellt hat. Um nicht ins Hintertreffen zu geraten, bestellte Papa ebenfalls 100 Handgranaten, 5 Feuerwerfer, 2 Panzerfäuste, 5 Maschinengewehre und, zum Sonderpreis, 1 Mörser, Modell CX 2000. Wer weiß, sagte Charles, als Schmitz das Gartentürchen geschlossen hatte und das rote Licht wieder erlosch, was Sowinetz wirklich gekauft hat. George bastelt an den Abenden an einem großen, ferngesteuerten Flugzeug, das er sich in einer Spielwarenhandlung besorgt hat.

4. JUNI. In der Mertenstraße, so meldete der Fernseher am Abend, sei ein Lager mit Dynamit, das sich ein Zeitungsausträger angelegt hatte, in die Luft geflogen; vier Häuser in der Nachbarschaft seien dabei zerstört worden, zwei Familien wurden völlig ausgerottet. Pass bloß auf!, rief Charles. Aber George war nicht im Zimmer, er bastelte auf dem Dachboden. So viel Dynamit haben wir gar nicht im Haus, sagte ich.

5. JUNI. Wir sollten heute alle bestrahlen gehen, wegen unseres Ausschlags ... (??) ...
– Das war George vorhin. Er hat seinen Bomber, gespickt mit hochexplosivem Sprengstoff, hinübergeschickt und gegen die Vorderseite des Sowinetz-Hauses donnern lassen. Auch unser Haus wackelte, zwei Scheiben barsten. Es war ein Überraschungsschlag. Nicht einmal Papa war eingeweiht gewesen. Bis Mitternacht hielten wir uns im verbarrikadierten Keller auf. Ab und zu ging George hinauf und beobachtete den Brand Drüben. Der ganze zweite Stock sei weggerissen worden. Dann legten wir uns hin, Charles hat Wache bis zum Morgengrauen.

6. JUNI. Wir wissen immer noch nicht, ob Drüben jemand überlebt hat. Charles vermutet, sie hätten sich in ihrem atomsicheren Keller aufgehalten. Zu sehen ist jedenfalls niemand. Das, was vom Haus übrig blieb, hat aufgehört zu qualmen. Man sieht in die Räume der ersten Etage hinein. Charles und George wechseln sich am Fenster ab. Ich schaffte am Vormittag, unter Feuerschutz von Hermann und Wolf, unseren neuen Wachtposten, die bestellten Nahrungsmittel ins Haus.

7. JUNI. George sprengte den Rest des Sowinetz-Hauses weg. Da wächst kein Gras mehr, sagte Charles am Fenster, als sich der Rauch verzogen hatte. Er wehte zu unserem Vorderfenster herein und verursachte uns Hustenreiz. Ich schloss das Fenster und ging hinunter.

8. JUNI. Als ich gestern vom Bestrahlen nach Hause kam, stand unser Haus nicht mehr da. Ein brennendes, qualmendes Gelände. Ich suchte in dem Trümmerhaufen nach intakten Waffen. Es knallte, und eine Kugel streifte meine Wange. Es blutete und schmerzte heftig. Jenseits des Zaunes stand Frau Sowinetz und zielte erneut auf mich. Ich ging in die Knie, nahm den Revolver aus der Handtasche und schoss sie in den Kopf. Tiefer Friede überkam mich.

Der Garten meines Nachbarn

EIN WINDIGER Tag. Ich sitze am Schreibtisch und sehe aus dem Fenster, als wüssten die jungen Birken vor dem Haus eine Antwort auf die Fragen, die ich auf dem Zettel vor mir notiert habe. Ein Windstoß draußen wirbelt ein Stück von einer Zeitung durch die Luft, es verfängt sich in den Zweigen eines Bäumchens. Schon wieder. Mühsam dränge ich meine Erregung zurück. Schöne Nachbarschaft! Schon sehe ich Nollauer durch meinen Garten spazieren und Papierfetzen aufspießen. Frühjahrswinde, sagte Hermine gestern. Nicht jeden Tag bläst der Wind, beruhigte sie mich. Und meistens hörten wir ja den Lastwagen des Altpapierhändlers kurz nach zehn Uhr, keine Viertelstunde, nachdem der Lastwagen der Post, dessen Auspuff so mörderisch qualmt, auf die Hauptstraße hinausgeholpert ist. Hermine hängt an unserem neuen Haus, die Kinder haben alle ihr eigenes Zimmer und den Garten – aber ich sitze vor meinem Skript über den Teufelsglauben und komme nicht voran. Sah ich, wenn ich in meiner Wohnung in der Linzer Bundesstraße aus dem Fenster meines Arbeitszimmers schaute, in der Minute 50 bis 60 Autos vorbeifahren (ich habe sie gezählt), so sehe ich jetzt nichts als die spielerisch sich im Winde wiegenden Bäume mit ihrem flimmernden Blattwerk. Das irritiert mich. Und schon erscheint auch draußen im Garten Nollauer, winkt mit dem Stock; es sieht beinahe wie eine Drohgebärde aus. Ich erhebe mich und trete durch die Hintertür in den Garten. Das ist nun schon das dritte oder vierte Mal, dass er mein Grundstück betritt. Ein windiger Tag heute, sagt er, hoffentlich sind Sie nicht ungehalten, aber der Hirnböck hat wieder einmal Verspätung. Die paar Papierfetzen sind nicht so schlimm, denke ich (allerdings brachte Heli neulich einen Farbprospekt herein, der verchromte Toaster anpries, und Hermine kaufte dann auch ein paar Tage später einen solchen), aber wie bringe ich ihm bei, dass ich es nicht leiden mag, wenn er einfach uneingeladen mein Grundstück betritt und Papier aufspießt? Ich sage: Die paar Papierln sind nicht so schlimm ... Schon hat er sie alle aufgespießt mit seinem Nagelstock, einen schönen Rasen habe ich da; ich hebe einen Faltprospekt auf (modische Khaki-Anzüge), den er übersehen hat, und folge ihm zur Hecke. Mir fällt ein, dass wir das Haus immer nachmittags oder abends besichtigt haben; da war von dem Papierhügel des Nachbarn selbstverständlich nichts zu sehen gewesen. Viertel nach elf, sagt Nollauer, jetzt könnt' er aber wirklich kommen, die Warterei geht mir auf die Nerven. Er hat beinah eine Glatze, nur am Hinterkopf ein Kranz von grauschwarzen Haaren. Was er wohl arbeitet? Ich denke, das Papier riecht wenigstens nicht; was wäre, wenn er mit alten Lumpen, Autoreifen oder gar mit stinkendem Motorenzeug handelte. Trotzdem, ich hätte mir eine andere Nachbarschaft gewünscht. Wo kriegen Sie denn das Altpapier her?, frage ich, als wir an der Hecke angelangt sind. Wo kaufen Sie es auf? Mir ist auch der Zusammenhang mit dem Postwagen nicht klar. Altpapier? Halten Sie mich für einen Altmaterialsammler? Dies ist kein Altpapier, sagt er und deutet mit dem Nagelstock, auf dem Papier aufgespießt ist, die kuppelförmige Kontur seines Papierhaufens jenseits der Hecke an.

Das ist meine Post. Ich starre ihn an. Er lacht. Warum soll ich Ihnen nicht … Kommen Sie, ich erklär es Ihnen. Er schlüpft durch die Hecke. Ich drehe mich nach meinem Haus um. Das Fliegengitter der Hintertür klappert im Wind. Vor dem Essen schaffe ich sowieso nichts mehr, denke ich und folge ihm auf sein Grundstück. Der Papierhaufen wurde, aus der Nähe gesehen, zu einem Papierberg. Beinahe unheimlich. Das Grundstück übersät mit Fetzen alter Zeitungen und anderen Papieren, auch Briefumschlägen. Was für eine Post?, denke ich, und mir fällt ein, unlängst in der Zeitung gelesen zu haben, dass in Norditalien zehn oder fünfzehn Postsäcke auf einer Müllhalde aufgefunden worden waren. Kommen Sie, sagt Nollauer, ich darf Sie doch zu einem Gläschen einladen. Ich hab da eine Kiste mit edlem Médoc aufgetrieben, Schlossabfüllung. Sie sind an der Uni hier tätig, Herr Eppstein, sagten Sie? Ich antwortete, ich habe eine Dozentur in Moraltheologie. Was bekommen denn Sie für Post? fragte er, als wir uns in seinem Wohnzimmer gegenübersitzen. Er scheint allein zu leben; Hermine hat schon so etwas angedeutet. Überall liegen Kataloge von Kaufhäusern herum. Sehen Sie!, sagt er, als hätte er darauf gewartet, also auch Sie! Sie sind ein gebildeter Mensch, haben sicher eine ausgedehnte Korrespondenz … es würde mich interessieren. Ich habe früher oft gezählt, mir eine Liste angelegt. Im Schnitt kamen auf einen Privatbrief, einen persönlichen Brief oder eine Postkarte circa zehn Drucksachen. Zog ich die Rechnungen, Einladungen, die Mitteilungen der Hausverwaltung usw. ab, blieb immer noch eine ganze Menge Post, Drucksachen, die mir in den Briefkasten gesteckt wurden, ohne dass ich darum gebeten hatte. Im

Gegenteil, ich hasste es, täglich die Drucksachen durchzu-klauben, zu sichten und zu prüfen, ob nicht doch etwas dar-unter war, was nicht sofort in den Mistkübel flog. Ein edler Tropfen, was? Eines Tages, Sie können es mir glauben, hatte ich es satt. Ich war damals Angestellter einer Fluglinie, war vor einem halben Jahr geschieden worden, hatte mir eine kleine Wohnung in Maxglan genommen, glücklich, eine neue Adresse zu haben, dieser Flut von Postunrat entkom-men zu sein. Die ersten Wochen und Monate hatte ich dann auch kaum Post erhalten. Ab und zu ein Brief von meinem Bruder in Kanada, Urlaubsgrüße von Bekannten, das Übli-che. Aber ich war damals noch unerfahren, forderte den Katalog eines Kaufhauses an, schnitt ab und zu Kupons aus Magazinen aus und ließ mir Prospekte über neue Stereo-Geräte oder Fernreisen kommen, trat einem Buchklub bei. Nach einem Jahr etwa merkte ich auf einmal, dass mein Briefkasten wieder genauso voll war wie in der ehelichen Wohnung in Lehen, und ich nahm mir vor, damit Schluss zu machen. Ich hatte mir zwar einige Prospekte schicken las-sen, aber nicht damit gerechnet, dass mich nun diese Firmen regelmäßig mit ihren Postwurfsendungen belästigen wür-den. Heute weiß ich, sagt Nollauer, dass man seine Anschrift niemals preisgeben darf. Hüten Sie sie, wie das Losungswort Ihres Sparbuchs! Oder Sie stellen sich gleich einen Mülleimer unter den Briefkasten. Sobald diese adressenhungrigen Firmen Ihre Anschrift haben, geben sie sie in ihre Karteien, und wehe, wenn Ihre Adresse erst einmal in einer Karteima-schine gespeichert ist! Sie kommt da nie wieder heraus, wä-ren Sie auch längst tödlich verunglückt. Außerdem tauschen viele Firmen ihr Adressenmaterial untereinander aus, sie bekommen dann Prospekte über Fotoausrüstungen, elektrische Rasierapparate und Wohnzimmerschränke aus Eiche, obwohl Sie Fotografieren albern finden, elektrische Rasierapparate für überflüssig halten und Ihnen vor Eichenschränken geradezu graut. Ja, ich merkte, dass ich einen Fehler gemacht hatte, als ich den Kaufhauskatalog angefordert hatte, als ich mir die Gratislektion in Spanisch schicken ließ, denn nun kamen alle paar Monate dicke Kataloge, alle Wochen Faltprospekte mit Sonderangeboten, und das Fernlehrinstitut sandte Woche für Woche, monatelang, ein hektografiertes Schreiben, worin ich las, wie töricht ich sei, das Diplom in Spanisch nicht zu erwerben, es sei kinderleicht. Einige Firmen gratulierten mir sogar zum Geburtstag! Ich hatte es also eines Tages satt und fragte mich, ob es mir nicht gelingen könnte, meinen Briefkasten künftig von diesem Werbekram freizuhalten. Ich ließ von da an alle Drucksachen zurückgehen an den Absender. »Retour! Annahme verweigert« und »Bitte Adresse löschen«, schrieb ich auf die Umschläge. Wenn Sie nun meinen, ich hätte danach weniger Drucksachen in meinem Briefkasten vorgefunden, so irren Sie. (Ohnehin hatte ich meinem Briefträger ein hohes Trinkgeld gegeben, mit der Bitte, keine Werbeblätter mit dem Aufdruck »An einen Haushalt« in meinen Briefkasten zu stecken.) Die Anzahl der Drucksachen stieg sogar noch. Nicht nur reagierten die Firmen auf meine Rücksendungen überhaupt nicht, ich erhielt ihre Kataloge, Prospekte und Faltblätter jetzt doppelt und dreifach, denn ich Unwissender hatte wiederum einen Fehler begangen und den Firmen, als sie auf meine Rücksendungen nicht reagierten, Briefe geschrieben, mit der Bitte, meine Anschrift aus ihren Karteien zu streichen. Anscheinend haben die meine Briefe gar nicht gelesen, sondern sich sofort auf meine Anschrift gestürzt und ihre Computerkartei damit gefüttert. Mein zweiter Brief war in scharfem Ton gehalten, er schloss, glaube ich, mit dem Satz: Ich hoffe doch, es mit einer seriösen Firma zu tun zu haben, und bitte nochmals, ebenso höflich wie nachdrücklich, meine Adresse zu tilgen. Das Ergebnis davon war, dass der Briefträger nun meine Post, den ganzen Haufen von Drucksachen, im Treppenhaus einfach auf den Boden, unter die Hausbriefkästen legte; in einem Briefkasten hätte dieser Stapel von Papier tatsächlich nicht mehr Platz gehabt. Längst konnte ich auch dem Briefträger nicht mehr zumuten, diesen Haufen Drucksachen wieder mitzunehmen, er kam damals ja schon mit einem eigenen Rucksack für meine Post. Einmal fuhr ich dann für drei Wochen nach Ibiza. Als ich zurückkam, beschwerten sich die Mitbewohner über den Papierberg im Keller. Sie hatten das Zeug jeden Tag in die Waschküche getragen und dort aufgeschichtet. Mir blieb nichts anderes übrig (ein Nachbar gab mir den Rat), als einen Altpapierhändler anzurufen und ihn zu bitten, mit dem Lastwagen vorbeizukommen. Ich war nicht wenig erstaunt, als mir der Fahrer, nachdem zwei Männer all den Papierkram aufgeladen hatten, 30 Schilling in die Hand drückte. Als ich sagte: 30 Schilling …?, erwiderte er, sie hätten es zwar nicht gewogen, aber mehr als sechzig Kilo seien es bestimmt nicht.

Sie können sich vorstellen, dass mich das nachdenklich machte. Im November, vor zwei Jahren, verlor ich meine Stellung bei der Sabena, als dort in der Buchungsabteilung ein Computer installiert wurde. Ich nahm vorläufig keine neue Stellung an, ich hatte Ersparnisse und außerdem das Grundstück hier, das eine Tante mir vor Jahren vererbt hatte. Ich baute mir eine Baracke und zog um. Das erste Jahr war hart. Ich gab eine Unmenge Geld für Briefmarken aus. Acht Stunden täglich arbeitete ich an meinem Schreibtisch, forderte Prospekte an, Kataloge, Lehrgänge, Ansichtssendungen, alles, was es nur gibt. Alle Anforderungskupons in Zeitungen und Illustrierten füllte und schnitt ich aus. Schließlich ließ ich mir sogar Postkarten mit meiner Adresse drucken, wo draufstand: Erbitte höflichst Ihr Prospektmaterial. Das wirkte. Nun ging es rascher. Jede Firma, deren Anschrift ich nur habhaft werden konnte, erhielt meine Anforderung zehn oder zwanzig Mal. Meine besten Lieferanten sind gewisse Buchgemeinschaften. Acht Stunden am Tag schrieb ich Firmenadressen auf meine Postkarten, bis meine Hand lahm war. Trotzdem, die Sache kam nur langsam in Gang. Monatelang nur eine einzige Lastwagenladung pro Woche. Davon konnte ich nicht leben. Glücklicherweise reichten meine Ersparnisse noch, und meine Lebensweise war bescheiden. Nach einem Jahr konnte ich den Lastwagen des Altpapierhändlers schon für jeden zweiten Tag herbestellen. Dann habe ich mir dies Fertighaus da bauen lassen. Die Post hat sich einen Lastwagen anschaffen müssen! Heute arbeite ich nur noch eine Stunde am Tag; immer noch die Illustrierten und Magazine durchsehen, auf neue Firmen hin, Ersatz für die Handelshäuser, die Pleite machen. Jedes Jahr fallen einige meiner Zulieferer aus; kein Wunder, bei dem Werbeaufwand! Trinken Sie aus, da höre ich den Lastwagen vom Hirnböck. So spät wie heute war er noch nie dran!

Ein Punkt am Horizont

EIN ANDERES Hotel wäre ihm lieber gewesen. Er hatte seinen Wagen auf der großen Piazza geparkt und eine Unterkunft gesucht, jedoch bald die Geduld verloren, als er merkte, dass alle Hotels, die er fand, geschlossen hatten. Er war wieder in seinen Wagen gestiegen, zum »Regina« gefahren, und der Besitzer stand selbst an der Rezeption, erkannte Stefan sofort, grinste, fragte nach der Signorina. Stefan lächelte verlegen und schüttelte den Kopf. Signor Troffé schaute auf seine Uhr: Die Küche habe vor einer halben Stunde geschlossen, aber wenn er wolle … Stefan sagte, er habe in Genua einen Imbiss genommen, er wolle sich nur gleich etwas ausruhen, er sei seit dem frühen Morgen unterwegs. Später, am Strand, war es wie im vorigen Jahr, es blies der gleiche Wind, der seine Hände klamm werden ließ, ohne Mantel wär's nicht zum Aushalten gewesen. Es war kein Mensch zu sehen. Er steckte seine Hände tief in die Manteltaschen und ging in Richtung Laigueglia. Die salzige Luft schien seine Lungen zu erweitern. Der Kiosk droben auf der Promenade war mit Brettern vernagelt. Er hob einen smaragdgrünen, beinah kugelrunden Stein auf und wusch ihn in den auslaufenden, schäumenden Wellen. Wenn sie trocken waren, verloren sie ihre Schönheit, aber er steckte den Stein trotzdem ein. Jetzt kam schon die Pension »Orfeo« in Sicht, droben, jenseits der Promenade. Die meisten Fensterläden in den oberen Etagen waren geschlossen, aber das musste nichts zu bedeuten haben. Vier Uhr vorbei, das war ihre Zeit. Von vier bis fünf war sie immer spazieren gegangen, die Strandfrau. Stefan hatte nun auch so einen hellen, hochgeschlossenen Trenchcoat. Beinahe hatte er, als er den Pass, den Signor Troffé ihm zuschob, in die Tasche steckte und die Glastür öffnete, Angst, er könnte ihr gleich jetzt begegnen. Aber der Strand war, soweit das Auge reichte, in beiden Richtungen menschenleer; die Frage war bloß, war sie hier, oder, wenn nicht, kam sie bald, in den nächsten Tagen? Es war ihm, als spürte er sie jetzt neben sich, als gingen sie zusammen nach Laigueglia. Er drehte sich um, nein, niemand war da, aber der Klang ihrer Stimme war ihm gegenwärtig, und er erinnerte sich, wie sehr ihm in den letzten paar Tagen Leonie auf die Nerven gegangen war, am liebsten wäre er allein nach Hause gefahren, aber das hätte sie ihm nicht verziehen, und er entkam ihr nicht, sie lief ihm in der Firma tagtäglich über den Weg. Es war ihm, und wohl auch ihr, schon nach den ersten zwei Tagen klar, dass diese gemeinsame Reise missglückt war, dass sie sie besser unterlassen hätten. Nichts war von dem anfänglichen Entzücken übriggeblieben, und eigentlich hatte er schon auf der Fahrt begriffen, dass sie sich fremd waren und dass gemeinsame Bettnächte daran kaum etwas änderten. Ein paar Wochen vorher, Faschingsdienstag war's, hatte er mit ihr angestoßen; es war nicht das erste Glas gewesen, die meisten Kollegen waren nach zwölf noch dageblieben, der Nachmittag war frei, und Leonie hatte ihn verschmitzt gefragt, ob er Lust habe, nachher bei ihr noch einen Whisky zu trinken. Wie oft war er ihr ausgewichen, war vor ihr aus dem Büro gehuscht, damit er nicht mit ihr gehen musste, und auf dem Weg ins Büro, wenn er an ihrem Block in der Stauffenstraße vorbeikam, schielte er nach ihrer Haustür, hoffte, sie käme nicht gerade jetzt heraus. Einmal hatte sie ihn auf dem Heimweg, vor ihrer Tür, eingeladen zu einem Drink, an einem Freitagabend im Dezember, er hatte sich entschuldigt, sei verabredet. Er wusste, dass sie etwas mit Herrn Lorenz hatte. Damals korrespondierte Stefan noch mit Jutta, die es endlich geschafft hatte, eine Anstellung bei der Lufthansa zu bekommen; sie war auf der Nordafrika-Strecke eingesetzt und kam selten nach Hause. Solange Jutta ihm schrieb, hatte Leonie keine Macht über ihn gehabt, obwohl er ihr manchmal gebannt nachschaute, wenn sie an seinem Schreibtisch vorüberging. An jenem Faschingsdienstag war er schwach geworden, ja, er war wütend gewesen, als es dann bei ihr zu nichts kam, weil ihre Freundin und Mitbewohnerin plötzlich erschien. Niemals waren sie ungestört gewesen. Zu sich nach Hause wollte er sie nicht einladen, das wäre damit verbunden gewesen, dass er sie seinen Eltern vorstellte, denn sich mit Leonie die knarrende Treppe in sein Zimmer hinaufzuschleichen, das kam nicht in Frage. Der Plan einer Reise dann, an die Riviera, in der Osterwoche, obwohl sie wussten, dass die Saison dort erst im Mai begann. Sie hatten beide anzüglich gelacht und beteuert, dass ihnen dies nichts ausmachte. Sie hatten allerdings nicht geahnt, dass so wenig los war, dass die meisten Hotels und Lokale geschlossen hatten. Schon auf der Hinfahrt war die Atmosphäre im Wagen gespannt, andauernd hatte er überlegt, was er mit ihr reden, wie er sie aufheitern könnte, aber es war, als sprächen sie beide verschiedene Sprachen. Mit Freytas, dem Brasilianer und neuen Firmenfaktotum, der bloß wenige Worte Deutsch verstand, konnte er sich besser verständigen, hatte er gedacht. Ein paar Mal hatte er ihr mit der Rechten über die Wange gestrichen, oder übers Knie, aber auch dies kam ihm schließlich unmöglich vor. War es nicht wohltuend gewesen, dass sie keine zehn Minuten zu Fuß gehen mochte! Wenigstens konnte er zweimal am Tag ein bis zwei Stunden am leeren Strand spazieren gehen; wie hatte er das schon am zweiten Tag genossen! Und Leonie gefiel sich darin, inzwischen mit dem Hotelbesitzer an der Bar zu schäkern, oder gar zu flirten, sich von ihm zu Martinis einladen zu lassen. Signor Troffé mochte ihn wohl für einen Idioten gehalten haben, der sich zu wenig um seine hübsche Begleiterin kümmerte. Er war den endlosen Strand in Richtung Laigueglia entlanggelaufen und hatte an Jutta gedacht, dass ihre Briefe plötzlich ausgeblieben waren, schon seit einem Monat – aber vielleicht kam eines Tages wieder einer ihrer Blümchenbriefe, jedenfalls wanderte er am Strand und schrieb Gedankenbriefe an sie, kam erfrischt, durchlüftet zurück ins »Regina«, trank an der Bar zwei Martinis oder Whiskys, hernach war es auch mit Leonie auszuhalten, und das Abendessen (außer ihnen waren nur noch zwei ältere italienische Ehepaare im Speisesaal) zog sich meistens über zwei bis drei Stunden hin. Was mochte Leonie hinterher über ihn erzählt haben in der Firma? Es war ihm aufgefallen, dass einige Kolleginnen ihm hämische Blicke zuwarfen, Fräulein Leitner zum Beispiel, oder die Schropp, keine von ihnen versuchte mehr, mit ihm zu flirten. Meinetwegen, hatte er gedacht, bist selber schuld, hättest niemals was mit einer Kollegin anfangen sollen … Zimmer sechzehn? Hatte der Hotelier anzüglich gefragt, aber Stefan hatte nach einem Einbettzimmer verlangt. Auf der Fahrt hatte er auch daran gedacht, in jener Pension »Orfeo« ein Zimmer zu nehmen, aber dann schien es ihm zudringlich. Heute sah er die Strandfrau nicht mehr, die Sonne verschwand jetzt hinter einer Wolke im Westen, es würde bald dämmern. Vorne an der Biegung würde er umkehren.

Lustig hatte er sich über die Frau gemacht, als er ins Hotel zurückkam, am zweiten oder dritten Tag, nachdem er sie zum ersten Mal getroffen hatte. Er hatte mit einem schwarzen Schäferhund gespielt, hatte sich zu sehr mit ihm eingelassen, und als Stefan den Stecken, den der Hund immer wieder apportierte, endlich weit hinaus ins Meer geworfen hatte (ihm dauerte das Spiel schon zu lange), da wurde er den Hund trotzdem nicht los, hechelnd schaute der zu ihm auf, schnappte sogar nach seiner Hose. Und da war auf einmal die Frau neben ihm gewesen, die große weiße Frau, heller Trenchcoat, dunkelblaues Kopftuch. Sie hatten miteinander gesprochen, woher sie kämen, über den Winterschlaf des Badeortes, über das Muschelsammeln. Als ihm nach einer Weile der Hund einfiel, er sich nach ihm umdrehte, war er fort. Ein wenig war er sich anfänglich vorgekommen wie der jüngere Bruder dieser Frau, sie sprach so ungezwungen mit ihm, aber sie konnte höchstens vier, fünf Jahre älter sein als er. Ohne Kopftuch, an dem letzten Tag, als die Sonne so warm schien, war sie ihm sogar noch jünger erschienen. Nein, älter als dreiunddreißig, vierunddreißig Jahre war sie wohl nicht. Andererseits hatte sie das Alter ihres Sohnes mit zwölf Jahren angegeben. Nein, anfangs hatte sie ihn nicht beeindruckt. Sie hatte zu viel geredet. Er dachte jetzt: Vielleicht hatte sie schon einige Zeit in jener Pension gewohnt, dort sprach man vermutlich kein

Deutsch, sie hatte ein Bedürfnis, mit jemandem zu reden. Er war zurück ins »Regina« gegangen, hatte sich an die Bar gesetzt, nach den Oliven und Nüssen gelangt, die auf dem Teller lagen, einen Martini bestellt, froh, dass er nun etwas hatte, was er Leonie erzählen konnte, und er hatte sogar noch etwas übertrieben, von einer geschwätzigen Rheinländerin erzählt, vielleicht sei sie auf Männerfang, hehehe, aber dann habe sie keine Ahnung von Italien, die Papagalli hielten jetzt ihren Winterschlaf. Und Leonie war auf den Spaß eingegangen; deine Strandfrau, hatte sie gesagt, morgen lass ich dich nicht mehr alleine gehen. Er war dann hinauf ins Zimmer gegangen, ein paar Karten schreiben. Etwas später klopfte es, Leonie stand draußen, beschwipst, fiel ihm um den Hals, drängte ihn zum Bett, auf das sie beide fielen. War es schon am nächsten Tag gewesen, dass die Frau ihm ihre Geschichte erzählte, das Unglück mit ihrem Buben, der mit einem etwas älteren Jungen in einem kleinen Segelboot hinausfuhr, im Sommer, drei Jahre sei es her, und nicht mehr zurückkam, ein plötzlicher Sturm, auch das Boot wurde angeblich nie gefunden. Jedenfalls traf er sie nun jeden Tag, manchmal auch am Vormittag, und um Leonie zu reizen, hatte er es so dargestellt, als verfolgte die Frau ihn. Er glaube, die stehe am Fenster ihrer Pension, suche den Strand mit einem Fernglas ab, und sobald sie ihn kommen sehe, laufe sie ihm nach. Aber Leonie dachte trotzdem nicht daran, ihn zu begleiten, und er war nach zwei, drei Tagen schon so ernüchtert, dass er es geradezu genoss, das Hotel allein zu verlassen. Einmal habe sie ihn mit der Frau, wie sie sagte, vom Auto des Signor Troffé aus gesehen, auf der Promenade sei er mit ihr gestanden, neben dem Kiosk, und die sei ja ganz schön füllig. Die dicke Strandfrau, nannte sie sie, und er hatte gedacht, von dick kann keine Rede sein, halt nicht so spindeldürr wie du. Immer häufiger nahm Signor Troffé Leonie mit, einkaufen nach Savona, oder nach Finale auf den Fischmarkt. Als sie dann den Vorschlag machte, schon am Karfreitag nach Hause zu fahren, war er sofort einverstanden, und von da an hatte sich die Atmosphäre zwischen ihnen entspannt.

Er drehte jetzt um und ging nach Alassio zurück. Oben auf der Küstenstraße dröhnten Lastwagen und Tankwagen vorüber. Morgen Vormittag würde er nach Laigueglia gehen, in dem hübschen kleinen Café am Hafen einen Tee mit Rum trinken und schauen, ob in der Musikbox immer noch dieselben Platten von Verdi und Puccini steckten. Im Grunde war alles, was er tat, höchst lächerlich, keinem Menschen hätte er davon erzählen können; das hieß auch, wenn er es recht überlegte, dass er keinen wahren Freund hatte. Ein Freund fände es vielleicht nicht lächerlich, dass er hierhergefahren war; er würde verstehen, ihm könnte er sogar von seiner Fahrt nach Bad Wörishofen erzählen, im letzten August; einen halben Tag lang war er durch die Straßen des Städtchens gelaufen, in der Hoffnung, ihr zufällig zu begegnen. Warum hatte er sie auch nicht nach ihrem Namen gefragt! Die Adresse hätte er herausbekommen, und dann hätte er ihr schreiben können. Aber seine Gedanken und Gefühle hatten erst angefangen um diese Frau zu kreisen, als er wieder zu Hause war, als Leonie wieder Kollegin war, die man in der Früh mit einem routinemäßigen »Guten Morgen« grüßte, als Herr Brunnauer ihm im Waschraum erzählte, er habe die Leonie auch gehabt, und der und der auch, willkommen im Club. Stefan hatte gedacht, wenn er nun unversehens in diesen Club geraten sei, dann wolle er sofort wieder austreten. Rückgängig war diese Geschichte nicht mehr zu machen, aber wenigstens wusste er, ein für alle Mal, dass solche Liebeleien nichts für ihn waren. Seine Abneigung gegen Leonies Handschrift, dieses spitze Gekratzel, war ihm eingefallen; jedes Mal, wenn er eine Aktennotiz von ihrer Hand las, dachte er, dass diese Schrift nicht zu ihr passe. Er dachte, die körperlichen Reize hindern uns oft, einen Menschen wirklich kennenzulernen, die Person als Ganzes zu begreifen.

Erst als er wieder zu Hause war, im gewohnten Trott, begannen diese Tagträume, die von nichts anderem handelten als von der Strandfrau, und obwohl er sich an die herben und doch weichen Züge ihres Gesichts nicht mehr erinnern konnte, er spürte ihr sinnbetörendes Wesen, hörte ihre melodische Stimme, sogar ihr Schweigen; auf eine unaufdringliche Weise schien sie gegenwärtig, und die Empfindung dieser ihrer Gegenwart rührte ihn manchmal so, dass er hätte losheulen mögen; bisweilen gab er sich solchen Zuständen hin und fühlte sich danach seltsam gereinigt. Könnte er es sie bloß wissen lassen, dass es ihn beglücken würde, sie zu begleiten, ihr zuzuhören, dass er für sie da sei, wenn sie jemanden suchte, um sich anzulehnen; aber er dachte, während er auf Alassio zuging: Wie könnte ich ihr helfen, über ihren Schmerz hinwegzukommen, sie trösten, ihr Kraft geben, mit welchen Worten? Und er fühlte sich ohnmächtig, untauglich, er wurde sich bewusst, dass er nichts konnte, außer den Schaden eines eingeschlagenen Schaufensters schneller zu berechnen als einer der anderen

Kollegen in der Abteilung. Bestürzt sah er: Er hatte nichts, um es ihr zu geben, er war eine Null. Er blieb stehen, drehte sich der See zu und dachte: Du bist verrückt, das alles hat keinen Sinn, führt zu nichts, es sind infantile Träumereien. Als er in Wörishofen herumgelaufen war, hatte er sich gefürchtet, ihr tatsächlich zu begegnen, in Begleitung eines Mannes, oder einfach davor, dass er ihr fremd wäre, dass sie bloß ein paar belanglose Worte wechselten. Und tatsächlich: Was konnte er denn anderes erwarten? Ein schmutziger kleiner Köter mit aufgerolltem Schweif lief jetzt schnüffelnd vor ihm dahin, achtete nicht auf sein Pfeifen. Vielleicht kam sie gar nicht mehr nach Alassio, vielleicht hatte sich in ihrem Leben etwas geändert in diesem einen Jahr, vielleicht hielt sie es plötzlich für sentimental, die Erinnerung an das tragische Ereignis immer wieder zu beleben. Zwar hatte sie einmal vom nächsten Jahr gesprochen, dass sich Ostern um zwei Wochen verschiebe, dass sie ihren Urlaub immer bloß im Frühjahr nehmen könne … Einmal sagte sie, dass sie manchmal, wenn sie aufs Meer hinausschaue, das Gefühl habe, jetzt und jetzt komme das Boot zurück, sie vermeine sogar einen Punkt am Horizont zu erkennen, der sich vergrößere. Prüfend hatte sie ihn angesehen, und er hatte geantwortet, das verstehe er wohl; aber er hatte sie nicht verstanden, wie ware das auch möglich gewesen. Eher verstand er sie schon jetzt, wenn er übers Meer hinblickte oder den endlosen Strand hinunter. Sie kommt dieses Jahr überhaupt nicht, dachte er, sie kommt womöglich nie mehr hierher. Wenn es so wäre, er bereute es nicht, diese Reise unternommen zu haben. Diese Strandgänge würden ihm taugen, er konnte sich über vieles klar werden. Wie gut, dass ihn keine Leonie im Hotel erwartete, deren Gold- oder Messingringe dauernd an ihren Handgelenken klingelten und klimperten, als wäre alles in ihr hohl. War ihre Art zu lieben nicht bloß das Konsumieren eines Nervenkitzels, wahllos und hastig, immer auf sich selbst bezogen? Waren denn seine Vorstellungen von Zärtlichkeit und Liebe bloß Wahnbilder? War das die Realität: die süßliche, biedere Pseudo-Erotik der Playboy-Hefte (die Strauß in seiner Schublade hatte und die in den Kaffeepausen zuweilen von Hand zu Hand gingen)?

Er dachte, dass der Händedruck mit ihr, am Tag vor der Abreise, ihm mehr bedeutet hatte als die Bettnächte mit Leonie. Es war ein neues Erlebnis für ihn, was dies in ihm auslösen konnte, das Berühren, das Halten einer Frauenhand. Es war ihm vorgekommen, als passte ihre Hand auf eine vollkommene Weise in seine. Während des Spazierganges hatte er gesagt, dass er am nächsten Morgen abreise. Leonie hatte er ihr gegenüber nie erwähnt. Schweigend waren sie gegangen, bis zum Aufgang zu ihrer Pension, waren stehen geblieben, sie gab ihm die Hand, lächelte ihn an, biss sich wie geistesabwesend auf die Unterlippe. Dann leben Sie wohl, und grüßen Sie Innsbruck. Das war alles gewesen. Er hatte sie gehen lassen, hatte sie nicht nach ihrer Adresse gefragt. Fünf Minuten später, unterwegs ins Hotel, hatte er dieses Sehnen zum ersten Mal verspürt, er war einem Du begegnet, es war, als würde ein Vorhang aufgerissen und erst jetzt sähe er die Welt, wie sie wirklich war. Aber er war zu träge gewesen, er kehrte nicht um. Was dachte sie überhaupt über ihn? Er war recht abweisend zu ihr gewesen, besonders an den ersten Tagen, war mit sich selbst beschäftigt, mit dem Problem Leonie. Er dachte: Diese Frau hat jahrelang nur für ihr Kind gelebt (sie hatte so etwas angedeutet, an jenem Tag, als sie bis Laigueglia gegangen waren und sie gefragt hatte, ob man nicht in dem Café am Hafen einen Tee mit Rum trinken solle); ihr Leben war bestimmt voller Entbehrungen und seit dem schrecklichen Ereignis voll Leid gewesen, und trotzdem hatte er an ihr keine Bitterkeit bemerkt. Ob er sie je wiedersehen würde? Als Letztes blieb ihm noch, zur Pension »Orfeo« zu gehen und sich dort zu erkundigen. Die hatten eventuell die Adresse, wussten, ob die Frau wiederkam. Er war jetzt auf der Höhe des »Regina«, und obwohl er müde war, ging er weiter den Strand entlang, beobachtete, wie die Ausläufer der Wellen gegen seine Schuhe züngelten, ihren Abdruck im Sand hinterließen, versickerten. Wenn er sie in diesem Jahr nicht wiedersah, würde er dann im nächsten wieder nach Alassio fahren? Aber wie konnte er annehmen, die Frau lebe allein, oder sie sehe in ihm etwas anderes als eine flüchtige Zufallsbekanntschaft? Noch im vorigen Jahr gab es keinen Mann in ihrem Leben, keine Liebe, wenigstens konnte er sich dies nicht vorstellen. Er hatte den Eindruck gehabt, sie suche gar nicht nach einem Gefährten, lebe nur dem Vergangenen zugewandt. Wieder überfiel ihn dieser Zustand, es schien ihm, sie sei überall gegenwärtig, die sich verändernden Wolkenränder versuchten ihr Antlitz nachzubilden, ja sogar der Wind, der ihm ins Gesicht blies, war nichts anderes als ein Streicheln ihrer Hand. Ein Liebender, dachte er, müsste alles lieben, alle Menschen, Tiere, Bäume, Hügel und Wälder, überhaupt die ganze Schöpfung. Wäre ein Liebender imstande, andere Menschen zu verletzen, zu übervorteilen oder gar deren Leben zu bedrohen? Auch er war keiner. Es gab Menschen, die er verachtete, und wie oft hatte er jemanden gekränkt oder gar verletzt? Oder er mied wochenlang die Begegnung mit Menschen, beschäftigte sich mit seinem Funkgerät. Ja, dachte er, wenn ich wirklich liebte, dann müsste diese Liebe alle einschließen, auch Leonie und die stumpfsinnigen Kollegen, die er verabscheute. Lag nicht das einzige Übel dieser Welt darin, dass die Menschen sich nicht liebten? Folgte nicht alles andere daraus?

Jetzt war es Zeit, ins Hotel zurückzugehen und sich bis zum Abendessen aufs Bett zu legen. Plötzlich war er wieder ernüchtert, ließ die Hoffnung fahren, er könnte die Frau in den nächsten Tagen sehen, sah sich eine Woche lang allein diesen Strand auf und ab laufen, den Wind im Gesicht, oder den Wind im Rücken, aufs Meer hinausschauen, als könnte es herbeitragen, wonach er sich sehnte.

Kommen und Gehen

… MIT ZWANZIG, als sie zu uns in die Firma kam, hatte sie Probleme mit ihrer Haut, ich meine, im Gesicht hatte sie Pusteln. Immer sah man sie in der Toilette vor dem Spiegel stehen, sie hat wohl arge Komplexe gehabt deswegen, war verschüchtert. Sie kam aus Saalfelden, ihre Eltern hatten da ein Lederwarengeschäft. Sie pappte sich immer mehr Puder und Schminke ins Gesicht, und es nutzte auch nichts, dass wir ihr sagten, das verschlimmere die Sache nur. Sie war damals bei Herrn Markus in der Unfallabteilung, und der ließ sie monatelang Akten ablegen, Akten aus der Registratur holen, und sie schien sich ganz wohl zu fühlen, allein in der Registratur; wenn man in die Registratur kam, um einen Akt, war sie immer hilfsbereit und suchte einem den Akt heraus, auch wenn es für eine andere Abteilung war.

Wann dann der Chef etwas mit ihr anfing, weiß ich nicht, vielleicht beim Betriebsausflug, im Jahr '62, als wir am Neusiedler See waren. Da waren wir alle ziemlich beschwipst am Abend, und als ich mit Herrn Hermann, dem damaligen Portier, in einen Weinkeller hinunterstolperte, da spielte in der rauchigen Höhle so ein Typ mit Schmalzlocke Czardas, und der Chef sang dazu, er hielt die Helga an sich gedrückt und war so in seine Arie vertieft, dass er uns gar nicht bemerkte. Bald darauf wurde die Helga ins Chefsekretariat versetzt, wo ihr Fräulein Stumm und Frau Pointner die Hölle heiß machten. Wissen Sie, nichts für ungut, ich sag, wie's ist, diese Eifersüchteleien in den Vorzimmern der

Chefbüros, alle diese Vorzimmerschlangen winden sich um die Chefs, und am liebsten beißen sie jeden hinaus, der ins Chefbüro will. Der Chef bevorzugte Helga immer mehr, Fräulein Stumm kündigte, Frau Pointner bekam ihr erstes Kind und arbeitete nur noch halbtags, und Helga riss alle Post und alle Telefonate an sich, und sie ging kaum einmal vor acht Uhr abends aus dem Büro. Als sie anfing, völlig die Oberhand über Frau Pointner zu bekommen, kündigte die auch, und Helga machte die Arbeit für zwei.

Der Chef bot ihr zwar eine neue Kollegin als Hilfe an, aber das wollte sie nicht, es war anscheinend ihr Ehrgeiz, zu zeigen, dass ihre Vorgängerinnen nichts getaugt hatten. Der Chef hob die Leistungen von Helga bei jeder Betriebsversammlung hervor, er stellte sie allen als Vorbild hin. Irgendwann kriegten es dann alle mit, dass der Chef was mit der Helga hatte. Sie haben ja den Chef schon ein paar Mal gesehen, nun stellen Sie sich vor, die kleine, zierliche, zerbrechliche Helga, zusammen mit diesem … Und die haben uns natürlich für so blöd gehalten, dass wir nichts merken …

Einmal war ich nach sechs Uhr oben bei ihm im Büro, da rief sie an und fragte vorsichtig, ob er sie heute noch brauche. Sie wissen ja, der Telefonverstärker in seinem Büro, man kann da jedes einlaufende Gespräch mithören, und er sagte nein, danke, Fräulein Helga, ich brauche Sie heute nicht mehr, machen Sie Schluss.

Und er glaubte wirklich, die Kollegen seien so blöd, sein Theater nicht zu durchschauen. Wenn er abends zu seinem Mercedes am Parkplatz beim Neutor ging, saß sie sicher schon drin. Frau Kaindl hat sie beide einmal in einem Restaurant überrascht. Als der Chef sie bemerkte, rief er aus:

Was für ein Zufall, die halbe Firma … Und er lud sie samt ihrem Gatten ein, zu ihnen an den Tisch zu kommen. Zufällig habe er die Helga hier getroffen.

Das Beste war aber, als Herr Deimler mit seiner Verlobten in Alassio war, vor vier oder fünf Jahren, und den Chef mit der Helga am Strand liegen sah. Dabei hieß es, er sei bei einem Kongress in Mailand und sie auf Urlaub in Lignano. Deimler – schade, dass Sie den nicht mehr erlebt haben – hat es sich nicht nehmen lassen, den Chef zu begrüßen, er dachte sich in seiner Naivität nichts dabei. Er war dann nicht mehr lange in der Firma. Angeblich hat die Kasse nicht gestimmt.

Die Helga opferte sich förmlich auf für die Firma, sie wurde immer schmäler, immer blasser, die Medikamentenfläschchen und Schächtelchen auf ihrem Schreibtisch häuften sich, ab und zu fehlte sie auch ein paar Tage, und dann atmete die ganze Firma auf. Wissen Sie, das Merkwürdige war, alle in der Firma hatten vor ihr mehr Angst als vor dem Chef selber. Wenn Helga durch eine Abteilung ging, fingen alle Mädchen an wie verrückt zu tippen, die Herren langten nach einer Akte oder addierten blindlings an einer Rechenmaschine.

Der Chef ließ sich in den Abteilungen nur noch wenig blicken, ja er kam überhaupt immer seltener in die Firma. Er wurde jovial, gab jedem die Hand, wenn er einmal auftauchte. Wollte man mit einem Problem zu ihm, so sagte er: »Sprechen Sie's mit Fräulein Helga durch!«, und selbst wenn ihm einer einen lukrativen Vertrag zeigte, schien es ihn nicht mehr zu interessieren. Wahrscheinlich hatte er Schwierigkeiten zu Hause mit seiner Frau.

Der Chef wurde immer dicker und Helga immer dünner. Unwillkürlich, wenn sie in der Tür auftauchte, zuckte man zusammen. Wenn zwei Kollegen sich unterhielten, trennten sie sich und gingen auf ihren Platz. Sie tat einem leid, immer war sie gehetzt, sie konnte nicht gehen und sich bewegen wie ein normaler Mensch. Sie zeigte eine Leidensmiene, als hinge das Wohl der Firma allein von ihr ab und irgendwie bekam man sogar Gewissensbisse, dass sie so schuftete und wir doch immer wieder einmal eine halbe Stunde pausierten, uns mit den Kollegen unterhielten, eine Besorgung machten oder Tee tranken. Ihr Anblick war immer ein stummer Vorwurf. Selbstverständlich hatte sie bald keinerlei persönlichen Kontakt mehr mit den anderen Kollegen, sie isolierte sich völlig. Jeder sah in ihr nur noch die Personifizierung des Chefs, sie war sein Schatten. Die Firma florierte damals, wir überflügelten sogar die Winterthurer, und mussten uns zusätzliche Büroräume im Nebenhaus nehmen. Überhaupt stellte der Chef fast nur noch Mädchen ein, kaum Männer. Und diese Mädchen hatten alle etwas Gemeinsames. Der Chef hat ein Gespür, das jetzt nur unter uns, ein Gespür für Mädchen, die Probleme mit sich hatten, bei denen es mit den Männern nicht klappte, die enttäuscht waren … Wenn er eine Anzeige in die Zeitung gab, immer im Spätherbst, dann war am Montag immer die Halle voll von jungen Damen, die sich bewarben. Und er fischte sich dann die heraus, die ehrgeizig waren, die Karriere machen wollten (versprach angeblich jeder, dass sie es in zwei, drei Jahren bis zur Abteilungsleiterin bringen könne), er hatte ein Auge für Frauen, bei denen es im Privatleben nicht klappte und die sich in die Arbeit stürzten, denen es nichts ausmachte, Überstunden zu machen. Und diese Mädchen wickelte er mit Versprechungen und Schmeicheleien so ein, dass sie sich mit einem geringen Gehalt zufriedengaben. Er verstand das. Holte sie sich einzeln in sein Büro, machte ihnen Komplimente über ihre neue Frisur, das reizende Kostüm, dass sie bezaubernd aussahen. Alle flogen sie auf den Chef. Für den Chef zogen sie sich an. Eine hörte ich einmal sagen, in der Nähe des Chefs fühle sie sich geborgen. Sie waren gierig nach den geschmacklosen, berechnenden Komplimenten des Chefs.

Der armen Helga ging es immer schlechter. Irgendwas mit den Nerven hatte sie. Der Arzt riet ihr, Whisky in kleinen Mengen zu sich zu nehmen. Das half auch, aber wahrscheinlich wurde sie dann süchtig. Wenn sie einmal keinen Whisky in ihrer Schreibtischschublade hatte, sagte man, zitterten ihre Hände, und sie war nicht imstande, ein Telefongespräch zu führen. Der Chef nahm eine andere Sekretärin mit, wenn er ein paar Tage auf Geschäftsreise fuhr.

Na ja, dann nahm sie die Schlaftabletten – aber nicht genug. Seither ist sie nicht mehr dieselbe. Monatelang blieb sie der Firma fern, wir hörten nichts von ihr, wir hatten nicht einmal gewusst, dass die Firma sie gekündigt hatte. Eine Zeitlang war sie im Krankenhaus. Wir haben gesammelt und ihr Blumen geschickt, besucht hat sie, glaub ich, keiner. Mir tut sie leid …

Na ja, tun wir wieder was. Ich erzähle Ihnen das nur, wie gesagt, weil Sie mich an die Helga erinnern. Wie Sie am Ersten gekommen sind … Wie viele habe ich nicht schon kommen und gehen sehen in der Firma …

Der Zauberlehrling

24.12. WIEDER EINMAL dieser Tag überstanden. Auch die Erwachsenen spüren ja die Antiquiertheit des albernen Märchens von der Geburt eines Kindes, das später die Welt erlöst haben soll. Das Irrationale immer noch nicht ausgemerzt. Ich räumte mein Zimmer auf. Im Regal nur die Fachliteratur, die ich in den vergangenen Wochen durchgeackert habe. Stöße von Zeitschriften, aus denen Merkzettel ragen. Auch Mary Shelleys ›Frankenstein‹ bedauernd weggeräumt; hätte ihn gern zu Ende gelesen, aber das WERK geht jetzt vor, die Ferien müssen genützt werden. Mir schon gestern überlegt, wie ich Nicki aus unserem Zimmer ausquartieren könnte. Ich stellte mir vor, wie er nachts durchs Zimmer tappt, auf die Toilette hinaus, am Boden die halbfertige Anlage, er stolpert darüber – der Atem stockte mir! Paps saß schon bald nach dem Mittagessen vor dem Fernseher, den er heute noch lauter als sonst aufgedreht hatte. Rührseliges Programm. Wenigstens einmal keine Berichte über Tankerkatastrophen, vergiftete Flüsse, vergiftete Nahrung. Mammi hantierte verbissen in der schwülen Küche, als sei's eine Strafarbeit. Erni hat sich verdrückt. Wenn ich dran denke: Zwanzig Jahre war die Shelley alt, als sie das Buch schrieb, nur ein Jahr älter als Erni jetzt! Und was macht die? – Ärgerte mich, Mammi nicht dazu überredet zu haben, dass sie mir die Arbeitsanleitung aus dem Karton gab, ehe sie ihn verschnürten; dann hätte ich mich am Nachmittag schon damit beschäftigen können.

Diese Geheimnistuerei mit den Geschenken. Mystik. Das Zeitalter der Aufklärung hat immer noch nicht begonnen. Auch über mein Taschengeld nachgedacht, es reicht einfach nicht. Allein die Literatur. In der Stadtbücherei haben sie nur Populärwissenschaftliches. Paps sagt, er kann mir nicht mehr geben. Aber für alles Mögliche sonst ist Geld vorhanden. Zum Beispiel die Geschirrspülmaschine. Nun weiß Mammi nicht, was sie mit der gewonnenen halben Stunde anfangen soll, steht in der Küche herum und überlegt, was sie tun könnte. Legte mich dann aufs Bett und las eins von Ernis Asterix-Heften. Die Zeit verging nicht. Unten hörte ich den klapprigen Porsche von Edmund, Ernis Verehrer. Hab nie kapiert, dass einer was an der finden könnte. Biologie-Student. Seit sie mit ihm geht, schwätzt sie alles nach, was er daherredet. Beim Essen Gerede über Blei im Spinat, weil der neben einer Landstraße angebaut werde. Über abgeholzte Bäume in Aigen, etc. Linker Romantiker, Vater Nervenarzt. Wenn sie auf Schilager fährt, soll ich ihr Aquarium versorgen. Puh! Meinetwegen krepieren alle diese schillernden Kaulquappen. Endlich das Abendessen. Paps war schon so angesäuselt, dass er das Glas mit den Essiggurken nicht aufbrachte. Mammis abgehärmtes Gesicht. Was für ein Getue um dieses Essen! Zwei Wurstsemmeln wären mir auch recht, und dann an die Arbeit! Der andächtige Nicki: ob ich in seinem Alter auch so war? Konnte es kaum erwarten. Übrigens war auch ich voller Ungeduld. Wenigstens das Glöckchenläuten ließen sie bleiben diesmal. Nicki lief voraus. Ich riss mich zusammen, als ich beim Eintreten ins Wohnzimmer einen kurzen gefühlsduseligen Anfall erlitt. Mein Paket nicht zu übersehen. Mammi entschuldigte sich: Es sei so groß, dass sie es nicht in Weihnachtspapier packen konnten. Ich winkte ab. Das Ding konnte ich nicht einmal aufheben. Zog es an der Schnur über den Teppich, wollte gleich in mein Zimmer damit. Paps protestierte, hiergeblieben, mach es erst einmal auf, und da seien noch andere Geschenke für mich. Ich konnte mich nur schwer beherrschen. Nickis Dreirad war auch nicht verpackt. Bekam von Erni einen Kalender mit Farbfotos von geschliffenen Mineralien. Ich hatte ihr ›Serengeti darf nicht sterben‹ gekauft. Paps verlangte wieder, als er sein Hemd, die lange Unterhose, das Kreuzworträtsel-Lexikon und den Aquarellblock ausgepackt hatte, ich solle meinen »Kasten« öffnen. Ich durchschnitt die Verschnürung, öffnete die Verpackung vom »Spielwaren-König«, aber weiter ging ich nicht. Da ist alles abgebildet, sagte ich, hier auf dem Deckel. Der Inhalt sagt euch nichts, sind bloß zehntausend Einzelteile. Das Gesicht von Paps, als ich den Karton öffnete. Ohne hinzusehen wusste ich, was es geschlagen hat. Als hätte *er* das Geschenk ausgesucht für mich. Als hätte ich nicht wie immer Mammi gesagt, was ich mir wünsche, und sie hätte es Paps berichtet. Schenken ist Egoismus! Sich an der Freude des Beschenkten zu begeilen! Erni war so aus dem Häuschen über ihre Skischuhe, dass sie Paps um den Hals fiel. (Sie schämte sich vor Edmund mit ihren alten Schuhen.) Ich überwand mich und gab Paps auch die Hand. Danke, Paps, große Klasse! Dann musste ich mir die Brille putzen, sie war angelaufen.

25.12. Nicki weckte mich um halb sieben Uhr, er saß im Pyjama auf seinem Dreirad, rollte vor und zurück. Ich stand dann gleich auf, die Eltern schliefen noch, wollte niemand dabeihaben, wenn ich meinen Baukasten auspackte. Als ich den Kartondeckel abhob und das großformatige Heft mit den Bauanleitungen beiseiteschob, sah der Inhalt des Kartons tatsächlich nach gar nichts aus. Vertiefte mich in die Arbeitsanweisung und in die Check-Liste der Bauteile, bis ich Mammi ins Bad gehen hörte. Setzte die vier Teile der Bodenplatte provisorisch zusammen, dazu musste ich Nicki mit seinem Vehikel ins Eck drängen. Erklärte ihm dann – denn er ist trotz seinen fünf Jahren bereits logischen Argumenten zugänglich –, dies sei nun das Laboratorium, das Vorzimmer sei die Rennbahn. Er verstand das und radelte gleich zur Tür hinaus. Puh! Wir werden Platzprobleme bekommen! Erni schlurfte in BH und Slip vorbei; widerlich! Fährt heute auf ein Skilager. Dann hörte ich Paps mit Nicki schimpfen. Wahrscheinlich hat sich Mammi beschwert, weil Nicki in der Küche umdreht. Was kaufen sie ihm auch so ein Affenrad. Paps schaute dann zur Tür herein, Tränensäcke angeschwollen, Haare so ins Gesicht hängend, dass man seine beginnende Glatze sah, als er wieder ging. Noch bestand keine Gefahr, noch interessierte ihn der Baukasten nicht, noch hatte er Mühe, auf den Beinen zu bleiben. Aus der Küche der kreischende Ton des Fleischschneidemessers. Konnte in Ruhe allein mit Nicki frühstücken, denn Paps brachte Erni samt ihrem ganzen Schizeugs zum Bahnhof. Plump wie ein Roboter der ersten Generation humpelte sie in ihrem Dress durchs Vorzimmer. Wie kriege ich Nicki und sein Bett aus meinem Zimmer? Enteignen kann ich nicht, ich bin nicht die Regierung. Muss mir da schnellstens was überlegen. Um zehn kam Hansi herauf, wollte den Baukasten sehen. Ich hatte ihm davon erzählt, kann ihn vielleicht zum Kleben von Bauelementen gebrauchen, damit ich rascher vorankomme. Wahnsinn!, meinte er, als er die Deckelabbildung sah. Ich schärfte ihm ein, niemandem darüber ein Wort zu sagen. Die Erwachsenen, sagte ich ihm, sehen überall Gefahren, auch dort, wo keine sind. Wenn dich wer fragt, was wir bauen, dann ist es ein Vierzylindermotor für ein Seifenkistchen. Hansi schwor, keinem was zu erzählen. Er zog dann ein paar Kaugummi-Tauschbilder von Fußballern hervor. Du sammelst ja nicht, gelt?, fragte er, ich habe nämlich vier Beckenbauer übrig, aber keinen Krankl oder Prohaska. Ich schüttelte bloß den Schädel. Kindskopf! Er habe die Physik-Hausaufgabe schon gelöst: das Gesetz der multiplen Proportionen. Sagte ihm, er soll morgen einen Sprung heraufschauen, wahrscheinlich brauchte ich seine Hilfe aber erst übermorgen. Paps kam zurück. Der Zug sei so überfüllt gewesen, dass Erni mit ihrer Skiausrüstung nicht einmal zum Abteil mit ihrem reservierten Platz habe vordringen können. Bis Bischofshofen werde sie stehen müssen. Ich wusste, warum ich den Inhalt des Baukastens noch nicht angerührt und die Bodenplatte wieder zusammengelegt hatte. Paps lehnte in der Tür. Na? Ich tat, als wäre ich in die Arbeitsanweisung vertieft. Zeig einmal her. Ich tat, als hätte ich nicht gehört. Befürchte beinahe, er will mitbauen. Hält das anscheinend für eine Art Spielzeugeisenbahn. Gottseidank wollte Mammi dann eine Dose mit Bohnen geöffnet haben. Als Nicki vorbeiradelte, rief ich ihn und sagte, er solle doch im Wohnzimmer den Fernseher anmachen, erstes Programm; warf ihm ein Zitronenzuckerl hin. Gleich darauf hörte ich die Stimme des Synchronisators von Robert Mitchum. Ein blöder Film um eine Nonne und einen Soldaten auf einer Insel, er war vor ein paar Wochen in einem anderen Programm schon gelaufen, und sogar Paps hatte damals gesagt: Ein Schmarrn. Wer hat denn da ... hörte ich Paps. Er ging ins Wohnzimmer, ich hörte ihn einige Programme ausprobieren (das einzig Gute an Feiertagen, dass sie schon am Vormittag ausstrahlen!), dann hörte ich wieder Robert Mitchum, und dann schloss Paps die Tür. Puh! Ich legte die Bodenplatte wieder auf, schob sie hin und her; wie ich es auch drehe, der Platz reicht nicht. Wie soll ich in mein Bett gelangen? Ich rief Nicki. Zeigte ihm den Kartondeckel. Wir bauen ein Riesenwerk, ja? Ich brauch deine Hilfe, Nicki. Aber erst nächste Woche. Ich ernenn dich ab sofort zum Chef des Werkschutzes, ja? Das heißt, du bist verantwortlich, dass dem Werk nichts zustößt. Du hast doch dein Maschinengewehr, vom letzten Christkind. Wenn der Feind kommt, dann schießt du. Du bist ab sofort Chefinspektor, so wie der Charles Bronson, ja? Wir haben bloß noch ein anderes Problem, Nicki, siehst du, das ist der Grundriss des Werkes, wir haben zu wenig Platz im Laboratorium. Wie ist es mit deinem Maltischchen, brauchst du das oder können wir es vorübergehend in den Keller stellen? Mag nicht mehr malen, brummte der Goldjunge und schaute auf sein Dreirad, und ich trug den Tisch samt den Utensilien in den Keller hinunter. Mammi erzählte beim Mittagessen, Onkel Rudi habe angerufen, bei denen hätten alle die Grippe, die kämen morgen nicht. Was mach ich bloß mit dem vielen Fleisch?, rief sie. Ich war über diese Neuigkeit sehr befriedigt. Hatte mir schon ausgemalt, wie Paps denen mein Kraftwerk zeigen will, alle drängen sich in mein Zimmer, Paps stolz auf seinen Sohn, denn bei Rudi haben sie nichts vorzuweisen als das bisschen Klavierspiel von Rosi. Am Nachmittag wieder über den Bauplänen; langsam bekomme ich eine Übersicht. Mit einem Zusatzbaukasten könnte man sogar den Leichtwasser-Reaktor zu einem Schnellen Brüter umbauen. Zuerst also einmal das Maschinenhaus. Ich legte die Bauteile dafür auf Nickis Bettdecke aus. Das wird eine Arbeit für Hansi, damit gebe ich mich nicht ab; ich konzentriere mich auf das Reaktorgebäude. Das Fläschchen mit den Urankapseln versteckte ich in dem hohlen Klassikerband.

26.12. Mein Farbplakat eines Atompilzes (von Erni, vorige Weihnachten, ehe sie Edmund kennenlernte!) von der Wand abgenommen, da ich den Platz für den Bauplan brauche. Die Schiefertafel neben der Tür belasse ich für etwaige Rechenoperationen. Wie ist es mit den Schutzanzügen, wenn die Anlage einmal in Betrieb ist? Darüber kein Wort in der Anweisung. Paps hat auch heute noch dienstfrei; beinah stolperte er über den Kartondeckel, den ich rasch als Hindernis zur Tür schob, als ich ihn kommen hörte. Er nahm den Deckel in die Hand. Das bringst du ja doch nicht zusammen, so wie es außen auf dem Karton abgebildet ist, sagte er, mit einem Blick auf die am ganzen Fußboden und auf den Betten ausgebreiteten Einzelteile. Vorsicht!, rief ich, als er einen weiteren Fuß ins Zimmer setzen wollte, und: Rauchen verboten im Werksgelände! Er brummte, drehte sich um und schnauzte Nicki an, die Nachbarn würden sich bald beschweren, wenn er den ganzen Tag auf und ab fahre.

Es klingelte. Hansi, und kurz darauf Willibald. Deckte die Bauteile rasch zu. Hansi deutete mir verstohlen. Jaja, hab schon kapiert, dass er Willibald nicht mitgebracht hat. Was baust du da für einen Apparat?, fragte Willibald. Einen Rennmotor für ein Seifenkistchen, für das Rennen im Mai, sagte Hansi. Ich nickte. Das kann er weitererzählen. Stülpte Willibald die Kopfhörer über und fragte Hansi, ob er am Nachmittag Zeit habe, wir könnten mit dem Bau beginnen. Als sie weg waren, mich zu Mammi in die Küche gesetzt. Ich hätte ein Problem. Ein Platzproblem für die Anfangsphase des Baues. Ob wir es nicht so lösen könnten, dass wir Nickis Bett für ein paar Tage in Ernis Zimmer stellten. Platz sei genug da, und Erni komme erst in zwei Wochen. Weißt du, sagte ich, die Bauteile kosten ein Heidengeld, und wenn Nicki auf eins drauftritt ... Sagte, ich habe ja auch nicht gewusst, dass die Anlage fast 2 x 2½ Meter Platz braucht. Aber nun ist sie einmal da. Wenn's nur für ein paar Tage ist, sagte Mammi. Dann könne sie endlich auch einmal staubsaugen im Eck. Ich rief Nicki. Sagte ihm, er sei für ein paar Tage abkommandiert in Ernis Zimmer, zum Bewachen des Aquariums. Und er müsse sie auch füttern, dreimal am Tag. Sehr wichtig, verstehst du! Und du musst auch im Zoo schlafen. Nicki grinste und radelte wieder ins Vorzimmer. Leise, damit wir Paps nicht weckten, trugen wir Nickis Bettchen hinüber. Als Mammi wieder in der Küche war, schleppte ich auch noch den Schrank in Ernis Zimmer. Dann war ich erschöpft, legte mich in meinem Zimmer auf den Teppich. Die Bodenplatte hatte nun leicht Platz. Stellte mir vor, wie der Bau wuchs und wuchs; der Schlot musste mir bis zur Nase reichen. Um drei Uhr kam Hansi.

Wir rollten den Teppich auf, verschraubten die vier Elemente der Bodenplatte und fixierten sie am vorgesehenen Platz mit Hilfe der Wasserwaage und kleinen Holzkeilen. Beim Einschrauben der fingerdicken Holzschrauben in den Parkettboden kamen wir beide ins Schwitzen. Nach einer Weile – wir verklebten gerade die Seitenwände des Maschinenhauses – stand Paps in der Tür. Was da so fürchterlich stinke. Ich roch nichts. Der Klebstoff vielleicht (feuerfest, wasserdicht, luftdicht). Die ganze Wohnung rieche schon nach diesem Zeug. Ich sagte, wir machten jetzt sowieso Schluss. Nach dem Essen (immer diese Unterbrechungen!) merkte ich, Paps wollte jetzt seinen Spieltrieb befriedigen. Ich gähnte, sagte, ich käme um vor Müdigkeit, ginge gleich ins Bett. Das half. Paps nahm das Fernsehprogramm zur Hand. Sobald ich das Sirenengeheul von drüben hörte (Eingangsmelodie zu ›Einsatz in Manhattan‹), machte ich wieder Licht und klebte bis nach elf Uhr Bauteile zusammen.

27.12. Am Boden des Kartons noch ein Papier gefunden, ein Anmeldeformular für die Behörde; ich soll es ausfüllen und einreichen, vor Baubeginn. Spülte den Wisch im Klo hinunter, damit ihn nicht Paps in die Hände kriegt. Kenne das. Hersteller haben die Auflage, dies Formular beizulegen. Wer soll das kontrollieren? Behörden! Wochen- oder monatelang warten auf eine Baubewilligung! Paps heute gottseidank wieder im Amt, ich kann in Ruhe werken. Nicki fütterte vom Stuhl aus die Fische. Um neun kam Hansi. Seine Mutter habe ihn gestern ausgeschimpft, wegen des Klebstoffes, der auch nach dreimaligem Waschen nicht von seinen Fingern runterging. Wir verlegten Rohrleitungen. Ein Problem wird vielleicht die Ableitung der warmen Abwässer. Ich hab ja keinen Fluss, kein Meer, um das erwärmte Abwasser hineinzuleiten, um daraus frisches Wasser zu entnehmen. Hansi klebte fleißig, auf meinem Tisch häuften sich die fertigen Bauelemente. Die Gebäude sind bald fertig zum Zusammensetzen. Jetzt folgt dann der schwierige technische Teil: die Maschinen, Apparate, Kabelstränge, Kontrollpulte, Installationen. Mittags die Nachrichten: Stromknappheit, Strompreiserhöhung ab erstem Juli. Wie lange ich denn gestern Nacht wieder das Licht habe brennen lassen, fragte Mammi. Ich sagte wie beiläufig, sie brauche sich nun keine Sorgen mehr zu machen deswegen. Bald hätten wir unser eigenes Kraftwerk. Sie achtete nicht darauf, sie ist eben eine Frau. Dann der Sprecher über das Kernkraftwerk Zwentendorf. Irgendein Parteiobmann habe gesagt, das Kraftwerk solle in Betrieb gehen. Bedingung sei allerdings die absolute Sicherheit für die Bevölkerung. Nebenbei: Diesen absoluten Unsinn habe ich nun schon x-mal vernommen. Als würden nicht in der Zukunft wie in der Vergangenheit Menschen Fehler begehen, schlampig arbeiten, ermüden, falsch reagieren; als könnte man jede einzelne Schraube durchleuchten! Sicherheit: hat es nie gegeben, wird es nie geben. Aber die Politiker haben recht: Das Massenpublikum will belogen sein. Würden sonst hysterisch. Wenn irgendwo ein Kalb mit zwei Köpfen ausschlüpft, ist die Atomenergie schuld, oder wenn es zwei Wochen lang regnet. (Wie auf Abbildungen von Kernkraftwerken immer im Vordergrund grasende Kühe zu sehen sind: clever!) – Mir fiel dann ein, ob ich die Abwässer nicht in die Dachrinne leiten könnte. Brauchte dann einen alten 120-Liter-Boiler, den häng' ich an die Wand. Aber dieses Problem ist noch in weiter Ferne.

28.12. Setzte mich gestern Abend eine halbe Stunde ins Wohnzimmer, Fernsehen. Vielleicht aus Dankbarkeit, dass Paps mich in Ruhe lässt. Er blickte mich kurz an wie einen, der zu seiner ursprünglichen Religionsgemeinschaft rekonvertiert. Mir tat eine Verschnaufpause gut. Und der stumpfsinnige Quatsch (gestern: ›Am laufenden Band‹) belustigt mich; bestätigt auch mein Weltbild. Heute mit den rohen Bauarbeiten fertiggeworden. Nun wird's erst knifflig. Holte mir die Mappe mit den Zeitungsausschnitten hervor und las in der Spiegel-Serie »Alarm auf Station SL 1«, um Fehler, die da geschildert werden, zu vermeiden. Toll, wie sie es immer wieder schaffen, dass solche Beinah-Katastrophen nie in die Öffentlichkeit dringen. Nie in unserer Zeitung oder im Fernsehen ein Wort darüber gehört. Papa liest zwar den ›Spiegel‹, hat diese Serie aber sicher nicht gelesen. Vor einem Jahr war ja auch Zwentendorf noch nicht in aller Munde. Ganz hübsche Liste der Desaster, allein in den USA: Browns Ferry, Lagoona Beach, Idaho Falls; dann Chalk River/Ontario, Windscale/England … Haben Schwein gehabt, nur ein paar tote Werksangehörige. Schlamperei, wäre alles nicht nötig gewesen! Dann fielen mir noch Leserbrief-Ausschnitte in die Hand, die ich eine Zeitlang gesammelt hatte. Finde es prima, dass sie so viele abdrucken: Wer einen Leserbrief geschrieben hat und ihn gar veröffentlicht sieht, der hat seinen Dampf abgelassen, für den die Sache erledigt. Überlege mir, falls es nötig sein sollte, selber welche einzusenden, unter dem Namen von Verwandten und Bekannten, um gegebenenfalls das Gleichgewicht der Meinungen herzustellen. Hansi kam. Hatte auch einen Zeitungsausschnitt in der Hand. Eine riesige Abraumhalde. Er fragte, wo unsere hinkäme. Er könne dann von der Salzach feinen Sand besorgen, ein, zwei Kübel. Im ersten Augenblick verstand ich ihn nicht, bis mir aufging, wie dumm dieser Klebehansl ist. Der hält das Ganze doch tatsächlich für ein … Nun ja, schadet nichts, im Gegenteil! Erklärte ihm, Abraum-Halden, die befänden sich nur bei den Uran-Bergwerken. Wir brauchten die nicht, da wir das fertige Uran geliefert bekämen. Ließ ihn weiter kleben, wir fingen mit dem Reaktormantel an. Beim Essen schnipselte ich selbstvergessen an einer Kartoffel herum, gab ihr die Form des Reaktorkerns, bis Mammi mich weckte, indem sie mir Soße nachgoss. Ich dachte: Nie mehr in die Schule, ein eigenes Forschungslaboratorium, ein Etat, ungestört, voraussetzungslos experimentieren … Nach dem Essen geschah es. Fand, als ich aus der Toilette kam, Paps in meinem Zimmer, er hielt etwas in der Hand. Lässt'n das auch alles so auf dem Boden rumliegen! Die Hauptkühlmittelpumpe, er war draufgetreten! Hätte am liebsten losgebrüllt und ihm ein für alle Mal den Eintritt ins Laboratorium verboten, aber das wäre taktisch ungeschickt gewesen. Er sagte sofort, er kaufe mir eine neue Pumpe. – Meine Schuld. Ich muss das Laboratorium absperren, wenn ich es verlasse. Erinnerte ihn daran, dass man, wenn er male, auch nicht in sein kleines Kabinett dürfe, dass man seine Kreiden und Aquarellfarben und Pinsel nicht anfassen dürfe. Das sei etwas anderes. Allerdings, sagte ich mir im

Stillen, allerdings. Er steckte die Pumpe ein, hatte es eilig, wieder ins Amt zu kommen. Über Paps nachgedacht. Wie ein Mensch so versumpern kann. Seine schöngeistigen Perioden. Im Sommer mit seiner Mappe und den Wasserfarben in den Pinzgau. Sitzt dann stundenlang vor einer Almhütte oder ein paar Bäumen und malt geduldig mit seinen feinen Pinselchen. Vor ein paar Jahren einmal gefielen mir einige seiner Berglandschaften. Veduten nennt man so was wohl. Müsste ihn einmal bitten, mir seine Blätter wieder zu zeigen, das würde sein Selbstwertgefühl steigern. Oder wenn er manchmal am Sonntagvormittag seine Brahms-Platten hervorholt (die wir nicht benutzen dürfen), sich ins Wohnzimmer zurückzieht und den Plattenspieler für eine Stunde in Beschlag nimmt. Er kommt dann immer völlig verändert heraus, als hätte er ein Bad genommen. Das Amt stumpft ihn ab, seit Jahrzehnten. Aber das wollen sie ja alle: Dauerstellung, Sicherheit. Nur keine Bewährungen, keine neuen Erfahrungen.

29.12.   Karte von Erni, in Mühlbach sei zu wenig Schnee, wenn es sich nicht bessere, kämen sie schon zu Silvester zurück. Klebte, bis Hansi kam, die Röhre der Personenschleuse, die in das Reaktorgebäude hineinführt. Kompliziert, die drei Schlupfhäutchen anzubringen; musste mir von Mammi eine zweite Pinzette ausleihen. Hansi klebte dann die äußere Betonabschirmung des Reaktorgebäudes, montierte auch gleich den Kran in der Kuppel. Zu Mittag brachte Paps die neue Hauptkühlmittelpumpe. Das Ding habe 700 Schilling gekostet, ein Wahnsinn, ein Drittel des ganzen Bausatzes. Wenn noch was kaputt gehe, er kaufe nichts mehr, jetzt sei

Schluss. Ein übler Trick sei das Ganze, um den Leuten das Geld aus der Tasche zu ziehen. Nun ja, zum Schulschluss gebe es kein Fahrrad, das sei einfach nicht mehr drin. Übrigens habe der junge Verkäufer, der ihn diesmal bediente, im Vertrauen gesagt, es sei eigentlich unverantwortlich, dass solche Bausätze verkauft würden. Er habe seine Bedenken auch schon dem Chef vorgetragen, aber der habe gekontert, sie müssten doch von etwas leben, er wolle doch auch sein Gehalt am Ersten, und wenn sie die Ware nicht führten, dann gingen die Leute eben ins Geschäft vis-à-vis. Ist denn da was Gefährliches dran, fragte Paps, so wie mit dem Chemiebaukasten damals? Ich hab dir gesagt, dass ich so was nie wieder in meiner Wohnung haben möchte. Ich beruhigte Paps. Hier gehe es um Stromerzeugung, Strom sei eine saubere, sichere Energie. Ich zeigte ihm meine Berechnungen über unsere künftige Energie-Produktion, über die Ersparnisse, wenn der Uranpreis einigermaßen konstant blieb. Das beeindruckte Paps, er griff nach Mantel und Hut und ging ins Büro. Nachmittags, als ich mir zwischendurch die Hände waschen ging, hörte ich aus der Küche Nachrichten. Da es sich wieder einmal um die Kernenergie handelte, schlich ich mich näher und hörte mir das an. Eine Stellungnahme des Gewerkschaftspräsidenten und des Direktors der Nationalbank. Anscheinend hatten irgendwo wieder einmal solche Spinner demonstriert. Kernkraftwerke seien notwendig, auf die Arbeitsplätze in dieser Industrie könne keinesfalls verzichtet werden, sagte der Gewerkschaftsboss. Der Nationalbankmann fügte hinzu, gerade für die Jugend brauchten wir Arbeitsplätze in neuen Industrien, genauso, wie wir die Rationalisierung für die Erhaltung der Vollbeschäftigung brauchten. Die industriefeindliche Bewegung sei eine romantische, kleinbürgerliche Verirrung. Die technischen Risiken seien berechenbar und könnten daher beherrscht werden. (Nebenbei: Arbeitsplätze – mir wäre da gar nicht wohl dabei. Als wäre das Heer der Werktätigen, der Arbeitslosen, ganz egal ob Akademiker oder Hilfsarbeiter, für Kernkrafttechnik berufen. Strahlenfutter! Diese Idioten, die mit einer brennenden Kerze im Kabelverteilerraum des Reaktorgebäudes hantieren, oder die Brennstäbe verkehrt installieren, usw. Höchstens zu gebrauchen als Knüppelträger, Hilfspolizisten, Scharfschützen und zum Wacheschieben. Meinetwegen sollen die Arbeitslosen und die Jugendlichen Kernkraftwerke in Uganda oder in Nigeria bauen, wo kein Hahn danach kräht, wenn was schiefgeht, aber nicht hier, wo die Reaktion nur auf den geringsten Störfall wartet! Arbeitsplätze! Wie in einem Kino, wo sie zuerst Sitz für Sitz abmontieren und dann, wenn sie sehen, dass keine mehr vorhanden sind, die Sitze am Plafond montieren.) So reden sich Politiker das Maul fusslig, die nicht einmal wissen wie ein Fahrraddynamo funktioniert, oder die Rücktrittsbremse. Von der Lichtmaschine des Wagens, den sie fahren oder in dem sie chauffiert werden, ganz zu schweigen. – Träume immer noch vom Zusatzbaukasten »Schneller Brüter«, aber im Augenblick darf ich Paps damit nicht kommen. Die Turbine ausgepackt, blitzendes Metall; mich an der ästhetischen Form begeistert. Wollte sie gar nicht mehr aus den Händen legen. Fast ein Kilo schwer. Am meisten Sorgen machen mir nun die Installationen im Schaltanlagengebäude. Hansi verklebte den langen Schlot oder, wie's in der Anleitung heißt, Abluftkamin. Und was habt ihr mit dem radioaktiven Müll vor?, fragte Paps wichtigtuerisch, als er am Abend Mantel und Hut abgelegt hatte und die Tür einen Spalt öffnete. Dabei verstreute er Asche von seiner Zigarette. In der einen Hand hielt er die ›Kronenzeitung‹. Ich merkte, dass er zum Spaßen aufgelegt war, und sagte: Die Abfallstoffe vergraben wir hinter dem Haus, wie der SPÖ-Abgeordnete Heinz Hogl vorgeschlagen hat. Der arme Paps war sich nicht im Klaren, ob ich einen Spaß machte. Darüber reden wir noch, sagte er. Atommüll! Wo er das wieder her hat. Naja, Umweltschützer, Leute ohne wissenschaftliche Qualifikation, pflegen ja im Moment diese wenig originelle Frage tagtäglich zu stellen. Zu Hansi sagte ich, der Abgeordnete habe das allen Ernstes vorgeschlagen, aber er verstand nicht, was ich meine. Nebenbei: Würde nicht so selbstmörderisch blöd sein, das Zeug in der Umgebung meines Hauses zu vergraben und mir das Grundwasser zu verseuchen. Sagte mir dann beim Händewaschen: Du meckerst dauernd herum, aber im Grunde bist du doch höchst zufrieden mit unseren Politikern. Es könnte (rein theoretisch) ja auch andere geben, die dir nur einen Lego-Baukasten zugestehen!

30.12. Mammi machte mich in der Früh darauf aufmerksam, dass ich in den Ferien den Griff an meiner Schultasche neu vernieten wollte. Seit Wochen läufst du jetzt schon mit der schadhaften Tasche herum … Mir überlegt, wie ich Hansi zur bedingungslosen Gefolgschaft verpflichten könnte. Zahlen kann ich ihm nichts. Ich fürchte, er hält schließlich nicht dicht, kann den Mund nicht halten. Wenn es bloß was gäbe, womit ich ihn in der Hand hätte! Eine Stunde auf dem Dachboden verplempert, wo ich hinaufstieg, um mein Lötzeug zu holen. Schon ewig nicht mehr oben gewesen. Der Schrank mit den Spielsachen. Die Guillotine. Als dann die Schachtel mit den Aristokraten leer war und es keine mehr zum Nachbestellen gab, verlor ich das Interesse dran. Ein paar Köpfe habe ich allerdings wieder angeklebt, aber die waren beinahe von selbst wieder abgefallen. Hätte mir damals ja ein Nazi-KZ gewünscht, mit den Gasöfen, wie ich es in einer Zeitschrift abgebildet gesehen habe, aber das gab es nicht, sagte Paps. Dann meine Sammlung von Panzern, MG-Schützen, Bombern, Revolvern. Reizt mich heute alles nicht mehr. Höchstens, eine Atombombe zu bauen, obwohl ja auch das kinderleicht ist, siehe die drei Jungs aus London. Dann über eine Stunde vertan (Hansi kam erst um elf), weil ich bei drei gelben Kabeln nicht wusste, zu welchem Arbeitsgang sie gehörten. Konnte sie endlich auch dem Kontrollzentrum zuordnen. Umständliche Arbeitsanleitung. Am besten wäre, sie zu zerschneiden und in arbeitstechnisch logischer Folge neu zusammenzukleben. An einer Alu-Leiste fehlten zwei Bohrlöcher. Fließbanderzeugnis alles, schlampig gefertigt! Mammis Kaffeestunde, am Küchentisch, um vier. Da ist sie glücklich, dreht das Radio an. Paps meckert immer: Dein Kaffee ist schuld an deinen Migräneanfällen. Gönnt ihr den Kaffee nicht, ist Teetrinker. Den Dampferzeuger montiert. Der Dampfkreislauf ist beinahe geschlossen. Im Radio gehört, die Regierung denke daran, den Zwentendorfer Atommüll nach Frankreich, dem Iran oder in die UdSSR zu transportieren. Gute Idee! Die Politiker dort wie anderswo denken nicht weiter als bis zur nächsten Wahl. Und in den beiden letztgenannten Ländern müssen sie nicht einmal so weit denken. Dort gibt's auch Disziplin! Noch besser und billiger wäre allerdings, die Entsorgung in der Sahel-Zone oder in Bangladesh abzuwickeln; dort machen sie's für ein Butterbrot. Beinahe wünschte ich, ich hätte ein Jahr früher mit dem Bau beginnen können. Unangenehm, dass das Thema gerade jetzt in aller Munde ist. Jeder, der den Fernseher anschaltet und die ›Kronenzeitung‹ liest, ist Experte. Als ich für Mammi am Nachmittag den vergessenen Zucker kaufte, quatschten im Supermarkt die Hausfrauen vor der Kasse. Schimpften über die Protestier, die es noch so weit bringen, dass die Lichter ausgehen. Morgen reden sie aber vielleicht anders!! Nicki wird unruhig. Hat seinen Dreiradler vorläufig satt und auch das Bewachen des Aquariums. Er will jetzt das Werk schützen und versteht nicht, warum das erst nötig sein soll, wenn der Bau vollendet ist. (Kluger Bursche!) Musste eine Stunde opfern und mit ihm Mensch-ärgere-dich-nicht spielen. Schaute dann zum Fenster hinaus. Immer noch keine Anzeichen von Schneefall. Unten vor dem Block spielten sie Fußball, Jackie, Heinz, Berti und die anderen. Ein wenig Bewegung täte meinen Gliedern und meinem Kreislauf auch gut. Paps abends, die Zeitung in der Hand, als sei er froh, dass es endlich einmal einen Gesprächsstoff zwischen uns gibt: Also, wie das denn nun sei mit dem radioaktiven Müll. Bei dieser Anlage da. Kann ich die Gebrauchsanweisung einmal haben! Ich entgegnete: Das hat Zeit, bis Abfallstoffe entstehen, oder? Nicht vor einer Woche. Immer eins nach dem andern. Ich lenkte dann ein, erzählte ihm, man könne die Schadstoffe zum Beispiel in Harz eingießen und die Harzwürfel dann vergraben. Gab ihm die Schrift ›Kernenergie – eine Bürgerinformation‹ (herausgegeben vom Bundesministerium.) Zeigte ihm das Kapitel »Entsorgung«. Abgedruckt auch die Rasmussen-Studie (die seit drei Jahren überholt ist).

31.12. Die kleine Explosion heute Vormittag brachte Paps völlig aus dem Häuschen, als er mittags nach Hause kam und davon erfuhr. So etwas sei wohl doch kein Kinderspielzeug, sagte er. Ich solle Schluss machen damit. Ich zeigte ihm den Deckel des Kartons, in dem der Bausatz verpackt war und worauf gedruckt steht: Ab 10 Jahre. Dazu der behördliche Sicherheits-Prüf-Stempel. Und das abgedruckte Gutachten von Univ.-Prof. Dr. Gànov. Fürs Erste war Paps' reaktionärer Haltung etwas der Wind aus den Segeln genommen. Sogar Mammi, die wieder aufgestanden war und weitergekocht hatte, versuchte Paps zu beruhigen. So schlimm sei es ja nicht gewesen. Der Bodo weiß schon, was er tut, sagte sie, gab zu bedenken, dass ich in Physik und Mathematik immer nur Einser nach Hause gebracht hätte, und erinnerte an die Goldmedaille bei »Jugend forscht«. So schlimm sei es nicht gewesen, sie sei nur sehr erschrocken. Ich war auch erschrocken, als sie im Laboratorium umsank und mir beinah das Schaltzentrum zermalmte. Sie muss ein wenig von den Klebedämpfen eingeatmet haben. Kam ohne Gesichtsschutz hereingelaufen, regte sich grundlos auf und heulte sich außer Atem. Also, dass das nicht mehr vorkommt, sagte Paps, bevor er Hut und Mantel nahm. War zerknirscht nachher, musste mich zusammenreißen. Noch einmal Glück gehabt: Der Dampferzeuger war nur an den Klebestellen auseinandergeflogen. Der Beweis dafür, dass

Hansi den falschen Kleber verwendet hat. Hab das gleich vermutet, deshalb den Dampferzeuger geprüft, Wasser eingefüllt und den Behälter mit dem Bunsenbrenner erhitzt. Hätte Hansi nicht an ein so wichtiges Bauteil lassen dürfen. Schabte an den Passflächen die Reste des braunen Klebers ab. Mir vorgestellt, was gewesen wäre, wenn der Dampferzeuger zerstört worden wäre. Wieder 700 Schilling? Woher nehmen? So viel ist nicht einmal auf Ernis Sparbuch. Das Losungswort wüsste ich. Hat's bei euch oben geknallt heute Vormittag? fragte Hansi, als er kam. Ich war eben mit dem Neukleben des Behälters fertig geworden. Nicki habe mit dem Stoppelrevolver geschossen. Haben sich deine Alten deswegen in die Hosen gemacht? Das nicht, wehrte er ab, die haben's gar nicht gehört. Frau Maislinger habe es seiner Mutter berichtet. Fragte Hansi, ob er wisse, was ein Betriebsgeheimnis ist. Du willst doch einmal Ingenieur werden, sagte ich. Da ist es wichtig, dass du deine Loyalität dem Betrieb unausgesetzt beweist. Auch in schweren Zeiten, besonders dann. Also, ich ernenne dich heute zu meinem Ersten Ingenieur, zu meinem gleichberechtigten Mitarbeiter mit Mitspracherecht. Aber dazu gehören auch Pflichten, eben die Loyalität. Verstehst du mich? Du bist Geheimnisträger. Ich war nicht sicher, ob er's kapierte, und im Moment auch nicht in der Lage, ihm das weiter auseinanderzusetzen. Er fragte dann, ob wir die Abwärme unseres Kraftwerkes nicht nutzen könnten. Brachte mich völlig durcheinander. Abwärme? Nutzen? Wo hat er das wieder her? Als hätten wir keine anderen Probleme. Eine gute Idee, sagte ich, mach ein Konzept darüber. War froh, dass er ging, sowie er die Turbinenverankerung montiert hatte. Fühlte mich plötzlich schlapp; bin nicht mehr so optimistisch zu glauben, ich könne den Bau in den Weihnachtsferien beenden.

1.1. Der Fernsehfilm ›Casino Royale‹ gestern. Sah die letzten 20 Minuten. Herrlich die Idee mit dem Revolver, der nach hinten losging! Bin dann eine Viertelstunde nach Mitternacht aufgewacht, von dem blödsinnigen Feuerwerksgeknalle. Lag am Boden neben der Anlage, muss da eingeschlafen sein. Öffnete das Fenster: sternklare Nacht. Unten die vorbeiziehenden, grölenden Idioten und explodierende Leuchtkörper. Dies Geknalle regt keinen auf, und dafür haben sie Geld! Schloss das Fenster. Ging zum Bauplan an der Wand. Plötzlich wurde mir klar, wozu die beiden roten Deckel sind: gehören zu den Flutbehältern für die Notkühlung. Kontrollierte im Bücherregal, ob das Uran an seinem Platz ist, und legte mich schlafen. – Hansi kam am Vormittag nicht, auch nicht, um wie gewohnt meinen Eltern ein gutes Neues Jahr zu wünschen. Paps lieh sich mein ›Lexikon der Atomphysik‹ aus, kam dann, stellte Fragen über Dinge, von denen er nichts versteht. (»War da Jod oder Krypton in dem Qualm enthalten?«) Erklärte ihm das Prinzip einer Dampfmaschine, er verstand's nicht. Meinte, am besten sei's, wenn ich im Keller drunten weiter machte. Konnte ihm kaum begreiflich machen, dass man eine solche Anlage in diesem fortgeschrittenen Fertigstadium nicht einfach nehmen und wegtragen kann. Wieder hatte er den Kartondeckel in der Hand und wies auf das Kleingedruckte: *Bei unsachgemäßer Handhabung keine Haftung.* Ich beachtete ihn nicht mehr, und er ging ins Wohnzimmer, das Neujahrskonzert der Wiener Philharmoniker fing an. Hansi rief dann an, sprach leise. Er dürfe nicht mehr spielen kommen, vorläufig. Sein Papa habe es ihm verboten. Ich sagte, es sei schon gut, er könne nichts dafür, dass er einen Hosenscheißer zum Vater habe. Nicki zog mich dann in Ernis Zimmer. Toller Bursche, hat mein Werk mit seinem Matador-Baukasten nachgebaut. Maschinenhaus, Betriebsgebäude, Reaktorgebäude, Schlot; im Wesentlichen stimmt alles. Lobte ihn. Er solle aber sein Kraftwerk Paps nicht zeigen. (Sonst glaubt der zum Schluss auch noch, Ernis Zimmer werde radioaktiv verseucht.) Vor dem Essen hörte ich Paps mit Mammi streiten, wegen meiner Kraftwerksanlage. Sie verteidigte mich. In letzter Zeit hätte ich mich sehr zum Besseren verändert. Ich lese nicht mehr so viel, werfe keine Schneebälle auf die Böhm-Mädels, spucke nicht aus dem Fenster und habe unaufgefordert immer saubere Hände. Ich weiß, ihr gefällt auch mein weißer Arbeitsmantel. Mein kleiner Gelehrter, sagte sie neulich zärtlich und strich mir die Haare aus der Stirn. Kurt klingelte um halb drei. Brachte mir »Die Geheimnisse des Meeres« zurück und wünschte Paps ein gutes neues Jahr. Paps fragte ihn, was ihm das Christkind gebracht habe. (Schämte mich für diese Formulierung.) Kurt erwiderte, ein Briefmarkenalbum, mit der Kronprinz-Rudolf-Serie. Ein kluger Mensch, dein Vater, murmelte Paps, grüß ihn schön von mir. Als wir allein waren, versuchte Kurt, mich über den Bau auszufragen. Was hat dir denn Hansi erzählt?, fragte ich zurück. Nur, dass es etwas ganz Tolles sei, habe er dem Richard verraten. Es handelt sich um das Seifenkistenrennen im Mai, sagte ich, und du wirst verstehen, dass ich nicht so dumm bin und vorzeitig etwas ausplaudere. Darauf wartet ja die Konkurrenz bloß. Das leuchtete dem Kurt ein. Um ihm zu schmeicheln, fragte ich ihn, was die Kronprinz-Rudolf-Serie wert sei. Aber da begann er gleich, mir die Geschichte der Habsburg-Monarchie zu erzählen, ich schob ihn zur Tür hinaus, ich wolle mir jetzt den Zeichentrickfilm anschauen. Alles Zeitvergeudung! Wieder über der Bauanleitung, »Beim Kondensieren des die Turbine antreibenden Dampfes muss ein Großteil der im Kraftwerk erzeugten Wärme an ein externes Kühlsystem abgegeben werden ...« Dieses Problem will erst gelöst sein! Ging in den Abstellraum hinunter. Der alte Boiler lehnte noch in der Ecke. Zwei Anschlüsse wären vorhanden, Zufluss und Abfluss. Mit einem Male die Idee: den Boiler oben aufschneiden, eine Art Kappe herstellen und dann Eisblöcke hineingeben, die das erhitzte Wasser beim Durchlaufen abkühlen. Die Frage ist nur, wie rasch schmilzt das Eis. Ich kann ja nicht immer dabeistehen und Eisklötze nachfüllen.

2.1. Wieder Ruhe in der Wohnung. Entdeckte zufällig, als ich schaute, was Nicki macht, dass 5 Fischchen mit dem Bauch nach oben im Aquarium hingen. Nur noch 2 lebten. Keinen Sinn, Nicki zu schelten. Zog mich an und ging in die Tierhandlung, mit einem Gurkenglas, kaufte 4 ähnliche Fische. Dann in die Eisenhandlung, wegen 2 Dreimillimeterschrauben, die anscheinend verloren gegangen sind. Im Treppenhaus Herrn Jonas getroffen, ihm ein gutes Neues Jahr gewünscht. Er freute sich. Man sieht dich ja kaum noch, Bodo, treibst du denn immer so? Sagte, ich sei Skilaufen gewesen. Skilaufen, so, das ist recht, murmelte er.

Spülte die toten Fische ins Klo hinunter. Schönes Begräbnis. Die vielen Sittiche und Kanarienvögel im Tiergeschäft, das Geschnatter und Gezirpe würde mich verrückt machen. Nicki drehte wieder seine Runden mit dem Tretrad. Das linke Pedal besteht nur noch aus der Achse. Österreichische Qualitätsware! – Eine dumme Fernsehdiskussion am Abend war Schuld daran, dass Paps schon wieder beunruhigt ist, Fragen stellt, mich von der Arbeit abhält. Ob bei der Energieerzeugung Plutonium entstehe, bei dieser Anlage da. Im Fernsehen habe eben einer gesagt, aus dem spaltbaren Material könne man atomare Sprengsätze bauen. Plötzlich verlor er seine Fassung. Er wolle keine Atombombe in seiner Wohnung. Hier höre der Spaß wohl auf. Seine Stimme überschlug sich. Mammi stand vor Schreck erstarrt bei der Anrichte. Wie viel Uran sich in dem Werk da befinde. Am Ende sind wir alle schon radioaktiv bestrahlt!, rief er, jetzt ist aber Schluss damit … Ich ließ ihn seinen Dampf ablassen, verspürte wieder das unkontrollierte Zucken meines rechten Augenlids. Du sprichst von Radioaktivität, erwiderte ich, von Strahlung. In meinem Zimmer ist keine Strahlung, ganz unmöglich, denn unser Quantum Uran ist noch versiegelt im Fläschchen. Und es wird unter Sicherheitsvorkehrungen in den Reaktor eingebracht, die du dir gar nicht vorstellen kannst. Aber ich muss dir sagen, dass es Radioaktivität überall gibt. In den Bergen, oder hol dir einmal eine Sardinendose aus dem Kühlschrank, geh mit dem Geigerzähler drüber: Ich garantiere dir, von 10 Dosen haben 4 eine Überdosis an Strahlung. Auch dein Fernseher sendet Strahlen aus, und kein Mensch weiß heute, was geschieht, wenn ein Mensch 30 Jahre lang täglich vor dem Bildschirm sitzt. Du steigst jeden Tag in deinen VW, dabei kommen Millionen Menschen in ihrem Wagen um, meist auf die grauenhafteste Weise. Das Risiko, das wir mit der friedlichen Nutzung der Kernenergie eingehen, ist beherrschbar und gering im Vergleich mit anderen Risiken unserer technischen Zivilisation, die wir längst akzeptiert haben … Und warum machst du dir nie Gedanken über die in Europa lagernden Nuklearwaffen? Die Hälfte dieser Waffen ist mit Plutonium bestückt. Einige Tonnen Plutonium lagern in unserer Nachbarschaft … Das sei etwas anderes, entgegnete er, das liege in der Verantwortung der Politiker. Die bürgten uns für die Sicherheit. Aber hier in dieser Wohnung sei er verantwortlich. Wie willst du mit deinen zwölf Jahren das alles richtig abschätzen können, rief er. Du warst noch nicht auf der Welt, als das in Hiroshima passierte. Während Paps redete, hatte ich ständig den Fernsehbildschirm beobachtet. Die Diskussion war noch im Gange, Paps hatte nur den Ton abgeschaltet. Ich kannte den Mann, der da jetzt in Großaufnahme sprach, ein Laie, Wüstenhagen, der Chef der deutschen Bürgerinitiativen. Soll in Deutschland bleiben. Ein Kernkraftwerk, erwiderte ich, ist keine Bombe, und gewöhnliches Uran als nuklearer Brennstoff ist völlig ungefährlich, solange es nicht im Reaktor aktiviert wurde. Wird es auch nicht!, rief Paps, nichts wird da aktiviert, verstehst du mich! Gewiss, gewiss, murmelte ich. Naturwissenschaftliche Erkenntnisse können die unkontrollierten Emotionen des Laienpublikums nicht aufwiegen … Auf dem Bildschirm erhielt jetzt ein vertrauenerweckend aussehender älterer Herr im dunklen Anzug das Wort. Das Insert stellte vor: Dr. med. Wolfgang Dietmann. Ein Arzt, dachte ich, ein Wissenschaftler, wollen uns den einmal anhören, ging zum Apparat und drehte den Ton auf.»... seit Jahrzehnten mit ionisierenden Strahlen zu tun gehabt ... diese Berufsgruppe ist daher aus unmittelbarer Erfahrung mehr als jede andere berufen, sich mit diesen Problemen auseinanderzusetzen ...« Paps hatte sich wieder auf sein Fauteuil fallen lassen. »... um es kurz zu sagen: Auch uns wäre es lieb, wenn wir ohne Kernenergie auskämen. Aber das ist eine Wunschvorstellung, die in den Bereich des Märchens gehört. Es sei denn, wir wären alle bereit, unseren Konsum beträchtlich einzuschränken ...« Ich verbarg meinen Triumph. Paps stellte das Bierglas auf den Couchtisch. Also, da soll man sich auskennen ... Hättest hören sollen, was der Ingenieur vorhin gesagt hat, nicht wahr, Mutti? (Ingenieur? Schöner Ingenieur muss das gewesen sein!) Jetzt sprach ein junger Mann mit offenem Hemd. Die Kernphysiker hätten die Entwicklung der Kernenergie vor allem zur Erhaltung des eigenen Tätigkeitsfeldes vorangetrieben. Die Nutzung der Kernenergie zur Erzeugung von Elektrizität habe weder heute noch in Zukunft große wirtschaftliche Bedeutung. Vielmehr diene sie einer Clique als Vehikel zur Selbstbehauptung, nachdem die militärische Entwicklung der Atomwaffen nicht mehr genug Arbeitsplätze biete ... Die friedliche Nutzung der Atomkraft funktioniere nicht ohne ständig durchgeladene Maschinengewehre. Der Teufel allein wisse, welche Technologien unsere Urenkel sich werden ausdenken müssen, um das Erbe, das wir ihnen hinterlassen, unschädlich zu machen ... (Leider haben wir keine Fernbedienung.) Immer die mit ihrer Nachwelt! Als fiele es ins Ressort des

Forschers, sich darüber den Kopf zu zerbrechen! Aber Paps hat das, glaube ich, nicht richtig verstanden. Dann sprach einer davon, dass Österreich in zunehmendem Maße von Ländern umgeben wird, die ihren Strom aus Atomkraft erzeugen. Auch in der CSSR sei bereits ein Kraftwerk in Betrieb, vier weitere befänden sich im Bau, weitere sieben seien geplant. In Ungarn würde gerade an zwei Kraftwerken gebaut. Das erste Kraftwerk in Jugoslawien stehe vor der Fertigstellung, weitere seien geplant. Desgleichen in der Schweiz und in Italien. Die Bundesrepublik Deutschland habe elf Kernkraftwerke in Betrieb, zehn weitere seien im Bau, und bis 1984 seien zusätzlich achtzehn Kernkraftwerke geplant … Wenn das so ist, sagte Paps und nahm einen Schluck. Ich konnte beruhigt mein Zimmer aufsuchen. Noch einmal davongekommen! Darf jetzt keine Zeit mehr verlieren. Schleppte um halb elf, als die Eltern schlafen gegangen waren, den Boiler herauf; die Anschlüsse hatte ich schon fertig, auch den Befestigungshaken.

3.1. Die Ursache des Störfalles, der bei dem Probedurchlauf heute Nachmittag eintrat, konnte ich noch nicht klären; bin mit dem Bau meines Kraftwerkes wieder um Tage zurückgeworfen worden. Stellte mir vor, was geschehen wäre, wenn ich bereits eine Urankapsel im Reaktorkern installiert gehabt hätte. Die Gasmaske hatte ich trotzdem auf, und das war gut so. Der Dampferzeuger ist wieder explodiert, es knallte mächtig, und kochendes Wasser spritzte herum, austretender Dampf vernebelte das ganze Zimmer, sodass ich beinahe nicht zum Fenster fand. Frau Atzmüller unter uns wurde hysterisch. Als ich mich aus dem Fenster beugte, stand sie auf ihrem Balkon schräg unter mir, starrte mich an und rannte schreiend in die Wohnung. Gottseidank war Mammi nicht zu Hause. Nicki pumperte an die Tür, ich beruhigte ihn. Hatte mich während des Probedurchlaufs, bei dem ich den Dampfkreislauf mittels Bunsenbrenner in Gang brachte, eingeschlossen. Langsam verzog sich der Rauch zum Fenster hinaus. Der Fußboden stand teilweise unter Wasser. Der Dampferzeuger ist hin, in fünfzig Teile zerfetzt. Vielleicht kostet er gar keine 700 Schilling? Warum, warum, warum, bohrte es in mir. Holte aus dem Bad einen Putzlappen und begann den Boden aufzuwischen. Frau Atzmüller muss es gewesen sein, die die Feuerwehr verständigte. Es klingelte mehrmals. Ich verhielt mich ruhig und legte den Finger an die Lippen, als Nicki vom Dreirad steigen wollte. Gerede im Treppenhaus, Geschnatter, wie in der Tierhandlung. Dann hörte ich auch Mammis Stimme, sie kam vom Einkaufen zurück, öffnete die Tür. Sie war weiß im Gesicht, hielt sich eine Hand ans Herz, als täte es ihr dort weh. Der Feuerwehrmann mit Seil und Pickel. Er drängte die Hausbewohner zur Tür hinaus und schloss sie. Führte ihn in mein Zimmer. Alles aufgeräumt und aufgewischt. Bei meiner Dampfmaschine sei ein Kessel undicht geworden, etwas Wasser sei ausgetreten. Nichts passiert. Aber die Frau, die angerufen hat, habe von einer Explosion gesprochen. Und Wasser sei von der Decke getropft. Ich sagte, ich hätte nichts gehört. Es tue mir leid, wenn ein paar Tropfen Wasser durchgesickert seien. Sagte, ich hegte die größte Bewunderung für seinen Beruf, und ich bedauerte es, dass sie umsonst ausrücken mussten. Der Feuerwehrhauptmann sah sich noch einmal im Zimmer um und sagte, das komme öfter vor. Vielleicht eine Fehlzündung von einem Lastwagen. Er sagte, er habe als Junge auch viel gebastelt. Beispielsweise ein Segelflugzeug mit zwei Meter Flügelspannweite. Was das für eine Werksanlage sei. Dampfkraftwerk, so! Baut man die heute noch? Hätte gedacht, heutzutage baut man Atomkraftwerke, saubere, sichere Energie. Man muss mit der Zeit gehen, mein Kleiner. Beinahe hätte ich ihn eingeweiht. Wiedersehen, Herr Ingenieur, sagte er und salutierte. Ich hörte ihn noch im Treppenhaus mit den Parteien reden. Guter Mann. Der müsste einmal mit Paps reden. Im Wohnzimmer lag Mammi auf dem Diwan, mit verheulten Augen. Was ich wieder angestellt hätte, was passiert sei, sie schäme sich so; die Leute im Haus, sie stehe das einfach nicht mehr durch, ihre Nerven, ich solle Paps im Amt anrufen, er solle gleich nach Hause kommen … Ich brachte sie dazu, dass sie mit in mein Zimmer kam. Siehst du! Überhaupt nichts geschehen. Ein bisschen Wasser ist ausgeronnen, das ist dir auch schon passiert, wenn ein Kochtopf übergelaufen ist. Aber warum dann die Feuerwehr angefahren kam, wieso die Leute von einer Explosion redeten. Tja, die spinnen, das weißt du doch. Voriges Jahr, als Frau Brunner die Polizei verständigte, weil jemand um Hilfe gerufen hatte. Dabei war's eine Stimme aus dem Fernseher nebenan. Mammi erholte sich rasch wieder, tapfere Frau! Für heute war's zu spät, um ins Spielwarengeschäft zu gehen. Schaffte den Boiler wieder in den Keller, als es im Stiegenhaus ruhig war. Hansi erschien dann. Von ihm wüssten es die Leute im Haus nicht, dass ich ein Kernkraftwerk baue. Wer sagt was von einem Kernkraftwerk? Na, alle. Sein Vater sei vorhin nach Hause gekommen, und nachdem

Mama ihm von dem Vorfall erzählte, habe er gesagt, man müsse Unterschriften sammeln im Haus und in der Nachbarschaft. In diesem Haus werde kein Kraftwerk gebaut, habe er gesagt, dafür werde er sorgen. Und sein Sohn sei beinahe auch noch in die Geschichte verwickelt worden. Tut mir leid, sagte Hansi, er müsse wieder gehen. Was denn eigentlich explodiert sei. Gar nichts, sagte ich. Einbildung von ein paar alten Weibern. Schauen sich in der Glotzkiste zu viele Krimis an, hören es dann dauernd knallen. Fragte ihn, ob er mir etwas leihen könne, Zweihundert oder so. Er suchte nach einer Ausrede. Schon gut, sagte ich, nicht so wichtig, servus.

Halb sechs. Bald kam Paps. Sagte zu Mammi, ich fühlte eine Erkältung nahen, legte mich ins Bett, trank Tee, zog mir die Tuchent über den Kopf.

4.1. Vormittag ins Spielwarengeschäft. Der Dampferzeuger kostete bloß 420 Schilling! Gut gelaunt. Herr Jonas klingelte kurz vor dem Essen. Er habe die Resolution nicht unterschrieben. Mach nur weiter, Bodo, lass dich nicht beeinflussen von den Leuten. Die wollen den Fortschritt aufhalten. Damit uns die Russen in der Hand haben und erpressen mit ihrem Strom. Wir brauchen die Arbeitsplätze in der Industrie, damit wir die Arbeitslosen von der Straße wegkriegen. Der Führer hätte da anders durchgegriffen! Ich sagte, er habe vollkommen recht, aber mein Papa werde mir Schwierigkeiten machen. Jedenfalls, du weißt, wie ich darüber denke, sagte der Alte. Nicki erzählte, was gestern Abend los war. Herr Giebisch sei heroben gewesen, habe mit Paps gestritten. Paps habe ihm vorgehalten, bei Pöhams sei vorigen Herbst der Farbfernseher explodiert, da habe sich keiner aufgeregt. Und dann musste sich Paps bei Frau Atzmüller die Flecken am Plafond ansehen ... Naja, ich war auf heute Abend gefasst. Paps machte nicht viele Worte. Ich solle die Anlage morgen abbauen und die Teile wenn nötig außerhalb der Stadt vergraben. Er kaufe mir dafür ein anderes Spielzeug. Beinah hätt ich die Beherrschung verloren. Weißt du, wie lang deine Anlage tödliche Strahlen aussendet, wenn was schiefgeht?, rief Paps. Eine halbe Million Jahre; das kann nicht einmal ich mir vorstellen! Das genetische Risiko ... Paps plappert wahrscheinlich nach, was Giebisch gestern von sich gab. Das blöde Gefasel ging mir so auf die Nerven, dass ich schärfer als gewollt reagierte: Du redest nichts als Unsinn, Paps. 480 000 Jahre, das bezieht sich auf Plutonium. Plutonium wird nur in einem Reaktor des Typs Schneller Brüter erzeugt. Wir haben hier einen Leichtwasser-Reaktor ... Das interessiere ihn nicht, das Zeug müsse weg. Ich hielt es nicht mehr aus, lief aus dem Wohnzimmer. Auch ein Staudamm kann bersten! rief ich ihm noch zu, schloss mich in meinem Zimmer ein, warf mich aufs Bett. Als ich die Augen öffnete, blickte ich auf mein Kraftwerk. Nein, ich gebe dich nicht auf, dachte ich. Unternahm einen letzten Versuch, Paps umzustimmen. Suchte Zeitschriften hervor, Ausschnitte, Broschüren. Sie saßen alle vor dem Fernseher: ›Die Straßen von San Francisco‹. Ich kniete (!) vor Paps nieder, hielt ihm einen Ausschnitt aus ›Bild der Wissenschaft‹ hin, und andere. Weißt du, was Carl Friedrich von Weizsäcker sagt, der Direktor des Max-Planck-Instituts? Von dem sagst du doch immer ein kluger Kopf, wenn er am Bildschirm erscheint. Da, lies, er habe keine zwingenden Gründe, vom Einsatz von Kernkraftwerken abzuraten. Hier, der Ministerpräsident von Baden-Württemberg, sitzt im Aufsichtsrat der Baden-werke AG; der Direktor unserer Nationalbank, der Bankier Hermann J. Abs: Die Atomenergie ist unverzichtbar, ihre Gefahren sind nur angebliche … Sind das vielleicht keine ehrenwerten Männer? Hier, der Gewerkschaftspräsident. Ach so, ja, du bist pragmatisierter Beamter, die Arbeitsplätze sind dir vielleicht egal. Möglicherweise ist dir auch nicht bekannt, dass Kernkraftwerke friedensstiftend wirken. Länder, wo zwei oder drei Kernkraftwerke in Betrieb sind, werden von feindlichen Mächten nicht mehr angegriffen. Das ist wie mit dem Totstellen; im Tierreich gibt es das auch. Aber Paps war an diesem Abend nicht mehr umzu-stimmen. Unbelehrbar!

5.1. Waffenstillstand. Habe Paps versprochen, den Bau einzustellen und die Anlage nach und nach abzubauen. Sollen alle in Finsternis zugrunde gehen!

6.1. Erni wieder da. Ihre Proteste nützten nichts: Nicki bleibt in ihrer Kammer, bis die Anlage völlig abgebaut ist. Paps liest die Broschüre »Kernenergie – eine Bürgerinfor-mation«. Setze mich jetzt jeden Abend zu ihnen vor den Fernseher. Heute gab's ›Beruferaten‹.

7.1. In der Nachrichtensendung sagte der Sprecher, die Inbetriebnahme des Kernkraftwerkes in Zwentendorf sei aufgeschoben worden. Was nutzt das, bemerkte Paps, während er aufstand, um Bier zu holen, wenn es doch lebensnotwendig ist. Paps ist gar nicht so dumm, sagte ich mir. Künftig werde ich langsamer vorankommen mit meinem Bau. Ich werde mich immer erst ans Werk machen, wenn Paps schlafen gegangen ist.

Wasserfälle

WIR RUTSCHTEN Schritt für Schritt den schmalen, gerölligen Pfad von der Widersberg-Alm zum Schrannbach-Graben hinunter und sprachen über das Konzert der Solisti Veneti, vor einigen Wochen, über die mühsam unterdrückte, aber doch merkbare Wut des rothaarigen, rotbärtigen kleinen Dirigenten, nachdem ein Teil des Publikums schon zum zweiten Mal an der falschen Stelle – jeweils um einen Satz zu früh –, zu applaudieren begonnen hatte. Unseren Frauen war der Aufstieg zu mühsam vorgekommen, und auch für uns hatte er sich nicht gelohnt. Alle vier Almhütten waren mit Brettern vernagelt, und wir kamen weder in den Genuss des Vogelbeerschnapses noch zu einer alten kupfernen Muspfanne, die ich gerne erhandelt hätte. Wer weiß, so trösteten wir uns, ob der Schnaps noch so köstlich geschmeckt hätte wie jener damals vor mehr als 20 Jahren, von dem wir des Öfteren geschwärmt hatten, besonders auf den Bermudas oder den Bahamas.

Angesichts der vier oder fünf kleinen Wasserfälle, die linker Hand, weit unter uns über die beinah senkrecht abfallenden Felsschründe tosten, um sich dann weiter unten zu einem Bach, dem Mühlbach, zu vereinigen, begann Edwin wieder von dem merkwürdigen Waschzwang seiner Gattin zu erzählen. Seit jener Aufführung des ›Figaro‹ im Juli habe Edith die Manie, sich drei-, viermal täglich zu duschen, und sich dann abends vor dem Schlafengehen auch noch in die Badewanne zu legen. Er blieb stehen, schnaufte heftig und sagte, mehr zu sich selber, eine gute halbe Stunde hätten wir noch zu gehen bis zum Rupertihaus. Ob ich wisse, dass er vor etwa zehn Jahren Anfang Dezember, zu Nikolo, immer ein paar Tage im Rupertihaus logiert habe, gratis natürlich. Mir sei wohl bekannt, dass seine Firma jahrelang das österreichische Springerteam unterstützt habe. Ein Original sei dieser Bubi Bradl gewesen, und er habe immer Trainer und Sportfunktionäre (Teams mehrerer Nationen hätten damals auf dem Mitterberg trainiert) unter den Tisch getrunken, so wie früher der Kanzler und Minister Figl, der bekanntlich bei den Staatsvertragsverhandlungen die sowjetischen Verhandlungspartner unter den Tisch gesoffen habe. Mit einem Kreisky, Willibald Pahr oder Lanc als Außenminister hätten wir damals, so die Volksmeinung, wahrscheinlich den Status der Neutralität nie erreicht und wären heute ein geteilter Staat.

Vorher hatten wir über das Reisen gesprochen. Seit ihnen vor gut drei Jahren zwei ihrer neuen echtledernen Koffer auf dem Flughafen von Nairobi gestohlen worden waren, verreisten sie nur noch in alten Jeans und mit Koffern aus dem Kaufhaus, hatte Edwin gesagt, und sie hätten sich sogar, nur für ihre Reisen, billige Wegwerfuhren gekauft. Während ich an den Vorschlag Edwins dachte, unsere Familien sollten doch die Ferien endlich einmal wieder gemeinsam verbringen, vielleicht nächsten März und warum nicht in Zermatt, begann Edwin wieder von jener Festspielaufführung des ›Figaro‹ zu reden, die wir ja auch besucht hatten, bei der wir die Hübners jedoch verfehlten, weil wir diesmal nur noch Regie-Karten erhalten konnten. So hatte Edwin sich in der Pause vom Parterre hinaus zum Buffet des oberen Stockwerks durchgedrängt, während ich mich mit meiner Frau nach unten schubsen ließ.

Ihr habt das gar nicht mitgekriegt, rief Edwin, der sich nun vom Wegrand einen langen Ast griff und ihn als Stock benutzte. Edith sei es also endlich gelungen, am Buffet bedient zu werden, und mit einem Tablett voller Champagnergläser sei sie zur Baronin Stumm und zur Giebisch, die auf der mit grünem Samt bespannten Sitzbank auf sie gewartet hatten. Beinahe habe sie die Getränke verschüttet, als sie einem sichtlich betrunkenen, übel riechenden Mann in einem unsäglichen Regenmantel auswich. Nicht nur, dass die Saalordner diesen Menschen überhaupt ins Festspielhaus hineingelassen hätten, im Pausensaal habe sich kein einziger Platzanweiser blicken lassen.

Immer stärker wurde jetzt das Rauschen der Wasserfälle hörbar. Edith sei schockiert gewesen, umso mehr, als dieser verkommene Mensch ausgerechnet vor ihnen stehenblieb, wankend, mit dem ausgestreckten Zeigefinger auf die Champagnergläser deutete und einfältig lächelte. Edith habe so zu zittern begonnen, dass sie das Tablett der Frau Doktor Giebisch überließ. Als die Giebisch den Mann anherrschte, er solle sofort den Saal verlassen, sonst hole sie die Polizei, gefror ihm die Miene langsam, und er schwankte weiter an der Wand entlang durch den Saal, blieb stehen, starrte wie hypnotisiert auf die Leute in den Smokings und Tüllkreationen, die Gläser in den Händen hielten und ihre Sandwiches aßen.

Edith habe ihm das nun drei- oder viermal erzählt, sie scheine förmlich fixiert. Es kommt noch besser, rief Edwin. Dem Kerl machte es nichts aus, dass die festlich gekleideten Besucher vor ihm verstummten, voller Verachtung an ihm vorbeischauten und angeekelt auswichen, und Edith hätte gar nicht bemerkt, dass er sein Wasser ließ, als er langsam vorwärtsschlurfte, wäre sie nicht aufgestanden, um den Lanzersdorfers entgegenzueilen, die sie eben in dem Gedränge bei der Treppe erblickt hatte.

Stell dir das vor, sagte Edwin, da spaziert ein betrunkener Sandler ins Festspielhaus und pisst auf den grünen Teppich. Vor ihm, hinter ihm wandeln die Opernbesucher, unterhalten sich über die Aufführung und die wirtschaftliche Lage, treten in die Pfütze und merken es gar nicht. Edith sei fassungslos gewesen. Sie habe die Sohlen ihrer dünnen Sandalen untersucht und sei zurück zur Sitzbank, habe für sich behalten, was sie beobachtete. Die Baronin wäre womöglich nie wieder nach Salzburg gekommen! Der Betrunkene habe schließlich angehalten, endlich schien er selber zu merken, dass es ihm zwischen den Beinen hinunterlief, er sei stehengeblieben, andächtig habe er gelauscht, so als hätten drinnen im Orchestergraben die Berliner Philharmoniker wieder zu spielen angefangen und nur er allein höre es. Den Gästen habe dermaßen vor diesem Menschen gegraust, dass sie ihn nicht einmal fortstießen oder wegdrängten.

Aha, rief ich, und deine Frau hat sich also eingebildet, sie sei ebenfalls in das Rinnsal gestiegen …

Warte, rief Edwin, der ein paar Schritte zurückgeblieben war. Er selber habe den Mann ja nicht zu sehen bekommen. Nachdem ich euch nicht entdeckt hatte und wieder umgekehrt bin, war er verschwunden; ich bemerkte bloß die Verstörtheit der Damen, die alle sechs Gläser allein ausgetrunken hatten.

Seine Frau habe ihm den Sandler nach der Vorstellung gezeigt, als er, Edwin, mit den Capes und Regenmänteln von der Garderobe aus die Eingangshalle durchquerte; bepackt mit all dem Zeug habe er aber nichts sehen können. Um es kurz zu sagen: Edith habe auf dem glatten Marmorboden der erdgeschossigen Halle nasse Stellen entdeckt und gezischt: So unternimm doch was! Er hingegen habe gemurmelt, er müsse sich um ein freies Taxi kümmern, sonst sei die Tischreservierung im Fondachhof beim Teufel. Es stellte sich heraus, dass der Fahrer der Stumms schon vorgefahren war, die Baronin bestand darauf, dass alle in ihrer Limousine Platz nahmen. Ehe sie einstieg, schliff Edith ihre Sohlen mehrmals auf dem Gehsteig ab. Sie sei so verstört gewesen, den ganzen Abend hindurch, dass sie dann zuhause mit diesen Sandalen in das Entree hineinging, bis hin zur Garderobe. Noch in jener Nacht habe er den Spannteppich der Diele herausgerissen und zu den Mülltonnen geschleppt, mitsamt den Schuhen und Sandalen. Aber damit nicht genug. Spät in der Nacht habe die Gute hin und her überlegt, ob sie die Baronin Stumm in Eggelkofen doch noch anrufen soll, ich wisse schon, in der Nähe von Rosenheim. Anscheinend habe sie sich hineingesteigert in die Vorstellung, die Baronin spaziere mit ihren verunreinigten Schuhen durchs ganze Schloss. Auch die Doktor Giebisch in Mondsee habe sie anrufen wollen, deren Telefon war jedoch auf Tonband geschaltet.

Ich habe mir dann, sagte Edwin, als er wieder stehenblieb um Luft zu holen, den Spaß erlaubt und gesagt: Vielleicht lässt du noch Durchsagen von allen Rundfunkstationen verbreiten. Das hat gereicht. Sie hat sich in ihrem Badezimmer eingeschlossen, und solange ich noch wach war, hat sie es nicht verlassen. Ja, ich hab vergessen zu erwähnen: Gesehen hab ich den Schnapsbruder nicht, ich kann mich jedenfalls nicht erinnern, aber gehört. Er ist, als wir unsere Mäntel anzogen, neben der geschlossenen Abendkasse gestanden und hat eine Arie aus dem ›Figaro‹ gesungen, hat es jedenfalls versucht.

Meinst du, das gibt sich wieder mit meiner Frau?, fragte er. Sie hat so einen merkwürdig stockenden Gang seither. Soll ich sie dir einmal in deine Praxis schicken? Rede wenigstens mit ihr, drunten im Rupertihaus, wenn wir jetzt dann den Tee nehmen. Ich gebe dir ein Stichwort. Vielleicht mach ich eine Bemerkung über unseren hohen Verbrauch von Warmwasser.

Die letzte Fahrt

HINTER DER Plexihalbkuppel des windschlüpfrigen Auto-Union-Weltrekordwagens dreht der Kopf des Rennfahrers sich nach links zu Ingenieur Eberan, der ihn über den Verlauf dieser ersten, soeben beendeten Aufwärmfahrt befragt. Der Fahrer wirkt abgespannt; er trägt eine weiße Haube, sie lässt nur das Gesicht frei und ist am Kinn mit einem Band festgeschnallt; der Kragen des Overalls am Hals zugeknöpft, die Schutzbrille auf die Stirn hochgeschoben. Auf der Wölbung der Karosserie im Genick des Fahrers, die die Stromlinie des Plexischutzschilds fortsetzt, ein Hakenkreuz-Emblem. Bernd Rosemeyer hat eben die Messstrecke auf dem Autobahnabschnitt Frankfurt-Darmstadt mit mehr als vierhundert Stundenkilometern durchflogen, er beschwert sich, der Motor habe die Höchstdrehzahl von 4800 Umdrehungen nicht erreicht, die Betriebstemperatur sei, vermutlich wegen der niedrigen Außentemperatur, für die Erzielung der Höchstgeschwindigkeit noch zu niedrig. Auf der blank polierten Blechkarosserie spiegelt sich verzerrt der Oberkörper des mit einem pelzbesetzten Mantel bekleideten Ingenieurs, der in seiner Limousine vorausgefahren war und beim Zelt-Depot an der Wendemarke das Eintreffen Rosemeyers abgewartet hatte. Noch einmal heult der Sechzehnzylindermotor auf und stirbt dann ab. Rosemeyer windet sich aus der schmalen Sitzröhre und verlässt das Fahrzeug, indem er sich vom Karosserieblech gleiten lässt. Der Wagen wird mit oftmaligem Lenkungseinschlag gewendet und in das Zelt geschoben: Die Mechaniker messen die Öl- und Wassertemperatur, kontrollieren die Zündkerzen. Es ist der 28. Jänner 1938, elf Uhr. Auf den Feldern draußen liegt kaum Schnee, das Unterholz ragt schwarz in den verschleierten Himmel. Seit dem frühen Morgen war der schnurgerade Autobahn-Abschnitt auf einer ausreichenden Länge für den Kilometer- und Meilenrekord mit entsprechendem An- und Auslauf für den Verkehr gesperrt; Telefonleitungen waren gelegt, die elektrische Zeitnehmung vorbereitet worden.

Rudolf Caracciola hatte zwei Stunden zuvor im Mercedes-Wagen den Geschwindigkeitsweltrekord bei fliegendem Start auf 432 Stundenkilometer erhöht und somit Rosemeyers Rekord vom Oktober 1937 überboten. Nach seiner Rekordfahrt äußerte Caracciola, er könnte mit einer direkteren Übersetzung wahrscheinlich eine noch höhere Geschwindigkeit erreichen, wolle jedoch wegen aufkommenden Windes sowie Raureifs auf einigen schattigen Stellen der Fahrbahn keinen weiteren Rekordversuch unternehmen. Gegen 9 Uhr wurde die Strecke von der Obersten Nationalen Sportkommission freigegeben für die Auto-Union. Deren Tross, der Lkw, der den 550-PS-Rekordwagen transportierte, die Wagen der Rennleitung und der Mechaniker, setzte sich nun von ihrem Posten in Frankfurt aus in Bewegung; Rosemeyer war telefonisch in seinem Frankfurter Hotel verständigt worden. Ein Teil der Mannschaft richtete sich in dem rasch aufgebauten Zelt am Wendepunkt bei Kilometer vierzehn ein, der Transporter mit dem Silberpfeil fuhr zum Startplatz bei Kilometer zwei, auf dem sich seit dem Morgen trotz Geheimhaltung des Wettbewerbs viele

Neugierige eingefunden hatten. Der Wagen wurde ausgeladen und in das hier errichtete Zelt geschoben. Rosemeyer erschien mit einem Tirolerhut; gut gelaunt und zuversichtlich gratulierte er Caracciola, der den Rekordversuch der Auto-Union mitverfolgte.

»Gut gemacht, Rudi, aber jetzt bin ich wieder dran!« Caracciola warnte ihn, der Wind werde stärker.

Chefingenieur Eberan von Eberhorst schlug Rosemeyer vor, die Strecke erst einmal zusammen mit ihm im Personenkraftwagen abzufahren, Caracciola habe von einigen eisigen Stellen erzählt. Der Himmel heiterte auch am späten Vormittag nicht auf. Ferdinand Porsche, der Konstrukteur des Auto-Union-Weltrekordwagens, war bei diesen Rekordversuchen nicht anwesend. Sein Vertrag mit der Auto-Union war im Dezember ausgelaufen, das Volkswagen-Projekt erforderte seine ganze Zeit und Arbeitskraft; später wird er erklären, man habe die Karosserie des Weltrekordwagens ohne sein Wissen verändert, und er hätte, wäre er dabei gewesen, Rosemeyer bei so starkem Wind niemals fahren lassen. Auch halte er die Grenze für solche Rekordfahrten auf normalen Verkehrsstraßen für erreicht. Rosemeyer fuhr mit Eberan in dessen Audi-Limousine die Messstrecke ab, verriss den Wagen bei hundert Stundenkilometern mehrmals heftig, das Fahrzeug ließ sich einwandfrei lenken. In einer seitlichen Schneise brannte ein Waldfeuer; Eberan sah den Rauch senkrecht in die Höhe steigen.

Er berichtete von dem Gespräch mit einem hohen Beamten der Obersten Nationalen Sportkommission: Falls die heutigen Rekordversuche keinen Erfolg brächten, könnte bis zur Eröffnung der Berliner Automobilausstellung ein beliebiger weiterer Versuch unternommen werden; es müsste bloß gewährleistet sein, dass im Falle eines erfolgreichen neuen Rekordversuchs dem Führer vor dessen Eröffnungsrede Bericht erstattet werden könne. Rosemeyer erzählte auf der Rückfahrt von den Rekordversuchen im letzten Oktober, über die Betreuung durch seinen verehrten Doktor Porsche, der ihm heute fehle, über die ungeheure Nervenanspannung bei Geschwindigkeiten um die vierhundert Stundenkilometer; wie der bloß zweispurige Autobahnfahrstreifen eine Lenkkorrektur fast unmöglich mache, der Wagen beim Passieren einer Brückenüberführung, die ihm vor der Durchfahrt jedes Mal wie ein zu enges Nadelöhr erschien, einmal derart versetzt worden war, dass er mit den linken Rädern auf den Grünstreifen geraten war; wie das Fahrzeug für einige Augenblicke, verursacht von einem Luftpolster, das sich unter der Karosserie gebildet hatte – welcher Mangel mittlerweile ja behoben worden sein sollte –, von der Fahrbahn abgehoben habe. Nach dieser Fahrt sei er nicht imstande gewesen, aus dem Wagen zu steigen, habe auch nicht erklären können, wie es ihm gelungen war, den Silberpfeil wieder in die Mitte der Fahrbahn zu steuern. Die hohe Geschwindigkeit sei ansonsten kaum zu spüren gewesen, der Wagen habe meist ruhig auf der Bahn gelegen, dem Steuer, das nicht verkrampft gehalten werden dürfe – ein Millimeter Lenkbewegung zu viel könnten ihn von der Bahn bringen –, tadellos gehorcht; bei dreihundertachtzig Stundenkilometern ungefähr würden die Stoßfugen der Betondecke als Schläge spürbar, die den Wagen erschütterten; bei höherer Geschwindigkeit verliere sich dieses Beben. Bei Durchfahren der Brückenunterführungen erhalte man, hervorgerufen wahrscheinlich durch die Luftverdrängung des Wagens, die sich nicht rasch genug ausgleichen könne, einen heftigen Schlag auf die Brust. Das rechtzeitige Abfangen von Seitenwinden erfordere ein solches Höchstmaß an fortwährender Konzentration, an Bereitschaft zu instinktmäßiger, blitzschneller Reaktion, noch bevor der Seitenwind oder ein anderer Einfluss sich voll auswirken könne, dass nach längstens ein paar Minuten die Nervenkraft verbraucht, die Belastungen eines Zehn-Meilen-Rekords, obwohl die Fahrt weniger als drei Minuten dauere, dadurch größer sei als die eines mehrstündigen Grand-Prix-Rennens.

Um halb zwölf, nach dem ersten Probelauf von Kilometer zwei bis zur Wendemarke – die Rekordfahrt musste in beide Richtungen unternommen werden, für die Geschwindigkeitsmessung wurde der Schnitt aus diesen Fahrten herangezogen –, schieben die Monteure den Wagen, ein flachgedrückter Hai mit den Wölbungen der vier Radkästen, in das Zelt am Startplatz.

Draußen werden die Wipfel der hohen Baumreihen, die die Messstrecke säumen, von Winden hin und her gedrückt. Ein Fotograf versucht, gestützt auf einen Reifenstapel, durch einen Schlitz der überlappenden Plachen einen Blick ins Innere des Zelts zu tun.

Rennleiter Feuereissen macht Rosemeyer, der vor dem Zelt, umgeben von Zuschauern, Presseleuten, uniformierten Schutzmännern und den Vertretern des Nationalsozialistischen Kraftfahrkorps, eine Zigarette raucht, auf den stärker werdenden Wind aufmerksam. Auch Chefmonteur Sebastian versucht Rosemeyer von einer weiteren Fahrt abzuhalten – morgen früh sei vielleicht besseres Wetter –, aber dieser antwortet barsch, er merke es selber, wenn das Fahren zu gefährlich werde, er riskiere nichts, wollte sich bloß noch einmal herantasten.

Um 11 Uhr 45 wird der Silberpfeil aus dem Zelt geschoben, Rosemeyer sitzt bereits am Steuer. Ein Mechaniker befestigt die Verkleidung der Radkästen, poliert mit einem Lappen die Seitenteile der Karosserie, dann wird der Wagen von acht Monteuren in Richtung Darmstadt angeschoben und entfernt sich bei diesiger Sicht raketenhaft beschleunigend auf der Strecke, die wie eine schmale Schneise in die Wälder gefräst ist, auf die Überführung zu, die fern am Horizont sichtbar wird, ein langgestrecktes T, dessen rechter, langer Querbalken zu niedrig gelegen anmutet, als dass ein Durchfahren der Öse möglich wäre.

Auf dem Mittelstreifen fotografieren und filmen Reporter die Szene, ein Schwarm Krähen verlässt kreischend seinen Platz in den Wipfeln, das helle Singen des Kompressors hallt zwischen den Tannenreihen links und rechts wider, die sich keilförmig verengen. Vor der ersten Brückenüberführung, hinter der der Dunst sich lichtet, hat der Rennwagen annähernd die Höchstgeschwindigkeit erreicht, dem Fahrer scheint, er müsse, obwohl er am Mittelstreifen fährt, exakt zielen, um durchzugelangen. Am Brückengeländer menschliche Gestalten, und während der Gedanke ihn durchblitzt, ob er – entgegen allen bisherigen Erfahrungen – nicht doch von der flachen Oberkante der Brücke geköpft werde, ist er schon durch. Beim Startplatz hört man aus dem Lautsprecher, von einem starken Rauschen begleitet, die Meldungen der Streckenposten: Kilometer drei: durch … Kilometer fünf: durch … Kilometer sieben: durch … Kilometer neun: der Wagen ist gestürzt!

Der Zeitnehmer Carlo Widmann beobachtet von ferne, ungefähr 350 Meter hinter der Unfallstelle stehend, dass der Silberpfeil, als er durch die Unterführung fegt, etwas nach rechts vertragen, nach weiteren vierhundert Metern, sobald er die Schneise erreicht, wo kein hochstämmiger Wald vor dem wieder stärker einsetzenden Wind schützt, von einer heftigen Bö auf den Mittelstreifen gedrückt wird. Rosemeyer steuert dagegen (in einer Entfernung von einem halben Kilometer nähert sich eine weitere Brückendurchfahrt), der Wagen wird wieder nach rechts, zurück auf die Fahrbahn getragen, schleudert, stellt sich quer, überschlägt sich einige Male, die Stichflamme einer Explosion wird sichtbar, die Karosserie fliegt mehrere hundert Meter weit hoch durch die Luft, über Widmann hinweg, schlägt gegen eine Baumreihe und wird auf die Böschung der Überführung zurückgeschleudert, zehn Meter vom Streckenrand. Der Rennfahrer war aus dem Fahrzeug gewirbelt worden, er liegt mit gebrochenem Genick in der Flugrichtung des Chassis, ungefähr fünfzig Meter entfernt an einen Baum gelehnt, als schlafe er. Beide Autobahn-Fahrstreifen sind auf einer Länge von mehreren hundert Metern übersät von Blechtrümmern und Rädern; eine einzelne Bremsspur zieht vom begrünten Mittelstreifen herüber auf die Längsfuge der zweispurigen Betondecke.

Langsam nähern sich auf beiden Fahrspuren der Autobahn Personenkraftwagen der Unglücksstelle. Rennleiter Feuereissen ist mit dem Arzt Doktor Glaeser als Erster bei dem Verunglückten.

Am Nachmittag verbreiten die Radiostationen den Tod Bernd Rosemeyers im ganzen Deutschen Reich. Extrablätter berichten, wie das Idol der deutschen Jugend, dessen triumphale Siege auf dem Nürburgring, auf den Rennstrecken ganz Europas sie, vor den Radiogeräten wenigstens, begeistert miterlebt hatte, im Einsatz für Deutschland sein Leben gelassen hat. Nach der Aufbahrung und einer Gedenkstunde in der Frankfurter Dienststelle der Schutzstaffel, ein großer leerer Raum, in dem zwei Uniformierte Wache halten, am Sarg brennt eine Fackel, wird der Tote in einem Sonderwagen der Reichsbahn nach Berlin überführt und unter Beteiligung der mit ihren weißen Rennoveralls bekleideten Kollegen mit allen militärischen Ehren feuerbestattet.

Kurz darauf veröffentlichten mehrere Zeitungen und Magazine die Aufnahme eines Fotografen, die den Weltrekordwagen auf der Autobahn-Messstrecke zeigte, schräg von hinten fotografiert, einige hundert Meter nach dem Beginn des Rekordversuchs, der letzten Fahrt Rosemeyers. Auf dem Foto war eine ausgedehnte Einbuchtung in der rechten Flanke der Karosserie erkennbar, worauf Motorjournalisten Vermutungen und Theorien über die Ursache des Unfalls anstellten, etwa: Bei einer Geschwindigkeit von 450 Stundenkilometern entstünde an der Frontpartie des Wagens ein Luftwiderstand von mehr als 500 Kilogramm pro Quadratmeter; solcher Gewalt habe die Karosserie aus dünnem Aluminiumblech trotz der Stromlinienform nicht widerstehen können. Die verantwortlichen Ingenieure der Auto-Union wollten derartige Vorwürfe nicht einstecken, ließen die Karosserie des Unglückswagens exakt nachbauen und bei ähnlichen Lichtverhältnissen, aus dem gleichen

Blickwinkel fotografieren und konnten nachweisen, dass es sich bei der vermeintlichen Beule bloß um einen Lichtreflex auf der spiegelglatten Karosserie gehandelt hatte.

Im selben Jahr gab Rudolf Caracciola sein Buch ›Mein Leben als Rennfahrer‹ heraus. Caracciola, seit knapp zwanzig Jahren Rennfahrer, mit einer Vielzahl von Grand-Prix-Siegen einer der berühmtesten der Zwischenkriegszeit, vermochte – obwohl der jüngere Kollege bloß drei Jahre lang Autorennen gefahren war, die meisten seiner Siege sogar nur in einer einzigen Saison, im Jahr 1936 errungen hatte –, doch niemals zu einem Siegeridol wie Rosemeyer zu werden. Caracciola, der seit einem schweren Unfall beim Training zum Grand-Prix von Monaco 1933 jahrelang an einer Beinverletzung litt und nie ohne Schmerzen in den Rennwagen gestiegen war, schloss seinen Bericht über die Weltrekordfahrten im Jänner 1938 mit den Worten: »Das Gesetz des Kämpfers heißt: Sich selbst verbrennen bis zum letzten Funken, gleichgültig was aus der Asche wird.«

Ein Unglücksfall

IST ES wegen meiner Ähnlichkeit mit Viktor, dass Leitner mir nie in die Augen schaut, wenn er mit mir redet?

Auch mich verblüffte die Fotografie auf der Pinnwand über Viktors Arbeitstisch, die Viktor (im Frack) inmitten von Festgästen zeigt: Er und ein Würdenträger (mit Schärpe) stoßen mit ihren Sektgläsern an. Vor zwanzig Minuten schlug Steinbrenner, der Oberst des Sicherheitsdienstes, mir vor, ihn zu der Pressekonferenz zu begleiten oder inzwischen die betreffende Werkhalle zu besichtigen, er könne mir einen Pass ausstellen. Mir schien beinah, er wolle mich während seiner Abwesenheit nicht hier im Raum haben, an Viktors Tisch, den Steinbrenner für die Dauer seiner Untersuchung benutzt und auf dem er seine Unterlagen ausgebreitet hat: Laborberichte, Fotografien, getippte Zeugenaussagen. Er war gerade dabei gewesen mir Details zu erklären, als ein Telefongespräch ihn zu der kurzfristig angesetzten Pressekonferenz abberief.

Auch Leitner, der seit meinem Eintreffen im Werk heute Vormittag in den Zimmerfluchten der Konstruktionsabteilung herumwieselte, ist nicht zu sehen. Offensichtlich wittert er eine Chance, hier demnächst Viktors Stelle einzunehmen.

Ich habe keine Lust, mir den Ort des Geschehens anzuschauen: die nun mit Scheinwerfern ausgeleuchtete Schweißstraße in jener Halle, wo außer Viktor noch eine Frau und ein Mann ums Leben gekommen sind.

Aus dem linken Nebenraum höre ich durch die geöffnete Tür das Piepsen einer elektronischen Anlage, in dem Raum rechter Hand schnurrt der Drucker eines Computers. Wenigstens klopft der Reporter nicht mehr an die halb geöffnete Tür; mit seinem Aufnahmegerät stelzte er die ganze Zeit im Gang auf und ab. Dabei habe ich ihm, als er sich auf dem Weg hier herauf an meine Fersen heftete (mich einmal sogar am Arm packte), erklärt, ich wisse über meinen Bruder so gut wie nichts, wir hätten uns seit zehn Jahren nicht mehr gesehen. Das entspricht, wie du weißt, beinahe der Wahrheit: Nur bei eurer Hochzeit, vor vier Jahren, hat es ein flüchtiges Wiedersehen gegeben. Über seine Tätigkeit als Konstrukteur könne ich nicht einmal so viel berichten, wie jeder Leser der Technischen Rundschau wisse, ein Interview sei daher nutzlos. Er sei, wie er neben mir herlaufend sagte, nach Faunsdorf gekommen, um anlässlich des 50. Geburtstages von Viktor ein Porträt für die Fernsehgesellschaft »Intervid« zu drehen. Im Zusammenhang auch mit der Präsentation des neuen Modells der »Libelle« in der kommenden Woche auf der Wiener Messe. Das Team warte unten im Wagen. Ob ich nicht wenigstens fünf Minuten lang vor der Kamera etwas über unsere gemeinsame Jugend erzählen könne, insbesondere darüber, ob sich etwa schon in jungen Jahren Viktors spezielle Begabung angedeutet habe.

Wenn ich die Augen schließe, sehe ich die gespenstischen Bilder aus den Fernsehnachrichten von heute Morgen, und ich stelle mir vor, wie gestern Vormittag zuerst der Aufsichtsbeamte, dann, als er nicht wiederkehrte, die Wartungstechnikerin (beide mit Lampen ausgerüstet) die vollautomatische Fertigungshalle betrat und schließlich einige Stunden später Viktor (der mit jener Abteilung nicht das Geringste zu tun hatte, aber anscheinend der einzige noch anwesende Mitarbeiter hier im Werk war und auf die Alarmsignale reagierte). Ob er gewusst hat, dass das Fließband und die synchron gesteuerten Roboter nicht abgeschaltet worden waren? Was hatte er überhaupt am Wochenende, am Vortag seines Geburtstages, in dem Büro zu tun?

Du wirst auf meinen Anruf warten, Elsa. Da es in Viktors Blockhaus, zu dem mich Leitner, sein Assistent, gestern am späten Nachmittag gleich nach meiner Ankunft brachte, wie ich erstaunt feststellte, keinen Telefonanschluss gibt, hast du vom Tode Viktors durch die Fernsehnachrichten erfahren – wie übrigens auch ich. Immer wenn ich an dich dachte, stand Viktor zwischen uns, wenn ich auch wusste, dass eure Trennung endgültig war.

Ich wollte, es wäre Nacht, ich allein hier im Technischen Büro, auf dem Tisch befände sich ein Telefon; ich ließe den Raum im Finstern, tippte deine Nummer, und während ich redete, dir berichtete, schaute ich hinunter auf das von Scheinwerfern angestrahlte Werksgelände. Ich begänne damit, dass nicht Viktor mich von der Bahn abholte, sondern Leitner. Du weißt, mein Kontakt zu Viktor beschränkte sich seit Jahren darauf, dass wir an unserem Geburtstag miteinander telefonierten, und sogar diese Gespräche wurden immer kürzer und nichtssagender, insbesondere das unerquickliche Gespräch vom letzten Jahr, in dem er unter anderem zynisch gefragt hat: »Na, seid ihr bald bankrott ...?« und damit auf die damals soeben veröffentlichte, neuerlich gestiegene Zahl der abgestürzten Luftverkehrsteilnehmer anspielte, auf die gigantischen Schadensummen und die

Krisensitzung der Versicherungsgesellschaften, an der auch ich teilnahm.

Nach jenem Telefongespräch habe ich entschieden, künftig auf diese Geburtstagstelefonate zu verzichten, ihm das nächste Mal ein vorgedrucktes Billett mit meiner Unterschrift zu schicken. Umso überraschter war ich nun über seinen Anruf letzte Woche, die Einladung, das Wochenende, auf das unser Geburtstag diesmal fiel, bei ihm zu verbringen; sehr komfortabel sei es nicht, aber er müsse mit mir reden. Nicht nur klang seine Stimme ganz anders, zum ersten Mal seit Jahren habe ich nach einem Gespräch mit ihm tief eingeatmet, anstatt die wie vergiftete Atemluft erregt auszustoßen. Nun werden wir nie mehr erfahren, was er mir hätte sagen wollen.

Dieser Ingenieur Leitner versuchte mich bei meiner Ankunft zu beruhigen, sprach von einem mysteriösen Unfall. Offenbar ist Viktor gerade in jener Stunde seinen schweren Kopfverletzungen erlegen, als ich hier aus dem Zug stieg. Leitners verwirrte Blicke, später auch die des Vorsitzenden des Aufsichtsrates, offensichtlich sehe ich Viktor immer noch täuschend ähnlich, wie einst in der Schule, als wir die Lehrer narrten. Er ist ein bedeutender Mensch geworden, Elsa! Wäre ich, etwa mit meiner »Libelle«, verunglückt, keine Fernsehanstalt würde darüber berichten. Aber anscheinend geht es in diesem Fall um noch mehr. So befürchtete heute Morgen in den Fernsehnachrichten ein Sprecher des Handelsministeriums, unser Land könnte seine hervorragende Position auf dem europäischen Markt verlieren, denn die gesamte Produktion der »Libelle« stocke nun bereits mehr als vierzig Stunden, es werde fünf bis sechs Tage dauern, bis alle Bänder ihren normalen Betrieb aufnähmen, zehn, bis der vorgesehene Tagesausstoß wieder erreicht sei. Die Wahrscheinlichkeit eines solchen Defekts, vor allem sein Zusammenfallen mit einer Störung im elektronischen Kontrollbereich, sei von den Technikern auf eins zu zehn Millionen geschätzt worden. Zwei Tage lang habe die Schweißstraße der Halle 4 lauter Ausschuss produziert, an die hundertfünfzigtausend Gehäuse für die Rotorwellen, und erst als die Toleranzmessgeräte des Bandes in Halle 5 Alarm gaben, wurde ein Kontrollorgan aufmerksam.

Viktors Vermächtnis, so hörte ich gestern den zuständigen Minister im Fernsehen sagen, sei das neue Modell, das im Herbst im Werk Braunburg in Produktion gehe, eine windschlüpfrigere Version der »Libelle-Sport«. Ich hatte den kleinen Bildschirm zu den Nachrichten angedreht, aber wie es meine Gewohnheit ist, den Ton abgeschaltet. Sowie ich merkte, dass die Rede war von dem Unglücksfall im Werk Faunsdorf, schob ich den Lautstärkeregler vor; sie hatten Bilder gezeigt von der mit Scheinwerfern ausgeleuchteten Halle 4, von den zwangsläufig ebenfalls stillgelegten Hallen 5 und 6, und ich hörte den Kommentator sagen, die Untersuchungen über den Hergang der technischen Panne seien noch nicht abgeschlossen, es gebe bis jetzt keine Hinweise auf Sabotage. Zwölf Techniker arbeiteten fieberhaft an der Wiederherstellung der Roboter, die Feineinstellung werde voraussichtlich in ein bis zwei Tagen abgeschlossen sein.

Auch von dem zerquetschten Huhn, das in der Halle 4 gefunden worden war, zeigten sie eine Aufnahme, die gleiche, die hier auf dem Tisch liegt. Wie dieses Huhn in die Halle gelangen konnte, sei noch ungeklärt, man prüfe die Entlüftungsschächte. Etwa drei Kilometer vom Werk entfernt befinde sich ein Eierproduktionsunternehmen mit zehntausend Hühnern; es müsse geprüft werden, ob das ins Innere der Fertigungshalle eingedrungene Huhn von dort stammte. Der Besitzer des Unternehmens halte es für ausgeschlossen, dass eine Legeeinheit aus seinem Betrieb entkommen und sich drei Kilometer weit hätte bewegen können. (Heute Vormittag haben sie ein zweites Huhn in einem der Lüftungsschächte gefunden, einen Hahn; er habe nur noch erschöpft gezuckt, erzählte Leitner.) Im Fernsehen dann die Reklamesendung (ich hatte den Tonhebel wieder zurückgeschoben); auch die allseits bekannten drei puppenhaften Blondinen waren zu sehen, sie schwebten stehend in Dreierformation mit ihren »Libellen« durch die Luft, über Hausdächer, Vorstadthügel hinweg. Ohne sie zu hören, vernahm ich die sonore Stimme, die den begleitenden Text mehr sang als sprach, untermischt mit flotten elektronischen Rhythmen: »Rundherum der freie Himmel, vor Ihnen das Wochenende. Erobern Sie sich's!«

Ich höre vom Gang herein, wie der Lift anhält und Leute aussteigen, erkenne die Stimme Steinbrenners, er spricht mit jemandem. Die Pressekonferenz scheint nicht lange gedauert zu haben. Ich tue so, als beschäftige ich mich mit den Fotos, nehme das oberste in die Hand, eine Blitzlichtaufnahme. Man sieht einen lackierten Hebelarm mit mehreren Scharnieren und Kugelgelenken, begleitet von einem Kabelstrang, der Arm mündet in einen dünnen Stab. Ein anderes Foto zeigt einen ebenfalls mit mehreren Gelenken ausgestatteten Greifarm, zwischen dessen Kunststoff-Manschetten sich der zerquetschte Flügel des erwähnten Huhns spreizt. Auf einem weiteren Bild etwas wie eine Roststelle auf einem glatt polierten dicken Bolzen. Das Fernschreiben: »Die Analyse des Eigelbs hat ergeben ...«

So, jetzt können wir fortfahren, sagt Steinbrenner und kommt mit einem Drehstuhl, den er vor sich herrollt, zu mir. Ich rücke zur Seite. Fest stehe, sagt er, während er seine Pfeife stopft, dass das Huhn den Störfall ausgelöst haben müsse. Wer weiß, wie lange es im Finstern herumgeflattert sei und wovon es sich ernährt habe. Den Kotrückständen und den drei aufgeplatzten Eiern nach zu schließen, die gefunden worden seien, müsse es mehrere Tage in dem Dickicht der zischenden, hämmernden und rotierenden Roboter herumgeirrt sein. Zuerst habe ein Schweißarm ihm den linken Flügel abgeknickt; dieser habe sich derartig in den elektronisch gesteuerten Hebelarm verklemmt, dass der Schweißstrahl ins Leere gegangen sei. Das tote Huhn sei fünfzig Meter weiter entfernt gefunden worden, es habe sich in einem Kabelstrang verstrickt. Ihr Herr Bruder, sagt Steinbrenner, dürfte einen heftigen Schlag mit einem zentnerschweren Schwenkarm bekommen haben ... Dass der Aufsichtsbeamte die Fertigungsstraße betreten habe, sei sträflicher Leichtsinn gewesen. Der hätte den Werkschutz verständigen sollen, und ein Fachmann aus Wien oder Linz hätte eingeflogen werden müssen.

Also stellen Sie jetzt Ihre Fragen, sage ich und erwähne, dass ich so bald wie möglich heimfahren wolle. Er möge mich verständigen, sobald der Leichnam meines Bruders freigegeben werde.

Vor dem Rennen in
den Wicklows-Mountains

SAM LUGTE um die Ecke der Scheune, der Wind fuhr ihm ins Gesicht. Immer noch nichts zu sehen von der Mutter, und jetzt fing es auch noch an zu tröpfeln. Er bockte das an der Holzwand lehnende Motorrad auf und griff in die Taschen seiner Lederjacke; in welche bloß hatte er die Haube gesteckt? Regen, das fehlte noch, aber wenigstens schien dieser sich noch nicht ernsthaft entschlossen zu haben, vielleicht blieb es beim Tröpfeln. Er ging an der Scheune auf und ab. Käme doch die Mutter endlich aus dem Haus drüben und fütterte wie immer um diese Zeit im Garten ihre Hühner! Bei dem Gegackere würde sie es nicht hören, wenn er die Maschine anstartete und vorsichtig losfuhr. Ein paar Mal schon in letzter Zeit hatte er die schwere A. J. S. bis auf die Straße hinausgeschoben und dann erst den Zündschlüssel herumgedreht. Keinesfalls wollte er auf der Rückfahrt von Enniskerry in die Finsternis geraten. Warum, dachte er, bin ich nicht abgehauen, solange sie schlief? Aber der Aufsatz über Valery Larbaud war wichtig, Professor Rudmose-Brown wollte ihn am Mittwoch sehen. Passen Sie bloß auf, Beckett, dass sie nicht einmal tüchtig auf die Nase fallen, hatte er unlängst gerufen; er war gerade sein Rad schiebend vorbeigekommen, als Sam bei den Fahrradständern seine Maschine aufbockte. Ein Fahrrad halte er ja für eine intelligente Erfindung, aber was ihn an so einem krachenden Monster fasziniere, verstehe er gar nicht, hatte er dann später gesagt, als er nach seiner Vorlesung zu Sam kam und damit anfing, er habe den Eindruck, bei ihm sei jetzt endlich der Knopf aufgegangen. Wenn er sich weiter so anstrenge, könnte er in Französisch der Beste werden. – Wenn der wüsste, dass ich an dem Rennen des Motorcycle-Clubs teilnehme … Sam konnte gar nicht glauben, was Jim neulich über den Professor berichtet hatte: Das sei ein Ladykiller, auch wenn niemand ihm das zutrauen würde.

Jim hatte seltsam getan, als Sam ihn auf der Straße einholte. Wo zum Teufel bist du gewesen? Jim hatte Sam gebeten gehabt, ihm bei einer Hausarbeit zu helfen. Warum hast du nicht auf mich gewartet, hatte Sam geantwortet, mein Tutor hat mich um zwölf rufen lassen, es hat so lange gedauert, weil er die Karteikarte nicht gefunden hat, auf der er alles über mich notiert. Ich wollte dir ohnehin alles erklären: Also, wie du gestern bei uns in Cooldrinagh vorgefahren bist, wie das Mädchen meine Mutter holte und du vergessen hast, die Motorradbrille abzunehmen … Meine Leute sind furchtbar förmlich, vor allem Mama. Bei uns gibt es keinen Besuch, außer ein paar Verwandte am Sonntag, bei Kricket und Tee. Mein Vater trifft seine Bekannten und Geschäftsfreunde im Club. Meiner Mutter ist die Gesellschaft ihres Hundes lieber. Natürlich kann ich Freunde einladen. Aber uneingeladen daherkommen, und in diesem Aufzug und mit krachendem Auspuff … Ich stelle den Motor um des lieben Friedens willen immer schon hundert Yards vor dem Haus ab und lasse die Maschine bis zum Gartenhaus ausrollen …

Es tut mir leid. Es war sehr freundlich von dir, hatte er zu Jim gesagt, dich – obwohl du so erkältet bist – nach mir zu erkundigen. Ich bin am Nachmittag nach Sandymount gefahren und hab meine Maschine in der Werkstatt abgeholt. Treffen wir uns lieber wieder in Davy Byrns Pub, oder noch besser, in Madame Cogley's Kneipe! Weißt du, natürlich kann ich Besuche von Studienkollegen haben. Du würdest von Mama eine schriftliche Einladung erhalten, und es würde von dir erwartet, dass du dann ebenso förmlich antwortest, dich bedankst. Dass du katholisch getauft bist, hat damit gar nichts zu tun. Meine Mutter argwöhnt, du seiest schuld an meiner Motorradbegeisterung, du hättest mich dazu verführt – die Maschinchen, die ich früher besaß, machten ihr keine Sorgen –, und so bist du auch schuld an meinem Sturz, meinen Blessuren. Andererseits wieder mutmaßt Edwards Mutter, *ich* hätte ihn zum Motorradfahren verführt, ausgerechnet ich; sie hat so säuerlich geblickt und mich nicht gegrüßt, als ich ihn vorige Woche abholte. Musste meinen Eltern versprechen, dass ich wenigstens nicht mehr ohne den Sturzhelm fahre, den ihr so komisch findet. Vielleicht schnalle ich mir für die Trainingsfahrt morgen die Kricket-Knieschützer an; warum nicht, vielleicht sollte ich das patentieren lassen! ... Wie war denn die Trainingsfahrt? Wer war der Schnellste? Sind denn dieses Mal die Rundenzeiten gemessen worden? Seit Tagen stelle ich mir abends im Bett vor dem Einschlafen immer wieder vor, wie ich mit den anderen, du sagtest, zwölf Fahrer hätten sich bis jetzt angemeldet, am Startplatz stehe. Ich nehme an, es wird mit laufendem Motor gestartet. Hoffentlich verleiht die Auslosung mir einen Platz in den vorderen Reihen und ich muss nicht gleich von Anfang an den aufgewirbelten Staub und Qualm der Fahrer vor mir schlucken! Ich stelle mir vor, wie der Starter die Fahne hebt und wir losdonnern. Bis jetzt bin ich – außer vorige Woche einmal mit dem John Dewey – auf dem Motorrad immer nur allein in die Berge gefahren, und deshalb tut es mir sehr leid, dass ich nicht dabei war am Mittwoch. Ein wenig fürchte ich mich fast, wenn ich mir vorstelle, dass alle auf einmal starten. Und wie soll man ab Glencullen auf den schmalen Straßen und Wegen jemanden überholen? Freddie Dixon ist der einzige, der schon ein paar Mal bei solchen Wettbewerben teilgenommen hat. Hättest du Lust, am Samstag oder am Sonntag mit mir eine Fahrt, die volle Distanz von sechzig Meilen, zu unternehmen? Das Wetter soll sich ja bessern.

Drei Wochen war es schon wieder her, dass er zum Tee bei den Rudmose-Browns gefahren war, zum ersten Mal die weite Fahrt nach Malahide nicht mit der Tramway, sondern mit dem Motorrad. Auf der Hinfahrt hatte er die Strecke Malahide Road – Feltrim gewählt. Da er zu früh dran war und sich an eine Fahrradtour vor Jahren zum *Wolfshügel* erinnerte, bog er bei Feltrim rechts ab. Ginstergestrüpp, verkrüppelte Bäume, die Anhöhe hinauf zum Turm einer ehemaligen Windmühle, dahinter ein tiefer, lochartiger Graben. Wenn man aus der Gegenrichtung gefahren kam, konnte man leicht abstürzen. Der Graben lag im Schatten, und ein Grund war nicht zu erkennen. Der Himmel verhangen, Sam konnte über die Stadt hinweg gerade noch die Umrisse der Wicklower Berge erkennen, die Dublin

Bay. Es war ein kalter Tag, er hatte den kleinen Dante aus der Innentasche genommen und kauerte sich ins Innere des tunnelartigen Eingangs zur Mühle und begann den 18. Gesang.

> *Ein Ort der Hölle, die Verbrechergruben,*
> *Ist ganz aus Stein, und von des Eisens Farbe …*

Ich hätte, überlegte er, auch zu der Irrenanstalt nach Portrane fahren können: Früher, als er mit dem Rad unterwegs war, setzte er sich manchmal dort im Park auf eine Bank. Fast immer näherte sich einer der Insassen, und die Gespräche waren meist anregender, origineller als jene in der *Hall* der Rudmose-Browns, mit Kommilitonen oder Freunden der Gastgeber, lieblichen alten Damen, die man am liebsten abwürgen möchte. Es fiel ihm ein, dass er beim Eintritt ins College erst einmal auch angegeben hatte, Jurist werden zu wollen. Ich hatte, erinnerte er sich, keine Ahnung, was ich eigentlich wollte, dachte manchmal sogar lustlos daran, später vielleicht wie mein Bruder in die väterliche Firma einzutreten. Letztes Mal in Malahide hatte die Hausfrau ihn genervt, als sie ans Klavier gelehnt mit ihrer dünnen Stimme pathetisch Gedichte von Padraic Colum verlas: »Es war die Lerche, die beim ersten Morgengrauen das Kyrie eleison sang…«

Oft schon waren so viele Leute bei den Rudmose-Browns versammelt, dass er mit dem Professor gar nicht zum Reden gekommen war. Anfangs schleppte er manchmal Studienkollegen mit, um nicht allein zu sein unter all den fremden Menschen dort. Manchmal hörte man die Gastgeber in einem der Nebenräume streiten. Einmal, er stand immer neben der Tür, damit er leichter abhauen konnte, wenn er's nicht mehr aushielt – aber dann blieb er meistens doch bis zum Schluss – hörte er, wie der Professor von seiner Frau verlangte, sie solle den Single Malt Whiskey herausrücken. Als Erstsemestriger hatte Sam sich lustig gemacht über *Old Ruddy*, *Ruddy nose*, seine mächtige Erscheinung, die weißen Haare, die gerötete Nase, noch röter als sein Gesicht. Anfangs hatte er auch kaum Interesse an Corneille, Racine, Ronsard, den Lieblingen des Professors. Sobald der aber zu reden anfing, war nichts mehr absonderlich oder komisch an ihm. Wie er den Ronsard einmal rezitierte, das Gedicht an die Holzfäller im Wald bei Gatine! Mein Französisch, dachte er, war schwach und ist auch schwach geblieben. Ich bin lieber zum Kricket-Training gegangen oder in der Gegend herumgefahren. Weiß eigentlich nicht, warum ich jeden Sonntag die weite Fahrt nach Malahide unternommen habe … Aber ich war glücklich, wenn er mich angestupst und gesagt hat: »Na, Beckett, was machen die Alexandriner?« (Ich hatte einen Abschnitt aus der *Phädra* zu übersetzen gehabt.) Oder: »Na ja, Beckett, gleich gibt's was Richtiges zu trinken!« Das Beste war jedes Mal die lange Heimfahrt mit der letzten Tramway gewesen, weil er immer ganz schön geladen hatte. Wenn der Waggon leer war, versuchte er laut Racine auf Französisch zu rezitieren. Es waren hauptsächlich ältere Semester in Malahide versammelt gewesen, und die lächerliche Figur war er gewesen, abseits, am Türstock lehnend, solange Tee getrunken wurde. O'Brien, der junge Privatdozent, nannte ihn einmal einen »Ritter von der traurigen Gestalt«. Immerhin hatte der es in der Kricket-Mannschaft bloß bis zum Reservisten gebracht. Ich bin ja schon deshalb jeden Sonntag hinausgefahren, um den sonntäglichen Tees daheim zu entgehen, dachte er, und die einzige Entschuldigung, welche die Mutter dafür gelten ließ, war und ist, dass ich zum Tee bei Rudmose-Brown eingeladen bin.

Die Rückfahrt dann Sonntagnacht, zum ersten Mal auf der A.J.S. an der Küste entlang, Portmarnock, Baldoyle, Dublin Road. Am Stadtrand hatte es zu regnen angefangen.

Ha! Das steinerne Gesicht der Mutter kam ihm wieder in den Sinn. Früher, als er das kleine 7-PS-Maschinchen fuhr, hatte sie manchmal von der Veranda aus gewinkt, wenn er wegfuhr. Aber am Montag, als sie ihn von der Teppichstange aus beobachtet hatte, war es ihm egal gewesen. Sonst hatte er die Maschine ums Haus geschoben, vorbei am Kricket-Rasen, sich seitlich in den Sattel geworfen, war zur Straße hinausgerollt, hatte den Vergaser getupft, war behutsam weggefahren. Da sie ihn vom Garten aus beobachtete startete er die A.J.S. dieses Mal schon auf dem Kiesweg und drehte auf. Auf dem Tank klebte das Streckenverzeichnis. Es war erst halb drei gewesen, und trotzdem kam er auf der Rückfahrt ab *Goat's Pass* in die Dunkelheit. Mein Gott, hab' ich gefroren ohne Handschuhe, erinnerte er sich. Hätten sie das Rennen doch auf Mai verlegt! Am schönsten war die Strecke am Montag zwischen Glencree und Killough, die Bäume am Rand hatten Schatten geworfen, wegen des Windes hin- und herhuschende, immer der Wechsel, Schattenflecken – helle Fahrbahn, das Durchgeschütteltwerden auf der Maschine, die Lichtreflexe, wenn die Sonnenstrahlen immer wieder abgehackt durchbrachen, gleichsam blinzelten, das alles hatte ihn trotz der Kälte euphorisch gestimmt. Dann die hüfthohen Steinmauern entlang der Strecke bei Killough. In einer Kurve vor Enniskerry drehte er das Gas zu spät zu, das Hinterrad der Maschine rutschte in der Schräglage weg, prallte gegen einen Felsbrocken oder Baumstumpf am Straßenrand, die gute A.J.S. warf ihn wie ein Pferd ab. Er kollerte die Böschung hinunter, landete neben ihr im Strauchwerk, fand sich in der Dämmerung zuerst überhaupt nicht zurecht, saß eine Weile auf einem Felsen, tastete seinen schmerzenden Kopf und den rechten Ellbogen und den linken Knöchel ab, schob die verrutschte Brille auf die Stirn ... Die Heimfahrt nach dem Sturz war abenteuerlich, er wusste nicht, wie und wo er sein rechtes Bein mit dem schmerzenden Knöchel abstützen sollte, der Fußraster fehlte, außerdem war der Bremshebel so verbogen, dass die Fußspitze ihn nur mit Mühe ertastete, dazu der kaputte Scheinwerfer, er sah zum Schluss fast nichts mehr. Gottseidank erreichte er dann Kilternan, die ersten Lichter.

Eigentlich hätte er die neue Maschine erst an seinem Geburtstag bekommen sollen, aber dank seiner *guten schulischen Leistungen* – der preisgekrönte Aufsatz über Ronsard – hatte der Vater sich erbarmt. Er war mit Sam zu *Jamesons Motorcycles* in Sandymount gefahren, und Sam hatte sich nicht für die *Scott* mit Seitenventilen entschieden, die Mister Jameson ihnen einreden wollte, sondern für die *350er A.J.S. Overhead Valve*, mit Trockensumpfschmierung. Eine fast neue *Coventry Eagle* (das gleiche Modell, das der

Oberst T. E. Lawrence fuhr, wie Sam irgendwo gelesen hatte), angeblich die einzige *C. E.* in Dublin, hatte er auch in seinem Geschäft stehen; sie wäre schon wegen der hundertachtzig Pfund nicht in Frage gekommen. Das Ungetüm flößte einem mit seinen 1000 ccm einen Höllenrespekt ein. Wahrscheinlich hatte sie auch den Vorbesitzer das Fürchten gelehrt, soll um die neunzig Meilen in der Stunde laufen. Damit, dachte er, wäre ich im Rennen allen davongefahren! In der Werkstatt hinter dem Laden, wo sie die *A. J. S.* dann fahrbereit machten, hatte es ihm gefallen. An der Glastür ein Schild *Staff only*. Der Vater hatte die Hände in die Manteltaschen gesteckt, als fürchtete er, sich irgendwo dreckig zu machen. Aber er war schwer in Ordnung, und Sam benutzte die Gelegenheit und erwähnte das Rennen des *Dublin University Motorcycle Club* in die Wicklower Berge. Als der Vater fragte, ob das nicht gefährlich sei, antwortete Sam, nicht gefährlicher als Kricket oder Rugby. (Gottseidank war in ihrer Familie der Schlag, den Sams Cousin Jimmy bei dem Match im Oktober auf dem Spielfeld des *Trinity* mit der Kricketkeule auf den Schädel erhalten hat, immer noch Gesprächsstoff.) Er sagte, erst einmal möchte ich bei einer Trainingsfahrt mitmachen, um zu sehen, ob ich halbwegs mit den anderen mithalten kann. Da hatte der Vater den Kopf geschüttelt und gemeint, du bist noch viel zu jung für solch einen Wettbewerb. Abends hätte Sam ihm beinah die Ausgabe des *Irish Motorcyclist*, die ihm sein Freund Jim geliehen hatte, gezeigt, mit dem Bericht über den Rennfahrer Stanley Woods, der vor zwei Jahren neunzehnjährig die *Tourist Trophy* gewonnen und die berühmten englischen Rennfahrer sehr schlecht hatte aussehen lassen.

Auf dem mit Sägemehl bedeckten schwarzen Ziegelboden war ein alter Mann in einer schmuddeligen Weste, mit Krawatte und Baskenmütze vor einer *Royal Enfield* mit ausgebautem Motor gehockt und hatte völlig abwesend auf den verdreckten Boden gestarrt. Beinah schien es, er sei eingeschlafen. Es war Maurice. Ein junger Mechaniker hinter ihm kniete vor einer *Norton.* Maurice erinnerte Sam an Belacqua aus der *Göttlichen Komödie.* (Es soll ja keine erfundene Figur sein, sondern eine Jugendbekanntschaft Dantes, ein Geigenbauer, dem man eine gewisse Trägheit nachsagte.) Sam hatte Vater gebeten, ihm die hübsche Taschen-Ausgabe der *University Press* zu kaufen. Diesen kleinen Dante trug er jetzt immer bei sich, und manchmal, auf abgelegenen Wegen der Wicklows, hatte er angehalten, die Maschine aufgebockt und eine Stelle in dem Buch gesucht. Vor zwei Wochen, bei Djouce, war er erschrocken: Als er sich umdrehte, war das Motorrad nicht zu sehen. Der Ständer war trotz der Kälte in dem moorigen Boden langsam eingesunken, die *A. J. S.* hatte sich wohl lautlos hingelegt, wie eine der Kühe auf den kargen Feldern.

Seine fixe Idee war, dass der Verfasser der *Göttlichen Komödie* die Dubliner Berge kannte. Manche Beschreibungen, zum Beispiel *Hölle 16. Gesang,* die Szene mit dem Wasserfall, könnten in den Wicklow-Mountains spielen. Schluchten, Felsschlünde und Höhlen, die Dante und Vergil auf ihrer Höllenwanderung hätten durchqueren können. Ihm war das alles seit seiner Kindheit bekannt. Es hatte kaum einen Samstag gegeben, an dem er – selten war Frank mitgekommen –, nicht mit seinem Vater in die Berge gewandert war. Je nach Witterung wählten sie beim Glencullen-Kreuz entweder den kürzeren Weg zum *Prince Williams Seat* oder jenen zu den Höhen von Glencree. Im Sommer die Tagestour auf den *Tibradden* oder auf die Höhen von *Three Rock*. Heute noch roch er, wenn er nur daran dachte, den Jauchegestank bei den Elendsgehöften (die mittlerweile oft nur noch Ruinen waren), sah die Kuhfladen, denen sie ausweichen hatten müssen, die Schafe auf den Weiden, die Steinpyramiden und Schlammgräben.

Nicht des üblen Wetters wegen war er am Mittwoch daheim geblieben und er hatte auch nicht, wie Jim und Edward vielleicht gelästert haben mochten, Schiss bekommen, sich an ihre Hinterräder zu hängen. Der Knöchel schmerzte plötzlich mehr als am Dienstag, als er die Maschine in die Werkstatt gebracht hatte. Aber auch wegen seines lädierten Knöchels hatte er das Training nicht versäumt, sondern seiner Mutter zuliebe war er zuhause geblieben; sie hatte einen ihrer schweren Anfälle. Kann sein, dachte er, dass die Migräne mit mir zu tun hat; vielleicht hätte ich nicht sagen sollen, dass ich mich mit Jim und Edward treffen werde. Sie denkt immer gleich an meine früheren Eskapaden. Ohnehin hat sie es dem Vater übel genommen, dass er mir diese schwere Maschine gekauft hat. Der Arzt war gekommen, hatte sich anschließend auch Sams Knöchel angeschaut. Sam hatte an seine Kollegen gedacht, wie sie wohl die Berge hinauffetzten, Freddie Dixon voran, wie der Wind ihnen auf der Hochebene den Regen ins Gesicht trieb, wie sie sich auf den Maschinen duckten; John mit seiner alten Militärkappe mit den flatternden Ohrenschützern.

Du wirst es nicht glauben, hatte er am Tag davor in der Klasse zu Jim gesagt: Ich hab mich in Dante und seine *Göttliche Komödie* vergafft! *Hölle* und *Fegefeuer*. Suchte neulich eine Stelle über das *Fliegen*, weil mein Bruder Frank beim Frühstück die alte Geschichte hervorgeklaubt hat, wie ich als kleiner Junge öfter auf eine unserer Kiefern geklettert bin und mich dann mit ausgestreckten Armen fallen ließ; Gottseidank hat mich immer einer der unteren Äste gebremst. Frank hatte Angst gehabt, er würde zur Verantwortung gezogen werden, wenn mir etwas zustieße. Ich wollte mit einem Dante-Zitat antworten, eine Stelle, die ich früher einmal hatte auswendig lernen müssen, aber sie fiel mir nicht ein, und so suchte ich sie dann später in meiner Schul-Ausgabe und fand die Passage im *Fegefeuer*.

Zum Flug geboren, menschliches Geschlecht, soll dich ein Hauch der Luft zu Falle bringen …

Ich hatte sie anders in Erinnerung gehabt, zum Zitieren wäre sie ohnehin nicht geeignet gewesen – und im zwölften Gesang bin ich dann hängen geblieben …

Früher, hatte er während der Vorlesung von Rudmose-Brown gedacht, hab ich viel mehr gelesen, jetzt reichen mir die Französischbücher. Außerdem das Kricket-Training, und abends manchmal in eine Kneipe oder ins Kino; er versäumte keinen Film mit Stan Laurel & Oliver Hardy.

Die A.J.S. wäre ohnehin gar nicht rechtzeitig fertig geworden für das Training am Mittwoch. Es war einiges zum Ausbiegen und Ausbeulen gewesen nach dem kapitalen

Sturz. Der gute Maurice! Der Scheinwerfer war nicht mehr zu retten. Sam hielt sich immer gern in der Werkstatt auf. Mr. Jameson und die Mechaniker mochten das nicht so gerne, aber Maurice duldete ihn; als er seine Maschine abholte, hatte Maurice im Innenhof gearbeitet, zu dem es eine Zufahrt von der Wilfield Road gab. Er hatte bloß noch den Tank zu montieren gehabt. Wie er die Beule zum Verschwinden brachte, war Zauberei.

Vor zwei Wochen hatte Maurice ihm von Madame Cogley erzählt. Sie stammte wie er aus der Normandie. Als Sam dann ein paar Tage später ihre Kneipe *Madame Cogley's Cabaret* aufsuchte, war er zuerst einmal enttäuscht, er hatte sich unter einer *Französin* was anderes vorgestellt. Aber dann hörte er sie Baudelaire zitieren. In dieser Kneipe verkehrten bekannte Künstler. Dort hatte ihn kein Mensch erst einmal gemustert, ob er alt genug sei, wenn er einen Whiskey bestellte.

Als der Tank festgeschraubt war, setzte Maurice sich wieder auf sein Kistchen, verfiel, wie Sam es schon einmal erlebt hatte, in ein Abwesendsein. Überlegte er, ob er auch alle Schrauben festgezogen hatte? Er hockte vor der A.J.S., die Arme um die Beine geschlungen, und Sam hatte gedacht, es friert ihn, warum steht er nicht auf? Als er es dann tat, sagte er: »Fahr los, du wirst es schon schaffen«, und Sam wusste nicht, meinte er die Bretagne (er hatte den Wunsch geäußert, im Sommer mit dem Motorrad eine Frankreichreise zu unternehmen) oder das Rennen? Er startete die Maschine, drehte das Gas auf, Gas zu, Gas auf … Dieses gurgelnde Geräusch, ähnlich dem heftigen Schnurren einer Katze liebte er.

Wenn Sam so weitermachte, hatte Professor Rudmose-Brown vor ein paar Tagen gesagt, würde er ihn im nächsten Studienjahr für ein Stiftungsstipendium vorschlagen. Warum ihm das Motorradfahren so viel bedeute, hatte er gefragt. Sam hatte geantwortet, das Fahren bringe ihn manchmal weit weg, nicht bloß Meilen, weit weg, bis er zu sich selber gelange – aber manchmal schaffe das auch ein Vers oder ein intelligenter Kommentar. Der Professor bezog Letzteres auf sich selber und war zufrieden, erwähnte noch, was Sam ohnehin wusste, dass man sich nach Abschluss des Studiums für eine Dozentur an der französischen Abteilung des *Trinity* in Paris bewerben könne. Ich und Professor, der ganze akademische Betrieb?, hatte Sam überlegt. Ein paar Mal hatte er sich ausgedacht, wie er die Zuhörer mit einem pseudowissenschaftlichen Thema foppen könnte, wenn er im nächsten Jahr den obligaten Vortrag vor der *Modern Language Society* halten musste. Irgendwas Absurdes, so aufbereitet, dass sie es für wahr hielten; vielleicht ›Dante in den Wicklows‹?

Meine Eltern, dachte er, wären entsetzt, wüssten sie, dass ich in Kneipen verkehre. Aber die Gefahr, dass sie es erfahren, ist gleich null. Niemand von unseren Bekannten betritt eine Kneipe. Und niemand liest den *Motorcyclist*, also werden sie nicht erfahren, dass ich an dem Rennen teilgenommen habe; vielleicht erzähle ich es ihnen später einmal.

Ja, endlich! Die Hühner gackerten, als sei der Fuchs hinter ihnen her, *dieser* Lärm störte seine Mutter nicht im Geringsten. In Gummistiefeln und eine Kapuze auf dem Kopf stapfte sie mit ihrer Schüssel voraus.

(Samuel Beckett hat an dem Rennen im März 1925 teilgenommen und kam in die Wertung. Mehr ist darüber nicht überliefert.)

Wer zuerst lacht

Sie wissen, dass man sich von jemand

nur durch Erzählen befreien kann,

oft nicht einmal dann.

Daniele Del Giudice

HEUTE NACHT habe ich nach langer Zeit wieder von Stefan geträumt. Wie immer, wenn ich den Traum nicht sofort notiere, bleiben mir in der Früh bloß verschwommene Bilder: Voller Erwartung, er werde mir von der geheimnisvollen Begegnung erzählen, die er an jenem Abend der Geburtstagsparty des Chefs vor bald zwei Jahren hatte, bin ich hinter ihm die Stiege im Linsmaier-Haus hinaufgestiegen; immer finsterer ist es geworden, ich bin ihm nicht mehr nachgekommen, hörte von oben ein hallendes, leiser werdendes Gelächter.

Ich sitze im Tomaselli-Garten, an meinem Platz am Begrenzungsgitter, und schaue hinauf zu Silvias Wohnung. Vor einer Stunde bin ich oben am Fenster gestanden und habe hinuntergeschaut zum Tomaselli, wo gerade die Tische und Stühle aufgestellt wurden. Die große Eibe hinter dem Pavillon glänzte satt vom morgendlichen Regen. Seit einem Dreivierteljahr bin ich Untermieter dort oben, ein großes Zimmer, Biedermeier-Möbel. Ich weiß nicht, ob Stefan diese Wohnung, die Silvia von ihrer Großmutter geerbt hat, je betreten hat; lauter mit altem Mobiliar vollgeräumte Rumpelkammern, in denen jahrelang kein Fenster geöffnet worden ist. Auf allen Fensterbänken Blumenstöcke, sodass man die Flügel nur schwer öffnen kann. Nach Monaten ausgiebigen Lüftens ist in meiner Kammer und in der Küche immer noch ein moderiger Altweibergeruch zu spüren.

Ich habe – mein zweiter Urlaubstag – zu lang geschlafen; dann fiel mir ein, dass heute, Dienstag, am Vormittag Silvias Mutter erscheinen und die Blumen gießen wird. (Bei mir kriegen sie entweder zu viel oder zu wenig Wasser, so Silvia nach ihrer Köln-Reise im Jänner.) Rasch frühstückte ich und machte mich fertig die Wohnung zu verlassen; ich mag dieser Frau Sattler, Stefans Schwiegermutter, nicht begegnen (wir können uns nicht ausstehen) und überlegte, gleich heute zum Magistrat zu gehen und die Angelegenheit eines Innenstadt-Parkplatzes für meinen neuen Wagen zu regeln (wahrscheinlich weit weg vom Alten Markt). Jetzt, da ich den Wagen besitze – eine Verrücktheit, mir stünde jederzeit ein Firmenwagen zur Verfügung –, denke ich, eine Wohnung wäre wichtiger gewesen, eigene vier Wände, wer weiß, wie lange ich es bei Silvia noch aushalte. Sie wohnt weiter in Morzg; alle drei, vier Tage erscheint sie abends in der Altstadtwohnung, gießt die Blumen, ich gebe ihr ein Glas Sekt oder Sherry, langsam lassen ihre hektischen Bewegungen nach, sie hört auf, von einem Zimmer ins andere zu rennen. Manchmal wird sie dann zärtlich. Das darf jedoch nie von mir ausgehen; sie erstarrt, und alles ist verdorben. Wenn sie mich eingeladen hätte, sie nach Gran Canaria zu begleiten, wäre ich wohl mitgekommen. Ich stelle mir vor, jetzt mit ihr am Strand zu liegen, unsere Badetücher nebeneinander. Irgendetwas bin ich für sie, aber wahrscheinlich nicht das, was ich gerne sein möchte. Sie flirtet mit mir, und sobald ich mich wieder öffne, mich wieder für sie erwärme, stößt sie mich zurück; wie eiskalt dann ihre Worte klingen können! Dieses Spiel habe ich länger als ein halbes Jahr mitgespielt; jetzt empfinde ich für sie kaum mehr etwas, außer in hitzigen erotischen Momenten.

Der von der Sonne erhellte Fleck auf dem Platz draußen breitet sich immer mehr aus; rechter Hand zeichnet der Schatten die Konturen der Hausdächer nach. Immer mehr Gäste betreten den Gastgarten, der Kies knirscht unter ihren Schritten, bald wird kein Tischchen mehr frei sein. Auf meinem liegt die dünne Klarsichtmappe mit den acht Seiten, meinem Nachwort zu Stefans Erzählband, den sie im Herbst herausbringen wollen, und der von ihm in der Landesnervenklinik teilweise vollgekritzelte Kalender, den ich mir aus einem der Kartons mit Manuskripten seines Nachlasses ohne Silvias Wissen angeeignet habe. Viele Passagen könnte ich auswendig hersagen.

Gestern hatte ich Frau Meisel, die Lektorin, gebeten, die erste Fassung (tatsächlich die dritte) dieses Nachworts zu lesen. Bis nach Mitternacht, bis ich mich nicht mehr konzentrieren konnte, hatte ich am Sonntag daran geschrieben und korrigiert. Gestern Vormittag diese acht Seiten lesend, dachte ich, das kannst du nicht herzeigen, wollte anrufen und das Gespräch verschieben; sooft ich die Nummer des Verlags Ziegelstätter wählte, war sie besetzt, und so betrat ich (wenn sie ablehnen, desto besser!) wie vereinbart um 14 Uhr das Verlagsgebäude in der Plainstraße.

Ich hoffte, dass mir auf der Treppe hinauf ins Lektoratsbüro nicht Herr Ziegelstätter begegnen und mich fragen würde, wie weit ich mit dem Roman gekommen sei. Und doch, als ich vor ungefähr zwei Wochen den Brief des Verlags aus meinem Postfach nahm – das große braune Z im Schriftzug vorne auf dem Kuvert –, klopfte mir das Herz, ich dachte: Sind sie plötzlich wieder an mir interessiert? Die Mappe mit meinen Erzählungen liegt ja immer noch dort. Ich solle anrufen, stand in dem dreizeiligen Brief, man könne mich nicht erreichen. Die Spannung steigerte sich noch, als ich die Nummer des Verlags wählte. – Das Nachwort bloß, nichts meine Erzählungen Betreffendes! Und ich möge den Redakteur Weiss anrufen, es gehe um einen Text über Steinmaßl …

Von den neuen Medikamenten werde ich schwindlig, und meine Augen brennen so, und wenn ich in der Früh aufstehe und zum Fenster gehe, schreien draußen im Park die Krähen, und ich fürchte, die Sonne geht nicht mehr auf, und wenn später das Getöse der Autos das Vogelgeschrei übertönt, überlege ich, wer die Fernbedienung drückt, wer all die Autos da drunten in Bewegung setzt und lenkt. Ist es Gott? Ich fürchte mich vor seinem Lachen, ich würde davon verrückt werden. Ich habe schon seit über einer Woche nicht mehr gelacht. Das wird euch Doktor Fürstauer bestätigen. Mindestens vier Tage.

Schinagl hat wieder versucht zu fliegen, hat sich aus Plakaten, die im Gang an der Wand kleben, Flügel ausgeschnitten, mit Bindfäden versehen; wie Schmetterlingsflügel schauen sie aus, er hat sie mit Farbstiften bemalt. King hat ihm zugerufen, er solle vom Fensterstock herunterkommen, und Schinagl hat, die Nase zwischen zwei Gitterstäben, mit den Flügeln, die ihm Leberbauer an den Armen befestigt hat, geflattert wie ein riesiges Insekt.

(Die Kollegen in der Firma Schüssler haben sich nie zum Lachen anstecken lassen. Sie haben geschwiegen, sich untereinander mit Blicken verständigt, mit den Kunden geflüstert, wenn Stefan unten im Verkaufssaal einen Anfall hatte, haben auf sein Nervenleiden hingewiesen.)

Übrigens habe ich mehrmals in den letzten Tagen gedacht, ich sei es ihm schuldig, dieses Nachwort zu schreiben; darin könnte ich auch einige Sachen, die ich über ihn in den Zeitungen gelesen habe – vor allem, was seinen Lachzwang und den Unfall anlangt, richtigstellen. Bis heute ist mir nicht klar, ob er mein Freund war; der zehn Jahre Ältere war für mich viel mehr; was er sagte, seine Maßstäbe, Urteile habe ich übernommen. Manchmal habe ich mich vor ihm als eine Art Schüler gefühlt. Obwohl er nie einen namhaften Literaturpreis erhalten hat, war er zumindest hier in der Stadt sehr bekannt, die Säle, in denen er vorgelesen hat, waren voll, als sei Martin Walser oder Christa Wolf zu Gast, vor allem ist über ihn in den heimischen Zeitungen geschrieben worden, und so war sein Name auch jenen bekannt, die mit Literatur nichts zu tun hatten.

Könnte ich doch, wie der Redakteur Weiss, der damals nach Stefans tödlichem Unfall ein »Porträt« verfasst hat, mich hinsetzen und so ein Nachwort in einer halben Stunde in die Maschine tippen!

Ich schätzte seine Kurzprosa, seine kleinen und längeren Erzählungen (einen Roman hat er nie geschrieben), aber nichts von seinen Sachen und kaum sonst etwas, was ich in den letzten Jahren gelesen habe, hat mich dermaßen beeindruckt wie die Erzählungen aus dem Nachlass, sodass ich mehrmals während des Lesens die Fahnen weglegen musste: ein nicht erklärbares Glücksgefühl, und ich hatte gedacht, wenn du das beim Leser nicht erreichst, was für einen Sinn hat dann das Schreiben?

Mir ist eingefallen, wo ich die Nachricht von seinem Tod gehört hatte: in der Portierloge des Hofhaimer, abends, es war der 19. September. Würde ich ein Tagebuch führen, so könnte ich jetzt nachlesen, was genau ich damals empfunden habe. Im Radio wurde ein Pianistenkonzert von den Festspielen gesendet, Alexis Weissenberg, wenn ich mich richtig erinnere, Chopin und ... Schubert? Als der Applaus einsetzte, hatte ich leiser gedreht und ein Buch aufgeschlagen (welches?), und als ich – noch unkonzentriert – zu lesen begonnen hatte, war ich aufgeschreckt, als ich die Wörter Schriftsteller und Steinmaßl hörte; der Sprecher hatte über einen Unfall berichtet: »... von einem Auto überfahren«. Ich überlegte, trotz der späten Stunde – es war nach 21 Uhr – Silvia anzurufen. Wenn die Nachricht stimmte – ich dachte an eine Namensähnlichkeit oder Namensgleichheit (freilich: Schriftsteller!) –, so würde ich das, wenn sie sich meldete, am Ton ihrer Stimme merken.

Immer wieder die Frage: Was wäre, wenn er die Ignaz-Harrer-Straße eine halbe Minute später überquert hätte?

Die Flüssigkeit in der Infusionsflasche wie geschüttelter Orangensaft. Tropf tropf tropf wohltuende Schläfrigkeit bis in den Mittag hinein. Hätte Schinagl nicht den Yamato-Katalog geben sollen. Nach dem Essen schiebt er seinen Sessel zu meinem Bett, setzt sich verkehrt drauf die Sprossen der Lehne sein Lenkrad,

imitiert Motorengeräusch; Abstufungen der Tonhöhe, hinauf-
schalten. Mein Zwerchfell reagiert nicht auf seine imaginären,
aber sehr lauten Ausfahrten. Aufgestanden, mit dem Sessel zum
Eckfenster. Ignaz-Harrer-Straße, unablässiges Hin und Her
der Autos. Hinübergeschaut auf das begrünte Flachdach der
Verkaufshalle, auf die Tankstelle, auf die Dächer der Gebraucht-
wagen; ist die Firma Schüssler noch meine Firma?

Jedes Mal wenn ich mich zum Fenster setze, Bangigkeit: seit
Freitag nicht mehr gelacht – gestern früh der beginnende Berufs-
verkehr brachte mein Zwerchfell wieder zum Zucken. Massierte
mit der linken Hand den Bauch, hielt mit der rechten den Mund
zu. Trotzdem fing ich an zu lachen, und wie ich befürchtet hat-
te, begann mein Bettnachbar Franz zu gicksen, einer neben der
Tür quietschte vor Vergnügen, Schinagl schrie »Ruhe!«, der Saal
erzitterte vom wiehernden Lachen der sich in ihren Betten her-
umwerfenden Zimmergenossen.

Heute hat Doktor Reiffenstein mir die Infusion angehängt.
Stach zuerst links, schlechter Stich, suchte hierauf eine Vene rechts,
interessierte sich für einen gebrauchten Masolino. Sobald ich
draußen sei, wolle er mich in der Firma besuchen. Ich sei in der
Werbeabteilung tätig, sagte ich ihm, würde ihn aber mit den
Herren des Verkaufs bekannt machen.

War das Interesse Joshis an mir, die Einladung nach Japan ernst
gemeint?
*   Wie seltsam, dass ich ausgerechnet an jenem Vormittag meinen*
Ohrstöpsel verlor, den zweiten innerhalb einer Woche, somit kein
Reservestöpsel fürs rechte Ohr.

Kurz vor Geschäftsschluss war Herr Schüssler junior an meinen Schreibtisch gekommen. Ich solle mich während des hohen Besuchs aus Japan möglichst im Hintergrund halten, es werde vermutlich einen Mordswirbel geben, Presse und Fernsehen, meine Nerven, nicht wahr, er hatte seine Hand auf meine Schulter gelegt.

Während der Konvoi zwischen Tankstelle und Werkstatt sich näherte, spürte ich das bekannte Jucken in der Gegend des Solarplexus, und genau in dem Moment, als der President *hielt, die beiden Polizisten die Motoren ihrer Maschinen noch einmal hochdrehten, ehe sie sie abstellten, als die schwarzgekleideten Herren ausstiegen, die Herren Schüssler, Senior und Junior, ebenfalls schwarz gekleidet, aus der Halle eilten, begann mein Zwerchfell zu zucken, und wie ein nicht zu unterdrückender Hustenreiz brach das Lachen aus. Vergeblich presste ich eine Hand an den Mund. Während der Chauffeur die Limousine wendete, um die Hebebühne herumfuhr, muss ich, völlig verwirrt, eine Geste von Schüssler senior missverstanden haben. Ich näherte mich der japanischen Delegation, anstatt – zu spät begriff ich das Wegwinken – mich zu entfernen, und das brachte mich noch mehr durcheinander. Nichts Besseres fiel mir ein, als mich vor dem hohen Besuch zu verneigen, was mein Gelächter für einen Moment wenigstens unterbrach. Derjenige der Japaner, welcher nicht wie die übrigen westlich, sondern traditionell, wie mir schien in eine Art Schlafmantel, unter der Brust mit einer Kordel gegürtet, gekleidet war, trat plötzlich vor (ich schnappte nach Luft, das Lachen hatte mich erschöpft, beinah erstickt), verneigte sich vor mir und faltete dabei seine Hände wie zum Gebet.*

Manchmal gehe ich nach dem Abendessen im Park der An-
stalt spazieren. Von der Ignaz-Harrer-Straße herauf das stete
Motorengedröhn der heimfahrenden werktätigen Bevölkerung,
und es befriedigt mich sehr, wenn der geheimnisvolle, gestörte
Bezirk in meinem Kopf darauf nicht reagiert; nur manchmal
ein Kribbeln im Zwerchfell, ein leichtes Gicksen, das vergeht,
wenn ich tief durchatme. Vielleicht waren euch die Gerüche im
Schlafsaal unangenehm, auch ich habe mich lange nicht daran
gewöhnt – so wie anfangs an jene im Autohaus Schüssler. Der
prüfende Blick Silvias am Fußende meines Bettes. Wenn ich
ihrem Blick zu begegnen suchte, blätterte sie schnell wieder in
dem englischen Krimi, den Leo mitgebracht hat (ich will meine
Englischkennnntnisse auffrischen). Als vom Park herauf der laute
Zweitakt-Transporter der Gärtnerei zu hören war, schaute sie
erschrocken, ohne den Kopf zu drehen, zu mir.

Als die beiden gegangen waren, las ich Leos Entwurf zum »Tag
der offenen Tür«. Vorstellung des neuen Raffaelo, Freibier, Mu-
sikkapelle (abwechselnd Rock- und Volksmusik), Probefahrten,
während die Kundenwagen gewaschen werden usw. Eine anti-
ke Tempelglocke samt Schrein soll während des Wochenendes im
Hof der Firma aufgestellt werden. Ob ich bis dahin geheilt sein
werde?

Früher habe ich immer abends, in der Portierloge, am besten arbeiten können; Gäste, die die Nachtglocke läuteten,
denen ich öffnen musste, hatten mich nie gestört. Wenn
ich an dem kleinen Tisch saß, war ich vom Foyer aus kaum
zu sehen.

Nachdem ich gestern im Lektorat des Verlags Ziegelstätter die erste brauchbare Fassung des Nachworts vorgelegt hatte, ging ich in den Mirabellgarten. Eine einzige Touristengruppe, Japaner, bunte Kunststoffkapuzen auf den Köpfen. An der steinernen Balustrade stehend, beobachtete ich, wie sie den vielen Wasserlacken auf dem Mittelweg des Gartens auswichen; als einer nicht aufpasste und in eine Lacke trat, stiegen auch die Nachkommenden alle hinein. Die bläulichen Tulpen in den Beeten glänzten, auf einer Bank vor dem stillgelegten Brunnen tranken zwei junge Frauen in grellen Anoraks etwas aus Dosen.

Frau Traxler (die Meisel sei krank) hatte ihre Brille aufgesetzt und meinen Text zu lesen begonnen; ich saß in dem ächzenden Holzstuhl vor ihrem Schreibtisch. Unerträgliche Minuten. Manchmal schnaufte sie, als lese sie einen Brief mit einer sie betreffenden üblen Nachricht. Mit der Spitze ihres Bleistifts fuhr sie die Zeilen entlang. Stuhl und Tisch im Zimmer sahen aus wie vom Sperrmüll geholt, und ich dachte, wie vornehm sie das Eingangsfoyer ausgestattet haben, an den Wänden hinter Glas die Buchumschläge der letzten Jahre und Kunstdrucke von Matisse aus dem Guggenheim-Museum. Ich ärgerte mich, fühlte, dass eine Ablehnung dieses Nachworts mich doch treffen würde.

Sie finde den Text sehr persönlich, sagte Frau Traxler und nahm ihre Lesebrille ab. Sie werde gleich Herrn Ziegelstätter fragen, ob das so gehe, ich möge warten. Ich schielte zu den Manuskriptmappen auf dem Tisch; auf einer dicken, kreuz und quer mit Gummibändern gesicherten las ich den Namen Reitsamer und erinnerte mich: junger Salzburger

Autor, kürzlich Förderstipendium des Landes. Endlich kam sie wieder. Herrn Ziegelstätter gefalle, wie ich die Umstände des Todes geschildert hätte, ich solle ruhig noch etwas mehr auf die einzelnen Erzählungen und auf die früheren Werke des Autors eingehen. Sie würden einige Sätze für den Klappentext verwenden. Bis wann ich abliefern könne? Ich möge ihr auch noch meine Kontonummer aufschreiben. Erleichtert stand ich auf, drückte ihr die Hand und vergaß, was ich sie hatte fragen wollen: Ob es im Verlag vielleicht noch einzelne Exemplare der vergriffenen Raimund-Almanache gebe, mir fehlte einer. Wahrscheinlich hätte sie nicht gewusst – und ich hätte sie nicht darauf hingewiesen –, dass mein Vater Mitherausgeber jener Almanache und Vizepräsident der Raimundgesellschaft gewesen war, vor allem aber derjenige, der bis zu seinem Tod die Herausgabe finanziert hat.

Mit welcher Begeisterung sie über Stefans Erzählungen sprach (der Umbruch sei gemacht), sie schob die Mappe mit den Fahnen vor sich, legte die Hand drauf; ihrer Meinung nach sei das das Beste, was der Verlag je gedruckt habe, und ich merkte zu meiner Bestürzung, dass mir das unangenehm war.

Am Sonntag hat es geregnet, ich bin am Fenster gestanden und hab hinuntergeschaut in den Gastgarten mit den gekippten Tischen und Stühlen. Ich hatte nochmals in den Korrekturfahnen von Stefans Erzählband gelesen, und obwohl ich dann bis weit in den Nachmittag hinein vor dem Schreibblock saß oder damit auf dem Bett lag, hatte ich keinen befriedigenden Schluss für das Nachwort gefunden, und ich überlegte, dem Verlag mitzuteilen, ich könne es nicht verfassen, so etwas liege mir nicht. Skrupel hätte ich keine gehabt, Ziegelstätter hatte mich lange genug genarrt, und dies war ja auch einer der Gründe, weshalb ich es letztes Jahr aufgegeben hatte, an eine Laufbahn als Schriftsteller zu denken.

Damals, als ich anfing, am literarischen Leben der Stadt teilzunehmen, Stefan als Autor und als Person (untrennbar verbunden mit Silvia) wahrzunehmen, habe ich wenig geschlafen. Es waren die Jahre nach Vaters Tod, der Bruder fing an, auf Autobustouristen zu setzen. Ich fühlte mich mehr und mehr im Hause bloß noch geduldet, hatte mir angewöhnt, mich nach dem Nachtdienst (den ich dazu benutzte, an meinem ersten Roman zu schreiben), zwei, drei Stunden hinzulegen und dann durch die Linzergasse in die Innenstadt zu spazieren (wo unzählige Scharen von gelangweilten Touristen sich selbst und vor allem den Einheimischen im Weg stehen), mich ins Tomaselli oder in die Bar der Galerie Welz zu setzen, einen Kaffee zu trinken und die Zeitungen durchzuschauen. Nachmittags las ich im Bett einen der Romane, die ich mir aus der Stadtbibliothek holte; es waren italienische und russische Autoren, mit denen ich mich damals beschäftigte, Italo Svevo und Tozzi, von Lesskow alles Erreichbare. Oft nickte ich beim Lesen ein.

Das in der Nacht Geschriebene tippte ich alle paar Tage ab, fürchtete jedes Mal, die Sätze bei Tageslicht abgestanden zu finden, und versuchte, beim Übertragen bloß oberflächlich über sie hinwegzugleiten; lesen wollte ich darin erst, wenn mindestens hundert oder hundertfünfzig Seiten geschrieben waren.

Schon einmal hatte ich versucht, über Stefan zu schreiben. Ein paar Tage nachdem er überfahren worden war, rief mich Herr Weiss an, ob ich etwas über Steinmaßl schreiben wolle, eine halbe Seite; soviel er wisse, seien wir befreundet gewesen. Die Zeit sei knapp, er brauche den Text bis in einer Woche. Und ob ich ein gutes Schwarzweißfoto beschaffen könnte? Völlig überrascht stotterte ich herum. Vergeblich mühte ich mich ein paar Tage mit diesem Porträt, rief Weiss schließlich an, es sei zu wenig Zeit vergangen seit Steinmaßls Tod, das alles sei mir noch zu nah. Damals hatte ich mir noch vorgestellt, ich könnte Autor werden, in seine Fußstapfen treten. Wo befindet sich das Notizbuch, in das ich damals täglich etwas schrieb? In dem Karton im Wohnwagen? Im Keller des Hofhaimer?

Es waren die Wochen vor dem Sendetermin meines Hörspiels ›Trotz Umbau ungestörter Verkauf‹. Ich hatte eine Woche Urlaub und setzte mich jeden Vormittag ins Tomaselli. An einen Vormittag erinnere ich mich genau: Obwohl ich mir vorgenommen hatte, in meinem Zimmer zu bleiben und den Erzählungen einen letzten Schliff zu geben, war ich wieder durch die Schallmooser Hauptstraße und die Linzergasse in die Innenstadt gegangen und hatte mich hier im Tomaselli auf meinen Lieblingsplatz an der schmiedeeisernen Begrenzung gesetzt. Seit einiger Zeit, seit mich mehrmals dort Leute angesprochen oder mir beim Eintreten zugerufen hatten: »Ah, der Herr Dichter!«, oder »Wann erscheint denn Ihr Buch?«, mied ich die Bar der Galerie Welz und bereute, unlängst jemandem davon erzählt zu haben. Der Kaffee im Tomaselli ist schlechter und kostet das Doppelte; dafür liegen dort alle Zeitungen auf.

»Es trifft sich gut, dass Sie einige Erzählungen noch überarbeiten wollen«, hatte Frau Traxler ein paar Tage vorher am Telefon gesagt, »dann warte ich so lange, ehe ich mich mit den Texten auseinandersetze.« Vertrag hatte ich keinen erhalten, bloß die mündliche Zusage, dass man einen Band mit Erzählungen veröffentlichen würde, und man plane im Jahresalmanach des Verlags, der im Herbst erscheine, mit dem Abdruck einer der Geschichten auf die Veröffentlichung dieses Erstlingswerks hinzuweisen. Ein halbes Jahr hätte ich Zeit gehabt, an den Erzählungen zu arbeiten, ich aber hatte mich nur mit einer Neufassung der ersten vier Kapitel meines Romans beschäftigt; Herr Ziegelstätter hatte mich in einem Brief und auch am Telefon eindringlich ermahnt, bald einen Roman vorzulegen, mit Erzählungen sei ein Durchbruch nicht zu schaffen. In einer der Nächte davor, als ich, hellwach und klar im Kopf, keinen Schlaf finden konnte, setzte ich mich an den Tisch und schlug die Mappe mit meinen Erzählungen auf. Gleich die erste der Erzählungen, ›Die Hundsgräfin‹, legte ich nach der Lektüre auf die Seite. Die kannst du nicht nehmen, dachte ich, die ist schlecht. Nachdem ich eine Stunde gelesen und einiges ausgemustert hatte, klappte ich die Mappe zu. Was ist denn los?, dachte ich, warum erscheinen mir alle meine Texte auf einmal so banal, warum habe ich die vielen sprachlichen Klischees früher nicht bemerkt? Hat Lisa Traxler, die Lektorin, sie nicht gesehen?

Ich bin im Tomaselli-Garten gesessen und habe beobachtet, wie der Rechtsanwalt Stieglmaier über den Platz gegangen ist. Ungefähr zehn Tage vorher war ich mit dem Maler Hinterholzer an der Bar der Galerie Welz gestanden, Stieglmaier war gekommen, hatte Hinterholzer begrüßt, und Hinterholzer hatte uns bekannt gemacht. »Ein junger Autor, den Namen müssen Sie sich merken ...« Desinteressiert hatte Stieglmaier mich angeschaut und noch einmal nach meinem Namen gefragt, und er schien beruhigt; kein Name, der immer wieder in der Presse oder gar im Fernsehen genannt wurde. Dieser Stieglmaier, der auch einige Künstler vertritt, hat, so dachte ich, Hunderte Bücher in seiner Wohnung (er wird sie von der Steuer abschreiben). Was in den Feuilletons hochgelobt und im Fernsehen erwähnt wird, wird er sich kaufen, aber das wenigste davon lesen. Diese Leute interessieren sich überhaupt nicht für Literatur, es beeindruckt sie bloß, wenn etwas in den Medien eine Weile wiedergekäut oder zum Skandal wird und sie damit unterhält. Bücher flößen ihnen einen gewissen Respekt ein; hätten sie mehr Zeit, sie würden selber welche verfassen.

»Ich hab gehört ... Wie ist Ihr Freund eigentlich gestorben?«, hatte sich in der Welz ein paar Monate zuvor eine Frau bei mir erkundigt, die ihren Pelzmantel nie auf den Haken in der Garderobe hängt, sondern ihn so auf die Bank der Sitzgarnitur fallen lässt, dass man sich nicht mehr hinsetzen kann. Die Umstände seines Todes haben die Leute interessiert, nicht seine Literatur. Immer wurde mir dann klar, dass das Publikum, und gerade jenes, das in Künstlerkreisen verkehrt, mit der Kunst – die die Werte dieser Gesellschaft nur radikal ablehnen kann – nichts zu tun hat. Sie schätzen Künstler, die sich arrangiert haben, die sie unterhalten, ihnen mit Skandalen Gesprächsstoff verschaffen.

Bist du ehrlich?, hab ich dann gedacht, wärst du nicht auch gerne von ihnen anerkannt? Ob ich nach dem Erscheinen meines Buches auch so sarkastisch werde wie Stefan?, habe ich gedacht. (»Ein zweites Buch, ein drittes, ein viertes und so weiter. Höchstens einige im Literaturbetrieb Tätige, von ihm Schmarotzende nehmen davon Kenntnis, aber die Autoren erwarten, ermutigt durch Förderpreise, die Bevölkerung möge ihre Laufbahn finanzieren. Eine zustimmende Besprechung, eine Rezension in einer überregionalen Zeitung, ein Förderpreis, ein Staatsstipendium, der Grillparzerpreis ..., und wenn du vielleicht einmal erreicht hast, was du wolltest, nämlich bekannt zu sein und gelesen zu werden, ist es mit deinem Talent längst zu Ende ...«)

Der Gastgarten füllt sich. Soweit ich sehe, ist kein Tisch, kein Stuhl mehr frei, nur noch der vis-à-vis an meinem Tischchen, auf den ich die *Frankfurter Allgemeine* gelegt habe.

Ein Radfahrer (gelber Sturzhelm, vulgäre hautenge, glänzende schwarze Hosen, grellgelbes Leiberl) fährt über den Platz, Fußgänger sind für ihn eine Art Slalomstangen.

Der Satz, den die Moderatorin der Lokalnachrichten in der Früh nach dem Wetterbericht gesprochen hatte, fiel mir ein: »Wir können alle nichts dafür!« Sie meinte damit das anhaltend schlechte Wetter. Die erste Maihälfte völlig verregnet. Heute scheint endlich wieder die Sonne; aber bereits morgen Nachmittag soll sich ein weiteres Tief vom Mittelmeer nähern. »Wir können alle nichts dafür«, hatte sie treuherzig gemeint, und ich dachte: Wie wohl Stefan diesen Satz kommentiert hätte? Dieser Satz schien etwas Signifikantes auszusagen. Überhaupt fällt auf, wie das Wetter am Wochenende eine immer größere Bedeutung erhält; Rundfunk und Fernsehen erteilen am Freitag Ratschläge, wohin die Hörer und Seher ihre Autos lenken sollen.

Die Passanten, die den Alten Markt entweder vom Residenzplatz kommend queren oder vom Grünmarkt herübereilen, blicken nie zu den unter den Kastanien sitzenden Kaffeehausgästen hin; ich fühle mich, sie beobachtend, geschützt, als säße ich hinter einer Glaswand, die bloß in eine Richtung durchsichtig ist. Und auch ich blicke, wenn ich am Tomaselli-Pavillon vorbeigehe, geradeaus, es ist mir unangenehm, beobachtet, eingeschätzt zu werden. Nur die Sandler, die manchmal hier vorbeikommen, scheuen sich nicht, herzublicken; schaut man sie an, so fragen sie: »Hätten S' ein paar Schilling, Meister?« Vorhin ist einer vorbeigetorkelt mit einer feinen Papp-Tragtasche der Firma Boss. Warum ist es mir unangenehm, die Sandler anzuschauen? Ich habe eine Unterkunft, ein ordentliches Gehalt, aber das könnte sich rasch ändern, meine Einfälle sind nicht sehr originell, im Büro merkt man es bereits. Außerdem hörte ich, dass die Japaner das Werbebudget kürzen wollen. Und was das Zimmer dort oben anlangt: Einmal schon, als wir heftig gestritten haben, Silvia hat ausgehen wollen, zu einer Party bei Kollegen (ich lieber zuhause lesen), hab ich, nicht zum ersten Mal, überlegt, mir eine eigene kleine Wohnung zu mieten; solange ich in der Firma Schüssler arbeite, könnte ich es mir leisten.

Eigentlich gehöre ich nicht dazu, scheint mir, weder zu den Touristen, die da herumsitzen, vor ihnen auf den Tischen neben den Tassen die Filmkameras, noch zu den Einheimischen, die hier zwischen Einkäufen verweilen oder auf jemanden warten. Am Nebentisch klebt eine junge Ausländerin (unmöglich zu sagen, woher sie kommt) blaue Air-Mail-Klebestreifen auf ihre Ansichtskarten. Eine Frau schiebt ihren Kinderwagen zu mir her, anscheinend hat sie den freien Platz erspäht; ohne zu grüßen oder zu fragen legt sie die *Frankfurter Allgemeine* auf das Tischchen – deckt damit meine Kaffeetasse zu. »Dieser Platz ist reserviert«, sage ich endlich, »in fünf bis zehn Minuten …« Sie ruckt den Kinderwagen auf dem Kies hin und her, bis er fest steht, setzt sich, schaut mich gar nicht an, aus einem Seitenfach des Wagens zieht sie eine Zigarettenpackung. Es fällt mir ein, wie ich im vorigen Sommer hier mit der Amerikanerin Melanie ins Gespräch gekommen bin, sie hatte nach Jugendherbergen gefragt. Ich empfahl ihr ein Zimmer im Hofhaimer, es sei nicht teuer, und zum ersten Mal, ihren schweren Rucksack tragend, wurde mir bewusst, wie weit der Weg nach Schallmoos ist. Ich sehe sie immer noch vor mir, wie sie in der Früh aus dem Bett gestiegen ist, weißes T-Shirt, breites Becken, wie sie barfuß auf den Gang hinauswatschelte zur Toilette; ich dachte, so fest möchte ich im Leben stehen! Melanie aus Salt Lake City mit dem langen blonden Haar. Ich war froh, dass sie nicht wieder ins Bett kam und stattdessen weiter den Brief an ihren Boyfriend schrieb.

Draußen auf dem Platz treffen zwei Reiseleiterinnen mit ihren Gruppen aufeinander, unterhalten sich kurz, ehe sie ihre bunten Schirme wieder in die Höhe strecken und weiterziehen, die eine Gruppe Richtung Glockenspiel (bald wird das Läuten ertönen), die andere Richtung Grünmarkt. Das, was diese Touristen herlockt, scheint mir, wird durch ihre Anwesenheit unsichtbar, vernichtet. Davon leben wir, meint mein Bruder. Er und seine Frau verreisen zweimal im Jahr, auf die Seychellen, nach Madeira, auf die Kanarischen Inseln. »Bloß weg!«, stöhnt Hans schon Mitte August. (»Ich will endlich weg!« sind, wie ich vorhin beim Durchblättern der *Salzburger Nachrichten* sah, die neuen Angebote von Air-Conti überschrieben.) Was tue ich, dachte ich manchmal – als ich noch von der Unterkunft im Hofhaimer abhängig war –, wenn mein Bruder, wie er schon mehrfach angekündigt hat, verkaufen muss? Aber vorläufig hat er ja, wie er sagt, die Flucht nach vorne angetreten, er hat renoviert.

Am Nebentisch bestellt ein Deutscher »drei Cappuccino« und verhaspelt sich bei dem Wort, obwohl der Mann sonst sehr selbstbewusst wirkt. Die ältere Frau verhärmt blickend, die jüngere mit Kopftuch und dunkler Brille, ich stelle mir vor, die Tochter, gerade geschieden. In der Früh heute ein Schlager im Radio: »Zuerst ein Cappuccino, dann ein bisschen Vino, und dann du …« Mit Cappuccino assoziiert man Süden, Lebensfreude, man meint, damit seiner Tristesse entfliehen zu können. Das, was sie hier als Cappuccino anbieten, ist ohnehin ungenießbar: Sie geben einfach auf den normalen faden Kaffee Schlagobers (»Sahne!«) drauf.

Bin ich ein Dilettant wie unser Vater, der bloß ein Büchlein in seinem Leben verfasst hat?, denke ich manchmal. In einigen Bibliografien jedenfalls scheint das kleine Werk über ›Doktor Faust im Peterskeller‹ auf.

Ein japanisches Pärchen geht jetzt über den Platz, beide ziehen je einen riesigen Metallkoffer auf Rollen hinter sich her, der knarrt und quietscht; wahrscheinlich haben sie ein Zimmer im Hotel Elefant reserviert.

Was hätten die Eltern zu dieser Umgestaltung unseres Hotels gesagt? dachte ich damals. (Die Misere der schlechten Bettenauslastung hat sich bis heute nicht gebessert.) Im Foyer klebten die Handwerker die rosafarbenen Tapeten mit Motiven aus ›Figaros Hochzeit‹ und ›Cosi fan tutte‹ an die Wände. Ich nahm die beiden Tageszeitungen aus dem Fach der Portiersloge (in der meine Schwägerin im tiefdekolletierten Dirndl wie immer mit schriller Stimme telefonierte) und setzte mich ins Frühstückszimmer, hoffte, Marija, der einzige Mensch im Haus, dem ich etwas gelte, werde sich blicken lassen und fragen, ob ich gegessen habe. Aber wie am Vortag (als sie mir mitteilte, ich solle nächsten Samstag mit den Abholungen anfangen, die Saison beginne gut, früher als im letzten Jahr), unterbrach auch diesmal Schwägerin Edith meine Zeitungslektüre. Ihre Wangen rotgefleckt, mit der Zunge befühlte sie die Lücke zwischen ihren Schneidezähnen, als befände sich dort ein Speiserest. Ich solle den VW-Bus in die Werkstatt bringen zum Frühjahrs-Service. Danach hörte ich sie im Foyer rufen, die Getränke, die die Handwerker sich hätten kommen lassen, müssten sie selber bezahlen.

Ich hatte mich darauf eingerichtet, nach Pfingsten mit den verhassten *Abholungen* zu beginnen: am Bahnhof auf ankommende Fernzüge zu warten und Touristen anzusprechen, für das Hotel Hofhaimer anzuwerben und sie gegebenenfalls hinzutransportieren. Wenn ich sie dann vor dem Hotel aussteigen ließ, erschraken manche wegen des Verkehrslärms in der Bayerhamerstraße, wollten zu einem ruhig gelegenen Haus gebracht werden.

Mir war bewusst geworden, dass ich im ganzen Winterhalbjahr nichts Neues geschrieben hatte, kein Gedicht, keine Kurzprosa.

2

JAHRELANG, BIS zu jenem Nachmittag vor drei Jahren in der Galerie Welz (1985, das Jahr, das auch im Impressum seines schmalen Erzählbandes ›Im Heilstollen‹ steht), ist Stefan für mich eine unangenehme Erscheinung gewesen, einer, der sich dauernd selbst in Szene zu setzen versucht. Bezeichnend unser erstes Zusammentreffen: Ich saß am Tisch, wollte gerade aufbrechen, las in einer der dort liegenden Zeitschriften, neben mir auf der kunstledernen Bank die *Süddeutsche Zeitung*. Stefan kam herein, setzte sich an die Stirnseite des Tisches, die Frage der Dame hinter der Bar nach einem eventuellen Wunsch überhörend. Ohne mich zu grüßen, ohne mich zu bemerken, griff er nach meiner neben mir auf der Bank liegenden Zeitung und breitete sie auf dem Tisch auseinander. Obwohl unhöflich, obwohl selten in die

Welz eintretend, war er von der Barfrau freundlich angesprochen worden: »Grüß Gott, Herr Steinmaßl!«, während
sie mir, der ich zwei-, dreimal in der Woche vorbeikomme,
des guten Kaffees wegen und um mich von dem langen
Weg von Schallmoos in die Altstadt auszurasten, höchstens
zunickt. Insgeheim nannte ich ihn einen Schnösel. Er war
damals schon mit Silvia verheiratet, und sein Schwiegervater, der angesehene Juwelier Sattler mit den zwei Häu-
sern in der Getreidegasse, ehrenamtlicher Vize-Präsident
der Stiftung Mozarteum, hatte ihm einen Sekretärsposten
bei der Gesellschaft für Moderne Kunst verschafft, einem
Verein, wie ich in der Welz einmal hörte, den es eigentlich
gar nicht mehr gab, der bloß existierte, weil irgendwelche
Förderungsmittel immer noch weiter gezahlt wurden.

Ich habe Stefan um seine hübsche Begleiterin beneidet
und bin einige Male, nur um sie in der ersten Stuhlreihe
sitzen zu sehen, zu Lesungen gegangen. Aber auch jene
Lesung im Café Mozart – wo er den Monolog eines Stadt-
führers las, der seiner Touristengruppe erklärt, warum er sie
nicht auf die Festung Hohensalzburg führen werde – war
nicht unsere erste Begegnung, nicht einmal jenes Sommerfest beim Architekten Watzinger: Zuerst sind wir uns, jetzt
fällt es mir ein, beim Verleger Ziegelstätter begegnet, der
damals eine hoffnungsvolle Schar junger Autoren um seinen Verlag versammelt hatte, einen Verlag, der, wie Stefan
manchmal gespöttelt hat, sein Geschäft früher hauptsächlich mit Kochbüchern und Broschüren über die Österreichische Skischule gemacht hatte.

Mit einem Mal, vielleicht wegen der Aufmerksamkeit,
die die Autoren Handke und Bernhard in den deutschen

und dann auch in inländischen Blättern erregten – in Österreich wurden die ausländischen Erfolge von einheimischen Fußballern (Tore!) und Skiläufern (Bestzeit!) und nun auch Autoren (Rezensionen!) dankbar vermerkt –, hatten die Presse und das Fernsehen die Literatur entdeckt, und so, seltsam genug, war es dem Verleger Ziegelstätter gelungen, ein Fernsehteam des ORF in sein Haus in Itzling zu bringen, und da sind wir gesessen, sieben oder acht junge Männer und eine junge Frau, die schrieben und sich für Autoren hielten – immerhin hatte Ziegelstätter die Namen dieser Salzburger Literaten von der Literaturabteilung des ORF-Landesstudios erhalten. Stefan hat einmal bemerkt, dass, so wie früher die jungen Leute dem Karl Schranz, dem Hans Krankl oder einem Schlagersänger nacheiferten, jetzt, da alle studierten, viele berühmt werden wollten wie Peter Handke. Dessen Verlag sei es, in den sechziger Jahren vor allem, gelungen, einige seiner Autoren förmlich zu mythologisieren, sodass sogar renommierte Rezensenten wie hypnotisiert Jubelrezensionen verfassten.

Zuerst hat es so ausgesehen, als kenne keiner den anderen. Während die Fernsehleute ihre Geräte aufbauten, trafen die Redakteure der ›Salzburger Nachrichten‹, des ›Volksblattes‹ und des ›Tagblattes‹ ein, und es war nicht zu übersehen: wir, die Autoren, waren Statisten, die wichtigen Leute, das waren für Ziegelstätter die Fernsehleute und die Kulturredakteure, und einer von ihnen war Weiss. Was ist aus diesen angehenden Autoren geworden? Die Kulturämter ermuntern ja junge Leute, Schriftsteller zu werden, Stipendien und Preise werden ausgestreut; bloß hat den künftigen Autoren niemand mitgeteilt, dass sie – selbst wenn es ihnen gelingt, ein Buchmanuskript in einem seriösen Verlag unterzubringen – dann für zwei oder drei Jahre Arbeit bestenfalls so viel verdienen wie der Lektor im Verlag, der Setzer, die Buchhändlerin oder eine Angestellte des Kulturamtes in einem Monat.

Ich weiß nicht mehr, was ich gesagt habe, als die Redakteurin mir das Mikrofon hinhielt und der Scheinwerfer mich blendete, ich erinnere mich bloß noch an die Frage: Ob ich glaubte, in Salzburg könne sich, ähnlich wie in Graz, eine literarische Szene entwickeln. Wir saßen so eingeknickt auf der niedrigen Ledercouch, dass ich nicht frei atmen und bloß gepresst sprechen konnte. Stefan hat sich an jenem Vormittag (ich hatte Nachtdienst in der Portiersloge gehabt, war übermüdet) zurückgehalten, aber einer, der seinen schwarzen Hut nicht abgelegt hatte und der, wenn ich mich richtig erinnere, barfüßig auftrat, hatte sich als Wortführer der Autoren in Szene gesetzt, er rief, das Wort dürfe nicht missbraucht werden zum Transport von Inhalten. Vielleicht, so dachte ich, hat er von dem Auftritt in der Gruppe 47 gehört, der Peter Handke berühmt machte. Ziegelstätter unterbrach ihn, alle Autoren, die hier säßen, seien begabt, und es lebten in Salzburg noch mehr Nachwuchsautoren, es gelte bloß, ein literarisches Klima zu schaffen, in dem diese Talente sich entfalten könnten. Und er erwähnte nicht meine ›Mozart‹-Novelle, sondern einen Roman jenes Frechlings, dessen Veröffentlichung er vorbereitete. Was mich am meisten am Vortrag des Autors gestört hatte, war seine gekünstelte Redeweise, seine prätentiöse Sprache. Obwohl Stefans frühe Arbeiten, soweit ich sie kenne, davon nicht frei waren, waren wir uns später, als wir miteinander redeten, darin einig: Sobald es einer darauf anlegt, Kunst zu machen, geht es in die Hosen. Am gewandtesten hatte dann der Redakteur Weiss ins Mikrofon gesprochen, man merkte, er war es gewohnt, vor einer Kamera zu sprechen.

Unter dem Eindruck jenes Tages habe ich die Weichen für mein Leben gestellt. Ich beschloss, das Studium am Mozarteum nicht abzuschließen, und sagte meinem Bruder, er brauche nicht weiter nach einem Nachtportier zu suchen (der gute Koloman, der schon seit den fünfziger Jahren in unseren Diensten stand, war 83-jährig gestorben). Ungefähr zehn Tage vor den Fernsehaufnahmen war ich im Büro von Ziegelstätter gesessen, der mich im Hotel angerufen und gesagt hatte, mein Kurzhörspiel im Rundfunk habe ihm gefallen. Ich erzählte von meiner Idee einer ›Mozart‹-Novelle, Mozarts letzte Salzburger Jahre, seine Begegnungen mit Michael Haydn, und Ziegelstätter war sogleich beeindruckt, er werde mir einen Vertrag zuschicken. Vorschuss könne er keinen zahlen, die Zeiten seien derzeit schlecht für die junge Literatur, ich müsse mich halt durchsetzen, es gebe Arbeitsstipendien, er habe gute Beziehungen zum Kulturamt der Stadt. Ob ich einen Rezensenten kenne, hatte der Verleger gefragt. Das sei das Allerwichtigste – dabei stand er auf und näherte sich mir auf unangenehme Weise –, Autoren und Texte gebe es wie Sand am Meer. Er könne es sich nicht leisten, Bücher zu verlegen, die dann nicht rezensiert würden. Ein solcher Autor sei im Buchhandel nicht durchzusetzen. Geschickte Autoren schauten sich nach ein paar Rezensenten um. Fahren Sie zu literarischen Wettbewerben und Lesungen und Tagungen, wo Rezensenten auftreten. Freunden Sie sich an! Noch besser wäre ein Skandal. Das Übrige tue er. Am geschicktesten hätten es die Grazer Autoren gemacht: Sie würden namhafte Kritiker aus Deutschland in die Südsteiermark zum Saufen einladen. In Salzburg gebe es keine literarische Tradition, hier drehe sich immer alles um die Musik. Die Professoren der hiesigen Universität habe er auf seine Seite gebracht; die ersten Dissertationen würden über einige seiner Autoren verfasst. Schreiben Sie, schreiben Sie!, hat Ziegelstätter gerufen, ich verspreche Ihnen den Durchbruch in vier bis fünf Jahren.

Zum Sommerfest des Architekten Watzinger im Garten seiner Parscher Villa waren Stefan und Silvia, wie ich gehofft hatte, zusammen erschienen. Ein hübsches Paar! hörte ich Ziegelstätter sagen; dieser war, als ich – etwas gehemmt, denn ich kannte niemanden – auf die Tische im Garten zuging, mit ausgestreckter Hand auf mich zugekommen, er übersah mich jedoch, begrüßte den Landeshauptmann-Stellvertreter, der hinter mir den Garten betreten hatte. Wenigstens, so tröstete ich mich, konnte Ziegelstätter mich nicht nach der ›Mozart‹-Novelle fragen (einmal hatte er sich telefonisch erkundigt, ich solle nicht resignieren.) Die Salzburger Nachrichten hatten einige Monate vorher über die Verlagstätigkeit Ziegelstätters berichtet, und unter den geplanten literarischen Veröffentlichungen war auch eine »Mozart«-Novelle von Leo Hofhaimer vermerkt gewesen. Ich hatte die Arbeit an der Novelle längst aufgegeben, hatte kaum schriftliche Zeugnisse über jene Jahre Mozarts gefunden, und meine Fantasie, mein Sprachvermögen hatten nicht ausgereicht, diesen Mangel zu kompensieren. Von den sechs oder sieben Nachwuchsautoren, die eingeladen waren, sah ich nur Stefan, und so setzte ich mich, da ein Platz neben ihm frei war, zu den beiden. Er hat meinen Gruß kaum erwidert, tat so, als würde er mich nicht kennen. Erst nach seiner Lesung, einer mäßigen Satire auf Dichterlesungen – gleichwohl, die Begeisterung der Gäste, der Applaus waren groß – hat er mir zugenickt. Er hatte ein zerknittertes Skript aus der Innentasche seiner Trachtenjacke – die man damals zu Bluejeans trug – gezogen (schon dies erregte die Heiterkeit des gutgelaunten Publikums), und im Stehen, ein wenig an den Tisch des Buffets gelehnt, hat er, den Arm mit dem Skript, als sei er weitsichtig, weit vorgestreckt, zu lesen angefangen. Ich hatte meinen Stuhl so gerückt, dass ich den Blick frei hatte auf Silvia, und habe während der Lesung nur sie beobachtet. Wie hat sie ihn bewundert! Sie trug ein hübsches blaugemustertes Dirndlkleid, ihre Hände unter der Schürze versteckt; nur manchmal, wenn Stefan selber über seinen Text geschmunzelt hat, griff sie sich ins lange blonde Haar, führte eine Strähne in den Mund und kaute daran. Damals begriff ich vielleicht zum ersten Mal: Die Leute erwarten von der Kunst das »Ja so ist es!« und nicht ein »Ach, so könnte man es also auch sehen!«

Zu denken, wie nahe ich Silvia gekommen bin! In letzter Zeit habe ich mir einige Male überlegt, dass Stefan und ich uns vom Typ her und wir beide wiederum Silvias Vater ähnlich sind: mittelgroße, schlanke Gestalt, schütteres Haar, graue Augen. Ich habe Herrn Sattler, Stefans Schwiegervater, in den letzten Jahren in der Galerie Welz oft beobachten können. Er scheint die Führung des Geschäfts in der Getreidegasse immer mehr seiner Frau und Martha, der älteren Schwester Silvias, überlassen zu haben, und wie viele prominente Salzburger Geschäftsleute der Altstadt pflegte er seinen vormittägigen Kaffee nicht im Tomaselli oder einem der anderen Cafés zu trinken, sondern in der Galerie Welz, wo er bloß halb so viel kostete und außerdem besser war. Ich erlebte es sogar einmal, dass einer dieser Herren, einer der vermögendsten der Stadt, sich bei der Barfrau der Welz beschwerte, weil die Galerie aufgrund des gestiegenen Kaffeepreises für den großen Braunen einen Schilling mehr verlangte. Diese Geschäftsleute sind ja fast alle Kunstliebhaber, einige verstehen auch etwas davon. Von den Kaufleuten, die man immer wieder über den schlechten Geschäftsgang jammern hörte, ist mir Herr Sattler immer noch der liebste. Eine Zeitlang habe ich ihn raunzen hören, weil seine Tochter eines der drei Schaufenster nur für *Wegschmeißuhren* reservierte, wie er sich ausdrückte, Uhren, deren bunte Zifferblätter mit dem Konterfei Mozarts versehen sind. Manchmal stelle ich mir vor, ich würde wie Stefans Schwiegervater im Pensionsalter in so einem soliden dunkelgrauen Anzug durch die Altstadt flanieren – aber ich würde mir wenigstens eine eigene Zeitung leisten und nicht in der Welz darauf warten, bis die dort aufliegende *Presse* frei wird. Ob sich in meinem Gesicht im Alter auch solche Hamsterbäckchen bilden werden?

Einige dieser Kaufleute – Herrn Sattler kannte ich damals noch nicht – sah ich auch beim Sommerfest des Architekten Watzinger, und obwohl er sie als die Besucher von Dichterlesungen durch den Kakao gezogen hatte, applaudierten sie Stefan eifrig; so, wie sie ihm auch applaudiert hätten, wenn er sie als die kurzsichtigen Zerstörer der Altstadt angeprangert hätte, wie er es später getan hat. (Zu spät, denn einem Verrückten oder einem Verstorbenen sieht man alles nach.) Eine viel größere Aufmerksamkeit als Stefans Lesung erregte dann, nachdem das Buffet im Freien leergegessen war, die Darbietung eines zwölfjährigen Wunderknaben, der auf der Geige Ausschnitte aus Haydn-Sonaten spielte. Abwechselnd beobachtete ich das eigenartig grimassierende Gesicht des jungen Künstlers (der, wie Herr Watzinger in seiner Einleitung gesagt hatte, unlängst einen Wettbewerb in Reims gewonnen hatte) und die Steinmaßls, die, wie ich an der fast drei Meter breiten gläsernen Vitrine aus Kirschholz im Hintergrund stehend, das Konzert verfolgten. Er hielt Silvia umarmt, sie lehnte sich, die Augen geschlossen, gegen ihn, seine Arme umklammerten sie unterhalb ihres Busens. Manchmal, wenn sie den Mund ein wenig öffnete und zu ihm hochsah, ähnelte ihr Gesicht mit den aufgeworfenen Lippen dem gewisser Mädchenbildnisse aus der frühen italienischen Malerei. Einen der Gäste, er trug einen Jägeranzug, hörte ich sagen, sein zwölfjähriger Bub, er sei im Lieferinger Internat untergebracht, explodiere jetzt, lese Thomas von Aquin und Nietzsche und verlange jede Woche nach neuen Musikstücken; er füttere ihn jetzt mit Mahler, Liszt und Wagner.

Sobald mir damals klar geworden ist, dass ich nicht über Stefan Steinmaßl schreiben kann, war mir leichter. Über seine frühen Jahre, seine ersten Erfolge zu berichten, seine drei Erzählbände, seine Auftritte, alles das seinerzeit meist zustimmend kommentiert von den hiesigen Zeitungen, lohnte nicht, so schien mir, und wie sollte ich über sein letztes halbes Jahr schreiben: Obwohl es die einzige Zeit ist, in der wir uns näherkamen, beinahe Freunde wurden, verstehe ich bis heute nicht, was mit ihm geschehen ist, und vielleicht geht es auch niemanden etwas an.

Manchmal bin ich in der Nacht aufgewacht durch ein Lachen, das ich gehört oder geträumt habe. Spät zurückkehrende Hotelgäste, oder hat mir von ihm geträumt? Sein Lachen hat mich lange Zeit verfolgt, noch Monate nach seinem Tod bin ich jedes Mal zusammengezuckt, wenn ich irgendwo einen Mann habe lachen hören. Zum ersten Mal habe ich ihn in der Galerie Welz lachen hören. Damals, vor ungefähr drei oder vier Jahren, ein paar Monate bevor er bei Schüssler als Werbetexter angefangen hat, ist er jeden Vormittag in der Bar der Welz gestanden, vor sich ein Glas Wein, und hat sich mit einem jungen Bildhauer oder einem Maler unterhalten. Ich schlief nach dem Nachtdienst ein paar Stunden und kam meistens erst gegen Mittag in die Welz; um diese Zeit hatten seine Augen bereits einen glasigen Schimmer, und er sah mit seinem Dreitagebart aus, als könnte er gleich jemanden niederschlagen. An dem Tag saß er mit ein paar Künstlern am Tisch, und genau in dem Moment, als ich eintrat und zur Bar hinüberging, hat er laut zu lachen angefangen, und ich hatte den Eindruck, er lachte über mich; auch die anderen haben in das Lachen eingestimmt, ich hab mich umgedreht und die Galerie verlassen.

Ich habe darüber mit ihm nicht geredet, auch nicht mit Silvia, aber in jenem Herbst überlegt, ihn nach Saisonende aus der Landesnervenklinik herauszuholen und in einem der leerstehenden hinteren Zimmer im Hofhaimer unter-zubringen. Dort ist der Straßenverkehr kaum zu hören, und wenn, so hätte sein Lachen niemanden gestört. Ich habe auch an den Wohnwagen im Hof des Hofhaimer gedacht, der, bei geschlossenen Fensterklappen, gut isoliert ist. Zu denken, er lebte noch!

Einmal habe ich daran gedacht, zu notieren, von wel-chem winzigen Begebenheiten der Lauf meines Lebens abgelenkt und auf eine neue Bahn geführt worden ist, wie alles auch ganz anders hätte kommen können. Nein, es hätte mein Leben nicht sehr verändert, wenn ich Stefan an jenem Tag auf dem Mozartsteg nicht angesprochen hätte, ich hätte bloß niemals Werbetexte verfasst, wäre bei keiner Autofirma beschäftigt gewesen, hätte ihn wahrscheinlich nicht näher kennengelernt. Es schneite heftig, die Flocken kamen schräg von Westen, und ich überquerte, um den Bus Richtung Sterneckstraße zu erreichen, den Mozartsteg, und auf dem Steg sah ich ihn kommen, seine rechte Hand hielt die Krempe des Hutes, und ich sagte »Hallo!«, und er blick-te sich – schon war ich an ihm vorüber – um, sagte »Wie geht's?«, und ich weiß nur noch, dass ich ihn fragte, warum er nicht mehr in die Galerie Welz gehe und ob wieder ein Buch von ihm erscheine. In der Welz, wo wir uns ungestört hätten unterhalten können, haben wir bis dahin nie mitein-ander geredet, und nun auf der Brücke, im Flockenschwall, der Winter schien noch einmal zurückzukehren, blieben wir eine ganze Weile stehen, ich wartete, bis er sich umdrehen und weitergehen würde, wusste nicht, was ich noch sagen sollte. An Samstagen, sagte er, ginge er manchmal in die Welz, er habe eine Stellung angenommen in der Werbebranche, im Autohaus Schüssler. Mit der Literatur habe er jetzt wenig im Sinn, hat er hinzugefügt. Das ist mir dann auf der Heimfahrt durch den Kopf gegangen. Zwei Monate zuvor war im lokalen Radioprogramm ein dreißigminütiges Hörspiel von mir gesendet worden, eigentlich war es kein Hörspiel, sondern ein Text über den Kapuzinerberg, Frucht meiner vielen Spaziergänge; ein Text, den ich durch Dialoge (ein Fossiliensammler, eine Sängerin) gegliedert und rundfunkgerecht umgearbeitet hatte. Eine Woche später rief mich ein Herr Hofstetter an, er habe meine Rundfunksendung gehört, sei Pensionist, habe sich sein Leben lang mit der Großglocknerstraße beschäftigt und Material gesammelt, auch sei er seinerzeit als junger Mensch bei der Baubrigade gewesen, die die Glocknerstraße erbaut habe. Er besitze Briefe und Postkarten, die von Arbeitern der Brigade geschrieben worden seien. Zuerst dachte ich, der Mann wolle mir seine Manuskripte zur Verfügung stellen, sagte, ich sähe mir die Sachen gerne an, er fuhr fort, er wolle einen Roman schreiben, bräuchte die Hilfe eines Autors, dreimal habe er schon zum Schreiben angesetzt … Ich versuchte ihn abzuwimmeln, hätte eigene Projekte, keine Zeit für etwas anderes. Hofstetter rief mich immer wieder an, schickte einen dicken Packen fotokopierten Materials; doch erst ein halbes Jahr später, als ich in der Zeitung die Anzeige seines Todes sah, begann ich in den Unterlagen zu lesen. Damals, als ich Stefan auf dem Mozartsteg traf, hatte ich bereits ungefähr hundert Seiten des Glockner-Romans geschrieben, jeden Nachmittag arbeitete ich daran; damals glaubte ich den Stoff noch bewältigen zu können, ich rechnete mit dreihundert Seiten, suchte schon Abbildungen der

Glocknerstraße zusammen für ein Titelbild des Buches. Dann las ich im Stierwascher Stefans Satire ›Gefährdung von Menschenleben‹, und ich wurde wieder irre, denn mir schien, auf einer halben Druckseite hatte er – freilich in einem anderen Genre – mehr geleistet als ich auf hundert.

In der Ehe der beiden kriselte es, aber sie haben noch gemeinsam das Haus draußen in Morzg bewohnt, jene Villa mit dem großen Garten, wo ich sie im Sommer und Herbst jenes Jahres besuchte. Hatte Silvia sich von ihm als Schriftsteller mehr Erfolg erwartet? Über seine Einkünfte wird er keine falschen Hoffnungen geweckt haben. Hat sein Schwiegervater, der sicherlich für ihren Lebensunterhalt aufgekommen ist, mehr erwartet? Silvia hat damals gerade ihr Studium abgeschlossen, und sie haben in Morzg ein aufwendiges Leben geführt. Ich beobachtete, wie er in der Galerie Welz öfter mit Frauen geflirtet hat. Auf einmal war er nicht mehr so herablassend wie früher. Als sein Erzählbändchen ›Begegnung in der Brothäuslau‹ erschien, hat er in der Welz sogar ein Exemplar aus seiner Rocktasche gezogen, es mir hingeschoben und gesagt: »Steck es ein«, als genierte er sich damit, und hat mir von seiner Doderer-Lektüre (›Der Grenzwald‹) erzählt, wie schade es sei, dass Doderer dieses Roman-Projekt nicht mehr habe vollenden können! Und bald darauf war es, dass er in der Welz vor einem großformatigen Notizblock saß und Sätze probierte und mir erklärte, er bräuchte einen knalligen Slogan für das neue Cabrio von Yamato. Er könne nicht von neun bis sechzehn Uhr mit Krawatte im Büro sitzen, in der sterilen Atmosphäre dort falle ihm nichts ein. Die besten Einfälle habe er auf der Fahrt in die Stadt, beim Friseur oder in der Kantine … Ich las, was er notiert hatte, »Sonne pur und frische Luft«, »Dem Himmel auserkoren«, »Mach dich frei« (»alles Blödsinn«, unterbrach er mich), ich nahm seinen Stift und schrieb den Satz »Sonne, Wind und Lebenslust« hin. »Nicht schlecht, das könnte sogar gehen«, sagte er, »probier's weiter.« Angespornt schrieb ich Wörter und Sätze hin (»Heben Sie ab!«, »Aus Liebe zur Sonne«), strich durch, verbesserte, ließ den Kaffee kalt werden. Ich weiß nicht mehr, ob es an jenem Samstag war, dass er mir erzählte, seine Frau habe vor ein paar Jahren geerbt, ein Haus in Bad Ischl, das habe sie verkauft und sich am Autohaus Schüssler – Schüssler junior sei ein Cousin Silvias – beteiligt. Eigentlich plane Silvia aber, eine eigene Werbefirma zu gründen, mit Schüssler als dem ersten Kunden. Schüssler sei ja nun der Generalimporteur für Österreich und darüber hinaus sowieso einer der einflussreichsten Männer der Stadt. Die höheren Politiker verkehrten bei Schüssler senior, und Schüssler spiele sich mit ihnen, er spende an die Parteien, und die Verkehrspolitik der Stadt werde nicht von den Einwohnern oder den gewählten Politikern gemacht, sondern von Schüssler und den anderen Autohäusern. Die Cocktail-Partys bei Schüssler seien berühmt: Könnte man sich durch das Lösen einer Eintrittskarte Zutritt zu ihnen verschaffen, die Salzburger Schickeria würde das Doppelte einer Festspielkarte bezahlen.

Ein paar Wochen darauf erzählte er mir, mein Slogan habe eingeschlagen, ob ich nicht für Schüssler arbeiten wolle, und ich solle nächstes Mal eine Rechnung mitbringen über dreitausend Schilling, das sei das Honorar, sie hätten heuer ein ungewöhnlich hohes Werbebudget von den Japanern erhalten. Er hätte Herrn Schüssler spaßeshalber vorgeschlagen, sie sollten in Verbindung mit dem neuen Yamato GT einen Literaturwettbewerb veranstalten zum Thema Auto, und Schüssler junior habe das ernst genommen, ihn gebeten, den Wettbewerb auszuarbeiten; ohne die Kultur sei heutzutage kein erfolgreiches Marketing mehr möglich. »Was ist?«, sagte Stefan. »Mach mit, es gibt 20 000 Schilling, Hinz und Kunz werden sich beteiligen, aber die Jury bin ich.« Zu kritisch dürfe ich freilich nicht sein, das solle ich mir für ein anderes Mal aufheben. Vielleicht wolle ich sie einmal besuchen draußen in Morzg? Oder wenn mein Weg mich nach Lehen führe, solle ich doch bei Schüssler vorbeischauen, in der Verkaufshalle nach ihm fragen. Er habe seinen Führerschein erst seit einem Jahr, hat er meine Einwände beiseitegeschoben, auch er habe keine Ahnung von Autos gehabt, das lasse sich rasch lernen. Man müsse sich bloß mit dem Produkt eingehend auseinandersetzen, sich klarmachen, was die Menschen in ihrem Leben am heftigsten entbehren, und darauf mit der Produktwerbung reagieren. Ganze Stöße von Autozeitschriften habe er durchgesehen, und viele Anzeigen seien ihm recht unambitioniert vorgekommen.

Wieder war ich zu Mittag ohne einen einzigen Hotelgast heimgefahren, obwohl ich in jenem Frühsommer die neue Uniform trug, dunkelblauer Blazer, goldene Krone mit dem H auf der Brusttasche, Chauffeurkappe. Auch der VW-Bus machte, dunkelblau lackiert, goldene Krone auf der Tür, einen seriösen Eindruck, aber er hatte 160 000 Kilometer auf dem Tachometer und rumpelte und schepperte unbeladen noch mehr über die durch unzählige Straßenaufgrabungen und Frostaufbrüche holperig gewordene Schallmooser Hauptstraße. Beinahe hätte ich ein Pärchen aus der Schweiz überzeugt, das Mädchen war dafür, aber der bärtige junge Mann flüsterte dann mit ihr und zog sie weg, sie gingen die Unterführung zu den Bussen hinunter. Ich wartete noch den Eurocity aus München ab und den Mozart aus Wien. Eine vierköpfige Gruppe von Franzosen wimmelte mich ab, stellte sich beim Informationskiosk des Stadtverkehrsbüros an, und ich ging ins Buffet, ein Achtel Weißen trinken. Mein Bruder wetterte wieder über die Stadtpolitiker, die zuließen, dass ausländische Konzerne jedes Jahr neue Allerweltshotels in der Stadt errichteten, die dann, halb leerstehend, mit Dumpingpreisen das Nächtigungsgeschäft ruinierten. Manchmal fragen gebildete Hotelgäste, ob unsere Familie von dem berühmten Komponisten abstamme. Und während ich im Regen heimwärts gefahren bin, überlegte ich, wie immer, wenn ich keinen Gast fürs Hofhaimer gewinnen konnte, ob ich einen Umweg über Lehen machen solle, den Bus auf dem Parkplatz des Autohauses Schüssler abstellen und in die Verkaufshalle gehen. Die Verkäufer kannten mich schon, immer griff einer von ihnen, der gerade keinen Kunden vor sich sitzen hatte, nach dem Telefon und verständigte Stefan, ich machte einen Rundgang in der Halle, schaute mir die verschiedenen Yamato-Modelle an. Wie er mir eines Abends den Schlüssel zu einem neuen Raffaelo gegeben hat, ich solle eine Runde damit fahren. Was für ein Vergnügen mir das Lenken dieses Wagens gemacht hat! Und wahrscheinlich hat die Vorstellung, eines dieser Modelle fahren zu können (keiner der Mitarbeiter fahre sein eigenes Auto), dazu beigetragen, mein Leben als Nachtportier aufzugeben und den angebotenen Werkvertrag als Werbetexter der Firma Schüssler anzunehmen. Schon am 1. Juni saß ich als freier Mitarbeiter an dem Schreibtisch im zweiten Stock – helles großes Büro, überall riesige Philodendronstöcke – und war froh, dass sich vorerst keiner um mich kümmerte. Silvia, die Chefin (»CD« = Creative Director), hatte mich den Kollegen vorgestellt, die Namen vergaß ich gleich wieder, drei Grafikerinnen, ein Texter (Stefan, der zweite, war gerade auf einem Seminar in Wien). Silvia arbeitete an einer ganzseitigen Anzeige für die Auto-Beilage der *Salzburger Nachrichten*. Ich solle mich einstweilen mit dem Computer vertraut machen. »Drück einfach F1, das Tutor-Programm.« Ich traute mich nicht zu sagen, dass ich noch nie auf einem solchen Gerät gearbeitet hatte. In der Nacht war ich die meiste Zeit wach gelegen und hätte jetzt nichts sehnlicher gewünscht, als meinen Kopf auf die Schreibtischplatte legen und einschlafen zu können. Später kam sie mit ein paar Ordnern und Klarsichtmappen zu meinem Schreibtisch. »Lesen Sie sich einmal ein über dieses Auto, schauen Sie sich die Unterlagen der Konkurrenz durch und versuchen Sie, ein Inserat zu konzipieren und zu texten, wie wir den GI von den Fahrzeugen der Konkurrenz abheben können.« Ihr bestimmter Ton erstaunte mich; vorher hatte sie mit einem Herrn gestritten, der ihr ein Blatt überreichte: Wie ich später begriff, war es der Leiter der Marktforschung, jeden Vormittag meldete dieser die Verkaufszahlen der Konkurrenz. »Wir müssen diese Woche noch etwas für unsere Händler tun!«, hatte sie gerufen. »Sonst rührt sich nichts!« Stefan hatte mir erzählt, Generalimporteur sei ein hartes Geschäft: Die Verkaufszahlen dürften nicht sinken; die Japaner neigten ohnehin wieder dazu, die Niederlassung nach Wien zu verlegen.

Ich hatte mir diese Werbeabteilung ganz anders vorgestellt, vor allem nicht so groß; von Produkt-Management hatte ich keine Ahnung. Von Stefan hatte ich gehört, die Japaner lieferten alles, Inserate und andere Werbemittel, Vorschläge für Aktivitäten, das meiste davon sei aber nicht zu verwenden, sie müssten es ändern, auf die österreichische Mentalität zuschneidern. Eine junge Frau am Schreibtisch vis-à-vis schnitt mit der Schere Textstreifen aus und klebte sie auf einen weißen Karton.

In der Firma konnte ich sie beide beobachten. Zu Mittag, an jenem 40. Geburtstag des Juniorchefs, dachte ich, sie hätten sich wieder gefunden, ich sah, wie sie einander in der Garderobe auf dem Gang umarmten; ein wenig schmerzte mich das, gerade hatte Silvia angefangen, mir vertraut zu werden, sie setzte sich an meinen Schreibtisch, wenn sie eine Zigarettenpause machte, trank von meinem kalten Kaffee und sagte nicht mehr Herr Hofhaimer, sondern Leo. Ein paar Mal hat Stefan mich nach Morzg eingeladen. Anfangs hatte ich Scheu, wollte nicht in ihre Sphäre eindringen, ich habe es nie leiden können, wenn Paare in Gegenwart anderer zärtlich miteinander werden, sich küssen, und gerade bei ihnen hätte ich das nicht ausgehalten.

Dann haben sie sich getrennt, Silvia behielt das Haus in Morzg, Stefan hat sich zwei Zimmer in der Kaigasse genommen. Als ich nun an jenem Samstagnachmittag endlich nach Morzg fuhr – gemeinsam, so hatten wir ausgemacht, würden wir dann am Abend in einem Taxi zur Geburtstagsparty des Juniorchefs fahren, merkte ich sofort, dass ich zum falschen Zeitpunkt gekommen war. Silvia ließ sich nicht blicken, Stefan ist im Garten gesessen, auf dem Tisch und auf der Holzbank lagen Teile der Wochenendausgabe der *Süddeutschen* und der *Salzburger Nachrichten*. Er legte mir die Zeitungen hin, ob ich auch einen Whisky wolle oder was anderes.

Als endlich Silvia im Garten erschien, streng wirkte sie in ihrem braunen Hosenanzug, hat sie mich mit einem knappen »Hi« und einem Augenaufschlag begrüßt. Dicke Luft, dachte ich, spazierte mit meinem Glas herum, suchte vergeblich nach der Marmorwand, von der Stefan erzählt hatte: Der Bildhauer Gehmacher würde den Block bearbeiten, und in diese Marmortafel würde Stefan die Namen Salzburger Politiker, die für die Zerstörung der Stadt nach 1955 verantwortlich waren, einmeißeln lassen; diese Tafel würde er dann für alle Zeit im Garten aufstellen, wobei die bereits begangenen Untaten eingetragen und alle künftigen jeweils nachgetragen werden sollen.

3

DAS TELLERKLAPPERN, das Aufschlagen der Hufeisen auf dem Pflaster, das Knarren der Fiakerräder, das Knirschen und Spritzen des Kieses, wenn der Ober sich nähert. Auch früher standen die Taxis nahe beim Tomaselli-Garten, an der Ecke zum Residenzplatz, vier oder fünf; heute sind es acht, und die letzten drei stehen direkt vor der Begrenzung zum Gastgarten. Alle paar Minuten, wenn eines der vorderen mit einem Fahrgast davonfährt, starten die übrigen und fahren ein paar Meter vor; die Abgasschwaden ziehen herein in den Cafégarten. Stefan hätte, wäre er mit mir am Tischchen gesessen, vielleicht virtuos eine Einlage improvisiert, den Gestank der Pferdescheiße (breitgewalzt von den Reifen der Mercedes-Taxis) und den Gestank der Auspuffgase gegeneinander abgewogen.

Wie unappetitlich von anderen Leuten benutzte Tassen, Tortenteller mit Krümeln und Resten von Schlagobers aussehen! Der Alte Markt liegt jetzt völlig in der Sonne; vor dem Café Fürst gegenüber sind die paar Tischchen in dem kleinen schattigen Areal alle besetzt. Der Ober reicht mir die frei gewordene *Süddeutsche Zeitung*. Gottseidank, die Frau mit dem Baby will zahlen!

Zum zweiten Mal sehe ich draußen den jungen Autor (er heißt, glaube ich, Reinisch) vorbeigehen und zu mir herschauen. Am Samstag wären wir beim Eingang des Gartencafés beinahe zusammengestoßen, und es tat mir dann leid, ihn etwas schroff abgewimmelt zu haben; er hatte mir zu meiner Rundfunk-Erzählung gratuliert. Im letzten Winter hatte ich in der Zeitung einen Bericht über seine Lesung in der *Leselampe* gesehen, der Rezensent hatte den Autor arg zerzaust und geschrieben, es sei ein verlorener Abend gewesen. Mir ist dann eingefallen, dass Stefan mich jahrelang wahrscheinlich auch nicht anders gesehen hat als ich jetzt diesen Reinisch. Ich denke, die Achtung oder Missachtung eines Kollegen hängt meistens nicht von der Qualität seiner

Arbeiten ab (die wir oft gar nicht gelesen haben), sondern davon, was wir in der Zeitung über den Künstler lesen oder wie ein prominenter Verlag seinen Autor präsentiert. Und mir fiel ein, wie wir einmal über Thomas Bernhard geredet haben und Stefan Vermutungen darüber angestellt hat, wie dessen Karriere als Autor verlaufen wäre, hätte er seine Bücher bei Zsolnay oder Langen-Müller herausgebracht. Ich merke, es schmeichelt mir, dass dieser Reinisch mich für einen Schriftsteller hält.

Der Doktor Fürstauer nähert sich meinem Tisch, Stefans Doktor Fürstauer! Radlerhosen, Stirnband, modischer grüner Rucksack. Hier sei doch noch frei? Er entledigt sich des Rucksackes. Zuerst bin ich verärgert, dass ich gestört werde, ich hatte eben das Feuilleton der *Süddeutschen* aufgeschlagen. Sein wächsernes Gesicht ist noch stärker von Furchen durchzogen, als ich es in Erinnerung habe. Ob ich schon gelesen hätte? Er zieht die Wochenendausgabe der Salzburger Nachrichten aus dem Rucksack. »Ein großartiger Autor, dieser Steinmaßl, der größte!« Er sucht und schlägt eine Seite auf. »Es ist alles lächerlich. Vorläufige Anmerkungen zu Stefan Steinmaßl. Von Klaus Weiss.« In der Mitte des Blattes das große Bild von Stefan, wie er an einem Tisch sitzend aus einem Buch liest. Im unteren Viertel der Seite die drei kurzen Prosastücke und der kleine, kursiv gesetzte Kommentar. Er könnte sich doch denken, dass ich die Zeitung lese! Umständlich – die Frau schiebt ihren Kinderwagen zum Ausgang – setzt der Doktor sich und nimmt das Stirnband ab.

Mir fällt ein, dass Stefan mir während eines Besuchs bei

ihm in der Landesnervenklinik erzählt hat, der Herr Doktor sei zwar eine Kapazität und auch sehr umgänglich, habe aber nichts im Kopf als Autos; sogar während der Therapiesitzungen frage er immer einmal nach diesem und jenem Yamato-Modell. Jetzt ist es schon anderthalb Jahre her, sagt Fürstauer. Er hätte nicht anzuspielen brauchen auf den Unfall, ohnehin habe ich ihn immer mit Fürstauer verbunden, er ist es gewesen, der mir als Erster darüber berichtet hat, er war der erste Arzt am Unfallort, sein Dienst habe gerade geendet, er sei zum Parkplatz gegangen, als er den Menschenauflauf auf der Ignaz-Harrer-Straße bemerkte. Fürstauer, er redete mit Augenzeugen, hat mir den Unfall so eindringlich geschildert, dass ich, sobald ich an ihn denke, immer Stefan sehe, wie er, lachend die Straße überquerend, von dem Lieferwagen angefahren, durch die Luft gewirbelt wird, und zugleich fällt mir dabei immer ein Unfall in der Schallmooser Hauptstraße ein, den ich vor ein paar Jahren gesehen hatte: Ein Auto schleuderte einen Schäferhund in die Höhe, dieser, nachdem er aufgeschlagen war, versuchte auf die Beine zu kommen. Ich hab die Zeitung daheim, sage ich zu Fürstauer, der hinten, an der Mauer zur Residenz, ein freies Tischchen entdeckt und es jetzt eilig hat.

Früher habe ich Stefan ab und zu verdächtigt, er habe mich, indem er mir den Werkvertrag als Werbetexter in der Firma Schüssler verschaffte, vom Schreiben abhalten wollen. Und als ich dann in der Werbeabteilung tätig war, hat er mich oft in Gespräche über Bücher verwickelt, und ich habe mir – jetzt hatte ich das Geld dazu – diese Bücher gekauft und dann an den Wochenenden nicht geschrieben, sondern gelesen, vor allem die Werke seiner Lieblingsautoren Henry James, Thomas Wolfe und Julio Cortazar. Umgekehrt konnte ich ihn für Lernet-Holenia (›Baron Bagge‹, ›Der Graf Luna‹ oder ›Beide Sizilien‹) nicht begeistern. ›The Aspern Papers‹ ist in meinen Besitz übergegangen; er hatte mir den Band, kurz bevor er sich in der Landesnervenklinik in Behandlung begeben hat, geliehen (»eine Schande des deutschen Verlagswesens, keine deutsche Ausgabe dieser Erzählung!«), und ich muss gestehen, dass ich, mein Englisch ist gar zu mangelhaft, nur bis zur Hälfte gekommen bin. Wie oft mag ich ›Die Lehre des Meisters‹ gelesen haben? Lange Zeit vermutete ich, er wolle mir mittels dieser Erzählung etwas mitteilen. Es sei nicht gut fürs Schreiben, ohne Frau zu leben, hat er einmal gesagt, worauf ich im Spaß Thomas Bernhard zitierte, mit einer Frau könne man nur »blöde Bücher schreiben«. Nabokov, Joyce, Thomas Mann, Svevo hat Stefan augenblicklich genannt – es seien nicht gerade die dümmsten Bücher, die sie geschrieben hätten.

Lange habe ich den *Tick*, wie Stefan seine »Zwangsneurose« (Fürstauer) genannt hat, nicht verstanden, und ich verstehe es heute noch nicht, was damals in ihn gefahren ist. Manchmal habe ich gedacht, dass er alle zum Narren hält.

Weiss hat es sich leicht gemacht mit seinem Aufsatz über Steinmaßl, hauptsächlich hat er seine früheren Rezensionen geplündert. Dann hat er, glaube ich, einen Satz seines Kollegen aus der Lokalredaktion zitiert, ohne ihn als Zitat kenntlich zu machen (»… indem natürlich die Realität erfunden ist …«). Immerhin, eine Seite für Stefan Steinmaßl. Als ich am Samstagnachmittag ins Hotel kam, machte sogar mein Bruder mich aufmerksam: »Über deinen Freund steht was in der Zeitung.« Ich dachte, vielleicht tue ich Weiss unrecht. Was er über Stefan und wie er es geschrieben hat, das wollen die Leute lesen, auch Stefans Publikum von früher, soweit sie das Feuilleton nicht überblättern.

Ein schwarzer Audi, langer Kombi, rollt lautlos über den Platz. Als ich in den Tomaselli-Garten eintrat, stand ein Abschleppwagen auf dem Platz; der Fahrer war damit beschäftigt, einen schwarzen Alfa mit italienischem Kennzeichen hochzuhieven. Waren es früher deutsche Autofahrer, die die Fußgängerzone ignorierten, in die schmalsten Gassen hineinfuhren, so sind es nun seit einiger Zeit Italiener, und es scheint, dass eine gewisse Sorte von ihnen noch viel unverschämter ist als Touristen anderer Nationen; sie denken, der Besitz eines teuren Wagens berechtige sie zu allem, und den Einheimischen bleibt nichts als die Schadenfreude, wenn solch ein Wagen abgeschleppt wird. Ein Mann in einem Nadelstreifen-Anzug legt am Nebentisch seinen Aktenkoffer ab, öffnet ihn, Magazine, eine Krawatte, er entnimmt einen dünnen Ordner und einen Stift und stellt das Köfferchen neben den Stuhl. Jetzt geht, mit einem Stock, draußen der Schriftsteller Straßer vorbei. Er ist alt geworden, denke ich, unbeachtet von den Medien; im Vorjahr, an seinem 75. Geburtstag, eine kurze Notiz in der Zeitung. Kein namhafter Verlag war je an ihm interessiert. Auf ihn hat Stefan mich aufmerksam gemacht, als ich in der Welz spöttelte: »Jetzt kommt der Altmeister.« Einige seiner Erzählungen seien nicht schlechter als die, die derzeit in den großen deutschen Feuilletons hochgelobt würden, wies er mich damals zurecht, und ich fürchtete: Vielleicht denkt er jetzt, besser als der Hofhaimer ist der Alte immer noch. Da Straßer früher Lehrer war, wird er wenigstens eine Pension erhalten und nicht auf den Ämtern um eine Unterstützung betteln müssen.

Eine Notiz im Kulturteil berichtet, Thomas Bernhard habe einen großen italienischen Preis abgelehnt. Dazu fällt mir Stefan ein: Sein größtes Genie habe Bernhard bewiesen, indem er seinen Verleger so von sich und seiner Literatur überzeugte, dass dieser auf sonst unübliche, utopische finanzielle Forderungen einging und damit Himmel und Hölle und vor allem die dem Verlag gewogene Presse in Bewegung setzen musste, was wiederum den Autor in eine günstige Position versetzte, sodass er seine Forderungen abermals in die Höhe schrauben, eine weitere Liegenschaft erwerben konnte … Bernhard wolle jetzt nichts mehr davon wissen, dass er früher, auf dem Weg zum Erfolg, wie ein dressiertes Zirkushündchen über alle Stäbchen gehüpft sei und beim Ministerium um Stipendien angesucht habe. Der Bernhard habe das, was die deutschen Zeitungen lobend über seine Bücher geschrieben hätten, tatsächlich ernst genommen, er habe geglaubt, auf den Doderer herunterschauen zu können … Einige Erzählungen seien wirklich gut, ›Midland in Stilfs‹, ›Die Mütze‹, ›Zwei Erzieher‹ – aber auch diese trügen den Keim der Manier in sich; vieles wie die Erzählungen ›Ja‹ oder ›Der Untergeher‹ sei unerträglicher, unlesbarer Schmäh, vor dem die humorlosen Großmeister der deutschen Kritik in die Knie gesunken seien … Paralysiert von dem, was man in den sechziger Jahren engagierte Literatur genannt habe, vom Kauderwelsch der theoretischen Schriften, seien ihnen die Nachrichten von Tod und Verstörung, von menschlichen Abseitigkeiten und Schändlichkeiten als eine Offenbarung erschienen ... Selten – wie in manchen Passagen von ›Wittgensteins Neffe‹ – sei das Geblödel dem Bernhard zur höheren Unterhaltung geglückt. Er, Stefan, fürchte jedoch, der Bernhard habe nicht begriffen, wie lächerlich heutzutage eine literarische Karriere wie die seine sei; man könne nicht einmal sagen, er sei ein Opfer der Verwertungsindustrie geworden.

Um hinter das Geheimnis von Stefans Lachanfällen zu kommen, bin ich sogar einmal die Treppen des Linsmaierhauses hinaufgestiegen. Ich fing an (da ich nicht weiß und nie wissen werde, was Stefan da wirklich passiert ist), mir eine Geschichte auszudenken: Im vierten Stockwerk habe ich jenen Raum der vorgestellten Begegnung gefunden, eine Art Gymnastik- und Kinderspielraum, aber kein Mensch war zu sehen. Die Presse bezeichnete es seinerzeit als revolutionär, dass im Mittelteil der Häuser solche Räume errichtet wurden. In die Kellerräume der Wohnblocks drangen immer wieder verdächtige Leute ein, Sandler, Kriminelle. Vor allem Frauen fürchteten sich davor, abends in die Wasch- und Trockenräume hinunterzugehen oder gar Kinder allein dort spielen zu lassen.

Ich überlegte mir, wie ein paar solcher Eindringlinge das Treppenhaus hinaufspazierten und den Raum auf der vierten Zwischenetage fanden. Ich stellte mir vor: Ein Pärchen, unterwegs zu einer Party, ändert durch eine Begegnung mit ihnen im Treppenhaus seine Weltsicht völlig, eine Art Geistesblitz; wenn dieses Pärchen dann oben in der Wohnung, wo die Party stattfindet, ankommt, findet es die ganze Gesellschaft bloß noch widerlich oder lächerlich. Ich fragte mich, ob es mir gelänge, das Zusammentreffen (mit einer Gruppe von Revolutionären oder Sandlern?) plausibel zu schildern. Jedenfalls war Stefans Abenteuer kein erfundenes. Im Foyer, als wir zu dritt auf den Lift warteten, um zur Geburtstagsparty des Chefs zu gelangen, war er schlecht gelaunt, aber völlig normal.

4

ICH SEHE uns auf das Linsmaierhaus hinter dem Lehener Park zugehen, ich fürchtete, Stefan könnte es übelnehmen, dass Silvia nicht mit ihm, sondern in meinem Wagen mitgefahren war und sich vor dem Haus, als wir uns auf dem mit Sträuchern und Laternen gesäumten Weg dem Eingang näherten, bei mir einhängte und überhaupt plötzlich bester Laune war. Ob ich jemals in einer Wüste gewesen sei? Nie war sie mir reizvoller erschienen als an jenem Abend, in ihrem Kleid aus geripptem schwarzem Stoff, tief dekolletiert, das Kleid auf einer Seite abgeschrägt, ihren Oberschenkel entblößend. Es schmeichelte mir, dass sie mich behandelte, als sei ich einer von ihnen, ausgestattet mit ihren finanziellen Mitteln. Ich erinnerte mich an ihren Streit im Garten, eine Stunde zuvor: Während Silvia von einer Marokko-Reise schwärmte, zwei Wochen Badeaufenthalt und eine

Woche Wüstenrundreise im Jeep mit Nächtigung in Zelten, hatte er darauf bestanden, sich in eine Almhütte in Hofgastein zurückzuziehen und an seiner Lenz-Erzählung zu arbeiten. Es war noch taghell, er war vorausgefahren, hatte seinen Wagen nicht wie ich meinen draußen auf dem Gehsteigrand abgestellt, war die betonierte Rampe hinaufgefahren zum Parkplatz, der mir vorkam wie ein riesiger Teller auf einem dünn wirkenden Stiel; der ganze vor einem Jahr fertiggestellte Bau – wie ich dann auf der Party hörte – ein Werk des Architekten Gumpold, benannt nach dem früheren Bürgermeister Linsmaier und, wie Silvia mir, während wir auf den Lift warteten, erzählte, im Besitz des Schüssler-Imperiums; der Junior habe ihr im Frühjahr ein Apartment im Linsmaier-Building angeboten. (Mich würde es schon stören, in einem Haus zu wohnen, das man Building nennt, dachte ich. Ich behielt diesen Gedanken für mich, da ich fürchtete, Silvia damit womöglich zu verstimmen. Eine Weile vorher hatte sie von ihrem Outfit gesprochen.)

Während ich den Wagen von Morzg nach Itzling steuerte, erzählte sie mir von dem Mechaniker Mirko, der, nachdem er ein Jahr in der Werkstatt gearbeitet, im Urlaub daheim in Kroatien geheiratet und mit seiner Frau zurückgekehrt war, sich auf einmal in diesem Frühjahr in sie, Silvia, verliebte (ein einziges Mal, erklärte sie, sei sie mit ihrem Cabrio in der Werkstatt gewesen, um den Außenspiegel, den ihr jemand zerschlagen hatte, erneuern zu lassen). Dieser Mirko habe ihr jeden Tag einen Liebesbrief geschrieben, habe die Arbeit in der Werkstatt vernachlässigt, sei oben in der Werbeabteilung vor der Glastür herumgestanden. Der Meister drohte, ihn zu entlassen, auch sei Mirko nicht mehr in die eheliche Wohnung gegangen, habe bei Freunden im Bahnhofsviertel genächtigt. »Das ist Leidenschaft!«, rief Silvia, wir hatten die Eingangstreppe erreicht. »Das möchte ich einmal bei einem österreichischen Mann erleben!« Dabei blickte sie zu mir her. Jedes Mal wenn sie den Riemen ihrer Handtasche an der Achsel zurechtrückte, klaffte der Ausschnitt ihres Kleides, und ich musste mich beherrschen, nicht auf ihre Brüste zu starren. Kaum zu glauben, wie übelgelaunt und fahrig sie eine Stunde vorher noch gewesen war; ich wünschte bloß, ich könnte – mit ihr im Arm – endlos so weiterspazieren. »Erzähl mir was!«, hatte sie gesagt, als wir in Morzg durch den Vorgarten ihres Hauses und über die Straße zu meinem Wagen gingen. Die weiße Rose, die sie über der linken Brust an ihr Kleid geheftet hatte, brachte mich darauf, ihr von meiner wieder aufgenommenen Proust-Lektüre zu erzählen, der Cattleya-Szene, aber sowie ich damit anfing, unterbrach sie mich mit der Geschichte über den jugoslawischen Mechaniker. Als wir ins Foyer des Linsmaierhauses kamen, stand Stefan bereits vor dem Lift – er musste das Haus durch einen Nebeneingang betreten haben – und tippte ständig auf den Schalter. Obwohl, wie er mir erklärte, nur wenige Firmenangestellte eingeladen worden waren, hauptsächlich die sogenannte *alte Garde*, Prokuristen, Verkaufsleiter und Werkstättenchefs – es sei eine Ehre für mich (allerdings klang es ein wenig ironisch) –, hätte ich wohl ohne die beiden nicht an dieser Geburtstagsparty teilgenommen; doch war ich neugierig, zu beobachten, wie es bei einem der mächtigsten Männer der Stadt zuging.

»Jetzt reicht es mir!«, hat er plötzlich gerufen, hat sein Sakko ausgezogen, es sich um die Schulter gehängt und ist die Treppe hinaufgestiegen. Ich habe nicht verstanden, was er gemeint hat: Provozierte Silvias übermütige Laune ihn (seit Jahren hatte ich keine Zigarette mehr geraucht, aber als sie jetzt ein Päckchen aus ihrer Handtasche zog und auch mir anbot, rauchte ich mit ihr) oder dauerte ihm das Stehen vor dem Lift zu lange – obwohl wir bis zu seinem Verschwinden keine fünf Minuten gewartet hatten? Ein weiteres Paar erschien dann noch, die Gemeinderätin Leberbauer mit ihrem Gatten, wie Silvia mir zuflüsterte, und ich könnte nicht sagen, wie lange wir vor der geschlossenen Lifttür gestanden sind. »Erzähl mir was! Weißt einen guten Witz?«, hat sie gesagt, während sie ihre Zigarette auf der Schale des verchromten Gestells vor der Lifttür ausdämpfte. Ich überlegte krampfhaft, was ich ihr sagen könnte. Proust hatte sie nicht interessiert. Mir fällt auf, dass ich immer, wenn ich einer Frau, um sie zu unterhalten, etwas erzählen wollte, etwas Gelesenes und nicht etwas wirklich Erlebtes wählte. Ich hatte damals in den Erzählungen Hawthornes gelesen und überlegte, ihr die Geschichte Wakefields zu erzählen, des Ehemannes, der eines Abends nicht mehr zu seiner Familie zurückkehrte, sich stattdessen zwanzig Jahre lang in einem Zimmer in der Nähe einmietete.

Weil das Penthouse Schüsslers sich im achten Stockwerk befindet und vor allem wegen Silvias hochhackiger Schuhe habe ich nicht vorgeschlagen, Stefan über die Treppe zu folgen.

Etwas ist geschehen, denn er war, als er auf der Geburtstagsparty erschien, verändert, ja als er zu lachen anfing – zuerst, wie die ganze Gesellschaft, dachte ich, er wäre bloß beschwipst –, ein anderer. Sonst, soviel ich weiß, gern Mittelpunkt, ist er verloren an der Glasfront auf dem Boden gehockt. Die Vorhänge waren nicht zugezogen, eine der Schiebetüren war geöffnet, Gäste standen mit Sektgläsern in den Händen draußen auf dem Balkon; am Himmel dröhnten die startenden und landenden Chartermaschinen, in der Ferne die beleuchtete Altstadt, die das Licht reflektierende Domfassade und davor der Schlot des Fernheizwerkes. Keiner schien sich um Stefan zu kümmern. Ich war vor dem Bücherregal gestanden – kostbare Bände über Ferrari, Porsche, MG und Lamborghini, Bücher über die Luftwaffe des Zweiten Weltkriegs, über Segelsport und Golf; als einzige literarische Werke, soweit ich sah, das Waggerl-Hausbuch, ›Lust‹ von Elfriede Jelinek und Bernhards ›Holzfällen‹ – und hatte mich dann mit einem gefüllten Sektglas in einen Fauteuil gesetzt. Ich beobachtete Silvia, die, eine Zigarette rauchend, mit Kolleginnen beim Juniorchef stand. Mir fiel ein, dass ich seit sechs Wochen jeden Morgen zur Arbeit ging und seit nunmehr zwei Wochen fuhr, in einem Yamato, und dass ich es genoss, diesen Wagen zur Verfügung zu haben. Seit dem Morgen jenes Tages hatte ich mich auf meinen Besuch bei den Steinmaßls in Morzg gefreut. Am Freitagnachmittag, als ich Stefan auf dem Parkplatz der Firma traf – er kam mit seinem Wagen von der Werbeagentur Gstöttner & Gstöttner – ergab sich plötzlich ein sehr anregendes Gespräch über Henry James und William Turner, seine Idole. (Im Antiquariat der Mayerischen Buchhandlung hatte ich kürzlich einen Band über Ruskin entdeckt.)

Ich stellte das Sektglas auf das Tischchen, konnte mir nicht denken, dass der Streit zwischen den beiden vom Nachmittag seine Depression hervorgerufen habe. Eine Stunde vorher, unten im Foyer, war er zwar übel gelaunt, aber seiner Herr gewesen. Sein Sarkasmus schien ihm plötzlich nicht mehr zur Verfügung zu stehen. Gern hätte ich mich neben ihn auf den Teppich gesetzt und geschwiegen. Betrunken war er nicht. Keine der Kolleginnen, keiner der Kollegen, mit denen ich mich gelegentlich unterhalten habe, die Autoverkäufer in der Verkaufshalle oder die jungen Damen in den Büros im ersten Stock, Schreibkräfte, Buchhalterinnen oder gar einer der Werkstättenleiter war bei der Geburtstagsparty zu sehen, ich kannte niemanden und nahm es Silvia übel, dass sie sich – kaum hatten wir die weitläufige Wohnung des Herrn Schüssler betreten – nicht mehr um mich kümmerte. Dem Juniorchef für die Einladung zu danken und zu seinem Geburtstag zu gratulieren, verschob ich auf später; es wäre mir unangenehm gewesen, mich vorzudrängen und ein Gespräch zu unterbrechen, auch fürchtete ich, der Junior, dieser smarte Mann mit seinem üppigen hellblonden Haarschopf und seinem grellblauen Sakko, könnte mir hier unter den versammelten Kollegen so wie manchmal in der Firma, wenn er mich kurz in sein Büro holte, jovial auf den Oberarm schlagen und – nach einem scheppernden Lachen – rufen: »Sonne, Wind und Lebenslust. Nicht wahr?«

Wie immer in Gesellschaft unterhielten sich alle, nur an mir schien niemand interessiert. Wann Stefan zu lachen angefangen hat, weiß ich nicht mehr. Es ist ja bei dieser Party wie bei allen solchen Veranstaltungen viel gelacht worden.

Ich betrachtete die Automodelle in dem gläsernen Regal. Zwei Frauen redeten über das diesjährige Le Mans-Rennen, eine behauptete, der letzte Boxenstopp des führenden Porsche-Werkswagens habe vierzig Sekunden gedauert, die andere, es sei auch die Wasserpumpe ausgetauscht worden, der Wagen sei mehrere Minuten in der Box gestanden. Neben dem hohen Glasregal ein mannsgroßer CD-Turm; aus den Boxen der Anlage mit dem CD-Wechsler, die in einem anderen Glasregal stand, kam pausenlos Disco-Musik. Beinahe hätte ich die Gastgeberin angesprochen, eine stille Frau in einem knöchellangen grünen Samtkleid, die etwas verloren bei der Tür zum Vorzimmer lehnte und eher wie ein nicht eingeladener Gast wirkte. Sicher war es Silvia, die mir erzählt hat, Frau Schüssler sei einmal in psychiatrischer Behandlung gewesen. Ich sah, wie Stefan auf den Balkon hinaustrat. Einmal – ich stand nun beim Juniorchef, Silvia hatte sich endlich meiner erinnert, mich bei der Hand genommen und quer durch den Raum gezogen: »Unser Dichter« – sah ich ihn, wie er uns von draußen durch die Glaswand beobachtete, und mir fiel ein, dass er, wie er mir gegenüber erwähnt hatte, schon lange nichts mehr geschrieben hat. Vielleicht stimmte das gar nicht. Aber seit der Veröffentlichung meiner Erzählung ›Nachsaison‹ in der Zeitschrift ›Stierwascher‹ schien er mich endlich nicht bloß als Werbetexter, sondern auch als Autor ernst zu nehmen. Als er dann wieder hereinkam und sich, ein Sektglas in der Hand, uns genähert hat, war er wie verwandelt, hat dem Junior gratuliert und dann mit Herrn Pongruber (der wegen seiner Frau, die damals ihr Kind erwartete, verspätet gekommen war) und mir Werbespots für das neue Herbstmodell Raffaelo ausprobiert. »High Tech für die neue Freude am sportlichen Fahrerlebnis«, habe ich gerufen. Sofort fühlte ich Silvias missbilligenden Blick. »Zu lang«, sagte Stefan, während er sein leeres Glas gegen ein volles austauschte – Mona, die Jüngste aus dem Sekretariat, war mit dem Tablett herumgegangen –, »wir müssen die Berufstätigen und auch die Pensionisten, die jeden Tag zweimal mit durchschnittlich zwanzig Stundenkilometer durch die Stadt rollen, davon überzeugen ...« Beleidigend blickend war Silvia zu ihm getreten und hatte ihn angerempelt. »Müssen die vierundsechzig Ventile und das 200-Watt-Music-Center herausstreichen«, rief er. »Der umweltfreundliche Zwölfzylinder mit der neuen Logistik ...« »Benimm dich, Steffl!«, hat sie gezischt. Der Chef hat geschmunzelt. Ich fand Silvias Benehmen humorlos und fuhr fort: »Der Raffaelo hebt Sie heraus aus dem Blechrudel ... Raffaelo der Geflügelte ...« – »Oder wir versuchen es mit einer Negativwerbung«, sagte Stefan. »Scheiß auf die Umwelt, ich hab keinen Wald.« Jetzt legte der Chef seinen Arm um Herrn Pongruber, entfernte sich einen Schritt, ob er die neue Statistik am Montag haben könne.

Ich glaube, ich war dabei, als Stefan die ersten Lachanfälle bekam. Wir waren auf den Balkon hinausgegangen. Auf einmal schien er umgänglich; es ärgerte mich jetzt, seit dem Nachmittag eher zu Silvia gehalten zu haben. Offensichtlich war mit ihr nicht gut auszukommen. Wir standen im Dunklen und blickten hinein in Schüsslers Wohnzimmer, und auf einmal hat er gesagt: »Schau dir das an, schau dir den Weixelbaum an, sein Gesicht, es ist die Kühlermaske des 435i.« Herr Weixelbaum stand beim Juniorchef, in der einen Hand ein Sektglas, die andere hielt er, während er über etwas lachte, an die Brust, der Chef schien etwas Lustiges erzählt zu haben, und tatsächlich, ich sah, wie die verchromten Zierleisten sich auseinanderbogen, wie sein Mund mit den kurzen Zähnchen sich zu einem Kühlergrill formte. »Und die Frau Ebetshammer«, rief ich, »der Kühlergrill eines Alfa Romeo …«

»Die Herren absentieren sich?«

Ich kannte die Frau nicht, die plötzlich auf uns zukam, auch sie schien rund ums Penthouse gegangen zu sein. Sie dachte sicher, wir hätten uns über etwas köstlich unterhalten; dabei merkte ich längst, dass mit ihm, mit seinem Lachen, dem ein sonderbares Schnackeln oder Gicksen vorangegangen war, etwas nicht stimmte. »Riechst du nichts?«, fragte Stefan. »Diese feinen Damen und Herren riechen alle nach Benzin und Motoröl, eine Hundenase riecht es jedenfalls … Alles Chauffeure, Angehörige einer niedrigen Kaste, ein Fiaker dagegen fast bürgerlich … Chauffeure, die sich selber chauffieren …« Ich dachte: Du bist in deinem Leben hundertmal mehr Auto gefahren als ich! Als wir dann wieder hineingegangen waren, war Stefan auf einmal verschwunden, und ich hörte, dass man über ihn redete: Er habe ein wenig zu tief ins Glas geschaut.

5

VOR EINER Weile hat eine alte Dame an meinem Tischchen Platz genommen; sie hat einen weißen Pudel bei sich, knüpft die Leine an die Stuhllehne. Ab und zu beugt sie sich zu dem Tier hinunter, redet mit ihm.

Meine Selbstvorwürfe, Stefan nicht öfter besucht zu haben in der Landesnervenklinik. Aber wer hätte wissen können! Meine Abneigung gegen Krankenhäuser, seit ich klein war. Schon der Geruch machte mich selber krank, wenn ich mit dem Vater die Mutter im Landeskrankenhaus besuchte, sie ist zwei- oder dreimal operiert worden.

Peinlich der erste Besuch bei Stefan, mit Silvia. Er rief mich dann am Abend deswegen sogar im Hofhaimer an. »Sehe ich so schrecklich aus? Warum seid ihr so bald wieder gegangen?« Er habe, als er am Nachmittag aufgewacht sei, sogar überlegt, ob er den Besuch bloß geträumt habe. Ein Besuch zu Mittag sei ungünstig, die Injektion, die ihm gegen neun Uhr verabreicht werde, wirke bis zur Dämmerstunde. Ob er etwas gesagt habe, was Silvi geärgert habe? Zwischen sechs und sieben sei sein Kopf am klarsten, Besuche seien bis 20 Uhr möglich. Er wisse, dass ich nach Dienstschluss immer rasch heimfahre. Er hoffe, bald herauszukommen: Gestern Abend, von der Ignaz-Harrer-Straße herauf das stete Motorengedröhn der heimfahrenden Berufstätigen, und der gestörte Bezirk in seinem Kopf habe darauf nicht reagiert; bloß ein leichtes Gicksen, das verging, wenn er tief durchgeatmet habe. Ob uns die Gerüche im Zimmer unangenehm gewesen seien? Auch er habe sich lange nicht daran gewöhnt, so wie anfangs an die im Autohaus Schüssler. Immer wenn Stefan Silvias Blick zu begegnen suchte, blätterte sie in dem Krimi, den ich ihm mitgebracht hatte. So dick geschminkt hatte ich sie noch nie gesehen. Als vom Park herauf der laute Zweitakt-Transporter der Gärtnerei zu hören war, hat sie mich erschrocken angeblickt. Immer wenn einer von Stefans Zimmergenossen sich näherte, um sie anzustaunen, drehte sie sich weg; besonders unangenehm war es ihr, als der Franz, Stefans Bettnachbar, ihr zu Ehren zu jodeln anfing. Doktor Fürstauer, berichtete Stefan amüsiert, habe ihn heute gefragt, ob er als Kind einmal von einem Auto angefahren worden sei.

Jetzt öffnet oben im dritten Stock Frau Sattler ein Fenster und schaut herunter. Das erinnert mich daran, dass ich ins Schloss Mirabell will wegen meiner Parkgenehmigung. Heute Nachmittag werde ich das Nachwort zu Stefans Erzählungen durchgehen, mich dann in die Badewanne legen (wo ich immer die besten Einfälle für Werbetexte hatte) und über den *Mini-Van* nachdenken (Kleinbusse für die Familien werden in den nächsten Jahren der große Renner sein, so Silvia.) Es muss mir wieder einmal etwas gelingen! (Wenn die im Büro wüssten, dass ich den Begriff Van erst im Englisch-Wörterbuch nachschlagen musste.) Hatten meine so gelobten ersten Einfälle für Werbetexte mit Stefan zu tun? Sie sind ja in seiner Gegenwart entstanden, im Dialog mit ihm. Wir hatten uns gegenseitig angeregt, immer war Ironie im Spiel, er hat die Sache nicht wie der Kollege Wirnsperger oder wie Silvia so furchtbar ernst genommen. Vielleicht ist das der Grund für mein Unvermögen jetzt: Ich nehme die Aufgabe ernst.

Ein Rückfall, sagte Doktor Fürstauer und injizierte mir nach dem Mittagessen eine Ampulle. Bin am Fenster gesessen gegen elf Uhr, drunten der stockende Verkehr, Hunderte Fahrzeuge, die Richtung Grenze, nach Freilassing fahren, um Hemd und Butter, Benzin und Hör Zu. Kam völlig außer Atem, hyperventilierte (Fürstauer). Gespräch mit ihm über den Unterschied zwischen Neurose und Psychose. (Neurose: eine psychisch bedingte Störung, Phobie, Zwang, depressive Verstimmung. Psychose: psychische Krankheit, Realitätsverlust, Persönlichkeitsverfall.)

»You'll hear from me« (Joshi), abschließend, nachdem wir zweimal hinter dem Firmengebäude auf und ab gegangen waren, dort wo die Fässer mit dem Altöl stehen, ausrangierte Auspufftöpfe und Stapel abgefahrener Reifen, wo die Mechaniker mit den Wagen auf- und abfahren, wenn sie etwas ausprobieren und dazu nicht auf die Ignaz-Harrer-Straße hinaus wollen.

»Da sind die richtigen zwei zusammengekommen!«, habe ich Herrn Schlögl zu Herrn Hartl sagen hören, als wir wieder auf der Vorderseite der Firma angelangt waren, wo die beiden Buchhalter zigarettenrauchend beisammenstanden. Auch ich habe die Fröhlichkeit Joshis nicht recht deuten können, das jungenhafte Lachen, so als hätte er soeben einen Streich verübt.

Freitag. Ich will heraus hier, will heim. Noch keine drei Wochen da, kann ich es mir kaum vorstellen, einfach die Treppe hinunterzugehen (nachdem King das Eisengitter aufgeschlossen hat), die Stiege hinunter, hinaus, den Parkweg hinunter zur Pförtnerschranke, und draußen einfach in den Bus steigen und heimfahren, oder in die Stadt, ins Café Bazar.

Leo heute zum zweiten Mal bei mir. Behutsam versuchte er mir die schlechte Nachricht beizubringen: Yamato hat die Schlacht um den begehrten Titel Auto des Jahres verloren.

Was ist mit der Einladung nach Japan, die Sie angedeutet

haben, als wir in Mozarts Geburtshaus die Steinstufen hinauf-
gingen, während eine Gruppe kichernder japanischer Schülerin-
nen an uns vorbei hinuntersprang? Ich habe mich nicht geniert,
als Sie in der Kammer, die als Geburtszimmer bezeichnet wird,
mehrmals laut lachten. Ob Sie Zeit hätten, mir die Reste des
alten Kyoto zu zeigen? Versuche Sie mir vorzustellen in Ihrem
Büro im 30. oder 40. Stockwerk des Yamato-Towers. Wissen Sie
noch, wie wir vor Ihrer Abreise am Salzburger Flughafen über
den uralten Menschheitstraum des Fliegens geredet haben?Der
Spatz und die Boeing, habe ich sagen wollen, wusste aber das
englische Wort nicht. Hätten Sie mich damals an der Hand und
mitgenommen nach Osaka, ich hätte hier alles liegen und stehen
lassen und wäre in ein neues Leben hineingesprungen. Hätte.
Wäre. Und meine Nerven?

Heute Nacht hat der Franz wieder geschrien. Der Schlüsselbund
des fluchenden Feyersingers schepperte. Sobald es hell war, hörte
Franz zu schreien auf, er wiederholte bloß immer, seine Schuhe
seien ihm gestohlen worden.

Jetzt bin ich schon lange nicht mehr im Park gewesen, oder im
Kiosk, um mir eine Zeitung oder Schokolade zu kaufen.

In einer Woche (Fürstauer) sei die Behandlung erst einmal abge-
schlossen, dann sehe man weiter. Er hoffe auf einen guten Erfolg.
Wegen seines neuen Wagens habe er sich noch nicht entschlossen.
Er schwanke zwischen dem neuen Raffaelo (wegen des Airbags)
und dem Giotto. Er wolle gerne einmal lesen, was ich in meinen
Kalender schreibe. Wenn ich meine Schrift noch mehr verklei-
nere, kann ich noch eine Weile schreiben. Ich schreibe jetzt unter

dem 28. September, aber da es ein alter Kalender ist, stimmen die Wochentage nicht. Warum besucht Silvia mich nicht?

Ich habe mich wieder schlecht benommen, weiß selber nicht, warum. Herrn Doktor Fürstauer dann die Zunge gezeigt. Auf einmal Angst, ich könnte völlig die Kontrolle über mich verlieren und sie stecken mich in die geschlossene Abteilung. Wie sehr wünschte ich jetzt, im Tomaselli oder Bazar zu sitzen. Hast Du eine Nachricht aus Osaka? Ich kann nicht warten bis zu Deinem Besuch, Leo, darum schreibe ich Dir und bitte Dich, meine Konzepte nach Osaka zu faxen, es eilt. Der Flügelschuh muss, sobald die ersten Modelle hergestellt sind, sofort patentiert werden. Filmstars, prominente Sportler und Politiker müssen gewonnen werden; wenn sie vorangehen, voranfliegen, wird die Masse folgen. Geschwindigkeit ist, bedenkst Du jene des Erdumlaufs, jene der Galaxie oder gar des Virgo-Galaxienhaufens, eine Illusion, ein Atavismus unseres Springmaushirns …

Über die Suche nach einem Ausweg aus der Enge des Lebens …

Rosina ist jung, sie kommt vom Land, immer schon hat sie vom aufregenden Leben in der Stadt geträumt. Tatsächlich schafft sie es, in kurzer Zeit zur rechten Hand von Herrn Fellner zu werden, dem Chef der kleinen Firma, bei der sie arbeitet, und auch außerhalb der Arbeitszeit greift Fellner gern auf ihre Dienste zurück. Doch nach einem Unfall wird der jungen Frau die schreckliche Enge ihres Daseins bewusst. In *Rosina*, erstmals 1978 erschienen, setzt sich der Büchner-Preisträger Walter Kappacher mit der Anpassung des Menschen an scheinbar vorgezeichnete Lebensmuster auseinander.

Walter Kappacher im <u>dtv</u>

»Kappachers Helden leiden nicht nur, sie werden auch von einer großen Sehnsucht nach Ausbruch und Aufbruch bestimmt und geben nie auf, für ein erfülltes Leben zu kämpfen.«
Karl-Markus Gauß in der ›Neuen Zürcher Zeitung‹

Selina oder Das andere Leben
Roman
ISBN 978-3-423-**13872**-7

Stefan nimmt das Angebot Heinrichs an, in sein abgelegenes Bauernhaus in der Toskana zu ziehen. Er macht sich das Haus bewohnbar, lernt die Menschen im Dorf kennen und wartet zusammen mit Heinrich auf dessen Nichte Selina.

Silberpfeile
Roman
ISBN 978-3-423-**13873**-4

»Kappacher hat ein Buch über dröhnende Motoren, ratternde Maschinen, über Autos und Raketen, über Rennstrecken und eine explodierende Waffenfabrik geschrieben. Wie macht er das nur, dass es wiederum ein Buch geworden ist, in dem man die Stille zu hören meint?«
(Neue Zürcher Zeitung)

Morgen
Roman
ISBN 978-3-423-**13874**-1

Winkler, Angestellter in einer Werbeagentur, leidet unter den Widrigkeiten seiner beruflichen Existenz. Erst als er kündigt, sieht er einer abenteuerlichen Zukunft entgegen.

Der Fliegenpalast
ISBN 978-3-423-**13891**-8

Der alternde Schriftsteller H. kehrt 1924 an einen Ort seiner Kindheit zurück – nach Bad Fusch in den Salzburger Bergen. Viel hat sich verändert. Kappacher erzählt von einem Leben, das die Zeit überholt hat.

Ein Amateur
Roman
ISBN 978-3-423-**13965**-6

Simon verlässt den »Keller« einer Motorradwerkstatt in Salzburg, um sich den Traum einer Ausbildung zum Schauspieler zu erfüllen. Auf der Suche nach sich selbst führen seine Wege an die Ränder, zwischen Stadt und Peripherie, zwischen Konformität und Individualität – und zur Literatur, zum eigenen Schreiben.

Wer zuletzt lacht
Erzählungen
ISBN 978-3-423-**14009**-6

Eine sensible Erkundung der »condition humaine«. Mit kafkaeskem Humor erzählt Walter Kappacher vom gewöhnlichen Leben gewöhnlicher Menschen.

Bitte besuchen Sie uns im Internet: www.dtv.de

Peter Henisch im dtv

»Peter Henisch ist ein Autor, der nicht nur zu erzählen weiß,
sondern auch weiß, worüber.«
Karl-Markus Gauss in der ›Süddeutschen Zeitung‹

Morrisons Versteck
Roman
ISBN 978-3-423-**12918**-3

»No one here gets out alive«? –
Eine ironische, literarische Auseinandersetzung mit Jim Morrison. »Ein mit Poesie und Ironie
durchwobenes Patchwork aus
zahllosen brillant eingesetzten
Versatzstücken, die sich meist
nach dem Prinzip von Punkt
und Kontrapunkt spielerisch
ergänzen (…) eine außerordentlich vergnügliche Lektüre.«
(Neue Zürcher Zeitung)

Die schwangere Madonna
Roman
ISBN 978-3-423-**13591**-7

Josef Urban will nichts als weg,
da kommt ihm das Auto, an
dem der Schlüssel steckt, gerade recht. Dass es nicht seines
ist und er keinen Führerschein
besitzt, berührt ihn wenig,
schon eher, dass auf dem
Rücksitz ein Mädchen schläft.

Die kleine Figur meines Vaters
Roman
ISBN 978-3-423-**13673**-0

Sein Vater machte als Kriegsberichterstatter Karriere: verschanzte sich hinter der Kamera
und unterstützte mit seinen
Bildern die Kriegspropaganda.
Peter Henisch versucht das
Leben seines Vaters zu erzählen, sich ihm anzunähern – kritisch, zuweilen ablehnend und
doch mit viel Zuneigung. Ein
Klassiker der österreichischen
Literatur.

Eine sehr kleine Frau
Roman
ISBN 978-3-423-**13866**-6

Peter Henisch erinnert sich
anrührend an seine Großmutter, von der er das Erzählen
gelernt hat: 1945, auf Spaziergängen durch das zerbombte
Wien erzählt sie ihrem Enkel
Geschichten, die für sein Leben
bestimmend waren.

Schwarzer Peter
Roman
ISBN 978-3-423-**13975**-5

Peter, Sohn einer Wiener
Straßenbahnschaffnerin und
eines US-Soldaten, ist nicht
völlig schwarz, aber schwarz
genug, um ein Außenseiter zu
werden – in Wien, aber auch
am Mississippi.

Bitte besuchen Sie uns im Internet: www.dtv.de

Italo Calvino im dtv

»Calvino ist als Philosoph unter die Erzähler gegangen,
nur erzählt er nicht philosophisch, er philosophiert
erzählerisch, fast unmerklich.«
W. Martin Lüdke

Die unsichtbaren Städte
Roman
Übers. v. Heinz Riedt
ISBN 978-3-423-**10413**-5

Sowenig wie Marco Polo in
diesem Buch eine historische
Figur ist, sowenig handelt es
sich auch bei den Städten, die
der fiktive Venezianer be-
schreibt, um reale Orte. Es
sind vielmehr Tummelplätze
der Imagination.

**Wenn ein Reisender in
einer Winternacht**
Roman
Übers. v. Burkhart Kroeber
ISBN 978-3-423-**10516**-3

Calvinos hintergründig-witzi-
ges Verwechslungsspiel lässt
den Leser des Romans auf
die Suche gehen nach einem
Roman. Der Leser, so beteiligt
am kriminalistischen Spiel,
wird zum Helden des Romans.

Der geteilte Visconte
Roman
Übers. v. Oswalt v. Nostitz
ISBN 978-3-423-**10664**-1

Dem Visconte hat das Leben
übel mitgespielt: Nur seine
schlechte Hälfte scheint aus dem
Krieg zurückgekommen zu sein.

Der Ritter, den es nicht gab
Roman
Übers. v. Oswalt v. Nostitz
ISBN 978-3-423-**10742**-6

Ein Muster an Kampfgeist
und Pflichtgefühl ist Agilulf,
der aber eine seltsame
Eigenschaft hat: es gibt ihn
nicht.

Zuletzt kommt der Rabe
Erzählungen
Übers. v. Nino Erné und
Julia M. Kirchner
ISBN 978-3-423-**11143**-0

Unter der Jaguar-Sonne
Erzählungen
Übers. v. Burkhart Kroeber
ISBN 978-3-423-**11325**-0

Ein Buch der Sinne: das letzte
erzählerische Werk Calvinos.

**Die Mülltonne und
andere Geschichten**
Übers. v. Burkhart Kroeber
ISBN 978-3-423-**12344**-0

**Die Braut, die von
Luft lebte**
und andere italienische
Märchen
Übers. v. Burkhart Kroeber
ISBN 978-3-423-**12505**-5

Bitte besuchen Sie uns im Internet: www.dtv.de

Italo Calvino im <u>dtv</u>

»Calvino ist einer der letzten großen Zauberer der
europäischen Literatur.«
Mary McCarthy

Eremit in Paris
Autobiographische Blätter
Übers. v. Burkhart Kroeber
und Ina Martens
ISBN 978-3-423-**12723**-3

**Das Schloß, darin sich
Schicksale kreuzen**
Erzählungen
Übers. v. Heinz Riedt
ISBN 978-3-423-**13120**-9

Heikle Erinnerungen
Erzählungen
Übers. v. Nino Erné, Julia M.
Kirchner und Caesar
Rymarowicz
ISBN 978-3-423-**12840**-7

**Ein General in der
Bibliothek**
Erzählungen
Übers. v. Burkhart Kroeber
ISBN 978-3-423-**13595**-5

Der Baron auf den Bäumen
Roman
Übers. v. Oswalt v. Nostitz
<u>dtv</u> AutorenBibliothek
ISBN 978-3-423-**19102**-9

Am 15. Juni 1767 erhebt sich
Baron Cosimo von der
Familientafel und klettert auf
eine Steineiche. Er wird den
Boden nie mehr betreten …

Bitte besuchen Sie uns im Internet: www.dtv.de

Uwe Timm im dtv

»Als Stilist und Erzähler sucht Uwe Timm
in Deutschland seinesgleichen.«
Christian Kracht in ›Tempo‹

Bitte besuchen Sie uns im Internet: www.dtv.de

Michael Köhlmeier im dtv

»Köhlmeier war immer ein Geschichten-Erfinder von Rang, ein Fabulierer wie aus vergangenen, vormodernen Tagen.«
Ulrich Weinzierl in ›Die Welt‹

Abendland
Roman
ISBN 978-3-423-**13718**-8

Ein Panorama des 20. Jahrhunderts. Die Lebensgeschichten des exzentrischen Mathematikers, Weltbürgers und Jazz-Fans Carl Jacob Candoris und seines Biographen Sebastian Lukasser. Candoris erzählt von seinem Großvater, einem berühmten Kolonialwarenhändler, von seinen seltsamen Verwandten in Göttingen, vom Wien der Nachkriegszeit. Im Spiegel zweier ungleicher Familien entsteht das vielschichtige Porträt einer ganzen Epoche.

Die Musterschüler
Roman
ISBN 978-3-423-**13800**-0

Mit einem gnadenlosen Frage- und Antwortspiel wird eine alte Untat aufgedeckt: In einer Schulklasse war ein Mitschuler zusammengeschlagen worden – nach fünfundzwanzig Jahren wird die Vergangenheit in allen Einzelheiten wieder aufgerollt. Beklemmend wird deutlich, wie leicht es fällt, zu verdrängen – und wie schwer es ist, zu einer Schuld zu stehen.

**Bleib über Nacht /
Geh mit mir**
Zwei Romane
ISBN 978-3-423-**13855**-0

Ein Roman über eine schwierige Liebe während des Krieges und ein Roman, lang danach, über einen Sohn, der seine Heimat sucht und dem Geheimnis seiner sonderbaren Familie auf die Spur kommen will. Zwei Bücher von Michael Köhlmeier, erstmals vereint in einem Band, in denen er die bemerkenswerte Lebensgeschichte seiner Eltern erzählt.

Idylle mit ertrinkendem Hund
Roman
ISBN 978-3-423-**13905**-2

Zwei Männer spazieren am Ufer entlang. Es ist Winter, die Seitenarme des Rheins sind zugefroren, doch es taut. Von weitem sehen die beiden, wie ein großer schwarzer Hund ins Eis einbricht. Einer der Männer holt Hilfe. Der andere kriecht auf einem Ast zu dem Hund. Er spürt, dass er den Hund nicht retten kann. Doch der Tod hat vor einigen Jahren eine so tiefe Wunde in sein Herz geschlagen, dass er ihm dieses Leben nicht überlassen will …

Bitte besuchen Sie uns im Internet: www.dtv.de